金庫破りとスパイの鍵

アシュリー・ウィーヴァー

第二次大戦下のロンドン。テムズ川で、鍵のかかったカメオ付きのブレスレットをつけた女性の遺体が発見された。金庫破りのエリーは、軍情報部のラムゼイ少佐の依頼でその鍵を解錠する。カメオから見つかったものと女性が毒殺されていたことから、彼女はスパイ活動にかかわっていたと判明。エリーは少佐に協力し、殺人事件の謎と、死んだ女性の背後にいると思しきドイツのスパイを探りだすことに。手がかりは、女性が隠し持っていた宝石と、小さな時計の巻き鍵だけ——。凄腕の金庫破りと堅物の青年少佐、正反対のふたりを描く人気シリーズ第２弾！

登場人物

エレクトラ（エリー）・ニール・マクドネル……金庫破り、錠前師
ゲイブリエル・ラムゼイ……陸軍少佐
ミック・マクドネル……エリーのおじ。金庫破り、錠前師
コルム・マクドネル……エリーのいとこ。空軍の整備士
トビー・リアム・マクドネル……エリーのいとこ。戦地で行方不明中
ナンシー（ネイシー）・ディーン……マクドネル家の家政婦
フェリックス・レイシー……マクドネル家の友人。元海軍兵
ビリー・ノリス……フェリックスの兵士仲間
ヘレン・ノリス……ビリーの母親
ヤクブ……ラムゼイの運転手
コンスタンス・ブラウン……ラムゼイの秘書
キンブル……ロンドン警視庁の元警部補
バーカー……検死医
パスカル・ラフルール……アンティーク・ショップ店主。宝石商
スーティ・スマイス……質屋

サー・ローランド・ハイゲート……法廷弁護士
ペイン……下宿屋の大家
マイラ・フィールズ……
シンディ・プリンス……ペインの下宿人
ジェイン・ケリー……
ジョン・プリチャード……マイラの恋人
ウィリアム（ビル）・モンデール……メトロポリタン銀行の行員
メリウェザー・ヘイスティングス……ミックの友人

金庫破りとスパイの鍵

アシュリー・ウィーヴァー
辻　早苗　訳

創元推理文庫

THE KEY TO DECEIT

by

Ashley Weaver

This edition is published by TOKYO SOGENSHA Co., Ltd.
Published by arrangement with St. Martin's Publishing Group
through The English Agency (Japan) Ltd.

金庫破りとスパイの鍵

甥っ子のアンダーズ・ワイルダー・リーに捧ぐ。
おばちゃんはあなたを愛してるわよ、ビンキー！

1

一九四〇年八月三十一日
ロンドン

　口が災いのもととなって鼻の骨を折られる男は多い、とはミックおじが好んで言うことばで、わたしの目の前にいる男はその説をたしかめようと最善を尽くしていた。彼は、鼻に一発お見舞いされる三十秒ほど前だった。

「戦争中だろうとなかろうと」男が言っていた。「女にめちゃくちゃにされたくないんでね」

　わたしは癇癪《かんしゃく》を起こさないよう必死だった。なんといっても、評判のよい錠前師であるおじの代理でここにいるのだから。別の仕事で町を離れているおじは、わたしが客を殴ったと知ったら喜ばないだろう。弁解しておくと、この男がお金を払ってくれるちゃんとした客には見えなかったけれど。

　その日の朝に電話を受けたときは、なんの問題もないように思われた。どうということのない仕事――〈アトキンソンの自動車修理工場〉のドアの錠をいくつか替えるだけ――だったし、戦争中だったから入ってくる仕事はなんでもありがたかった。わたしは仕事を受け、道具キットを手に客先へ行った。すると、汚れたつなぎの作業服を着た大柄でがさつなアトキンソンが立ちはだかり、女なんかにだいじな錠を任せられるか、と怒りをぶつけてきたのだ。いまこの時点で十分も堂々めぐりをしていて、わたしの忍耐も切れかけていた。

「錠を替えたいのか替えたくないのか、どっちなんですか？」つっけんどんに訊いた。

「若い女はごめんだ、嬢《ラ》ちゃん《ブ》」アトキンソンは事務室とその先の倉庫へのドアを手ぶりで示した。「人に見られたら困る帳簿だとか、なかなか手に入らない部品なんかを守らないとならない。下手くそな人間に錠の取り替えを任せるわけにはいかない」

そんな彼はすでに運を天任せにしていた。事務室のドアも倉庫のドアも、安っぽいピンタンブラー錠なのだから。つかの間、真夜中にこの自動車修理工場に戻ってくるという想像に耽《ふけ》った。ピックとテンションレンチさえあれば、両方のドアを三十秒で開けられる。二、三分もあれば、修理工場に入り、アトキンソンの〝なかなか手に入らない部品〟をいただいて退散できる……。

「マクドネル以上の錠前屋はロンドンにいませんよ」犯罪者としての本能をぐっと抑えこんで言ったものの、ほんとうのところ、そこら辺の錠前師でも充分対処できる仕事だ。古い錠をはずして、もっと頼りになるイェール錠を取りつけるだけの簡単なものだからだ。アトキンソンがくだらないことを言わなければ、とっくに仕事をはじめられていたのに。

彼が太い腕を胸のところで組んだ。「ミック・マクドネルに仕事を頼んだんだから、ミック・マクドネルにやってもらう。でなけりゃ、ほかに頼む」

マクドネル家の頑固者の血が流れていない二流の錠前師だったなら、この時点で匙《さじ》を投げていたかもしれない。でも、ミックおじから教わったことがあるとすれば、それは、拳が答えになるときもあるが、たいていの場合は魅力、機転、巧妙さを使うほうがうまくいく、というものだった。

表情をおだやかなものに、声を落ち着いてものわかりがよさそうなものにする。「でも、完璧に仕事をこなせるエリー・マクドネルがここにいるじゃないですか。錠についての知識は、あなたのあのファントムについての知識に負けないわ」扉が開いた車庫のひとつにおさまっている、ロールス・ロイスに向かって顎《あご》をしゃくった。

アトキンソンが顔を背後にめぐらせる。「車についても知ってると思ってるわけか、あ?」

「少しはね」いとこのコルムは、子どものころからいつも機械をいじっていた。いまは英国空軍《RAF》の整備士をしているけれど、戦争がはじまる何年も前からさまざまなエンジンを修繕したり組み立てなおしたりしていて、わたしはそのそばで何時間も過ごした。そのときに、かなりの知識を頭に入れた。

アトキンソンに鼻を鳴らされ、怒りがまた大きくなった。

彼を横柄《おうへい》ににらみつけずにはいられなかった。「あなたの信じていることとは矛盾するかもしれませんけど、女だってキッチンの外の世界も理解できるんですよ」

皮肉を言われ、彼が目を険しくした。「そうか。じゃあ、こうしよう、お嬢ちゃん。ファントムのエンジンの部品をひとつでも言えたら、錠を取り替えさせてやるよ」

「約束します?」

「ああ」自分が負けるとは少しも思っていないらしく、薄ら笑いを浮かべている。

わたしはファントムに目をやり、自分たちにはとても手の届かない高級車の構造について、いとこと延々と論じ合ったのを思い出した。

「ファントムⅢかしら?」

アトキンソンは驚きの表情を浮かべたけれど、すぐにそれを消して短くうなずいた。「三八年製だ」

わたしは運に恵まれた。ファントムⅢはコルムが際限なくしゃべっていた車種のひとつだったのだ。そもそも、車庫の美しい自動車に注意を引かれたのも、それに気づいたからだった。しかも、さらに運のいいことに、わたしの記憶力はスポンジ並みなのだ。

「それなら、V型12気筒のプッシュロッド・エンジンね。ツイン・イグニッション・システムで、フロントサスペンションはコイルスプリング」

アトキンソンはわずかに口を開き、わたしを凝視《ぎょうし》した。

「あと、三八年製なら、オーバードライブつきのギアボックスね」おまけをつけくわえておいた。

彼の顔がどす黒い赤に染まったので、わたしに仕事を任せるという約束を反故《ほご》にして、失礼なことばをぶつけてきて追い払うつもりだろうかと思った。そのとき、アトキンソンが笑い出したので驚いた。お腹の底からの、野太いうれしそうな笑い声だった。

「いまのはキッチンで学んだんじゃないな」ようやくそう言うと、ポケットから油汚れのついたハンカチを出して顔をごしごしと拭いた。

「ええ。錠前師の仕事もキッチンで学んだわけじゃありません。自分の仕事はちゃんとわかっています」

彼はブロンドの頭を掻いて短くうなずいた。「事務室からはじめてくれ」親指でくいっとそちらを示す。

わたしも短いうなずきを返し、仕事をはじめるべく彼のそばを通り過ぎた。

今朝、アトキンソンはふたつのまちがいを犯した。マクドネル家についてまず最初に知っておくべきは、見た目がすべてではないということだ。ふたつめは、けっしてマクドネル家が負けるほうに賭けてはいけないということだ。

何時間かのち、汚れ、髪が乱れた状態で帰宅した。黒髪を頭のてっぺんに結い上げ、髪が目にかからないようにスカーフを巻きつけてあったけれど、天然のカールがほつれはじめていた。修理工場で作業したせいで、埃《ほこり》と油にまみれていた。服と両手に黒っぽい筋がついていたし、きっと顔にもついているはずだ。

ということで、おじの家に入ったときのわたしは、最高の見た目ではなかった。

「ネイシー！　ただいま」大きな声をかけた。

わたしといとこが小さかったころから、母鶏《ははどり》みたいに育て、世話をしてくれたネイシー・ディーンは、いまもおじの家で住みこみの家政婦をしていた。その後わたしは母屋の裏手にある小さなフラットに住むようになったけれど、思春期のころと同じように一日のできごとを報告する習慣が抜けていなかった。

特に、修理工をどうやってやりこめたかを話したくてたまらなかった。修理工場をあとにするころには、アトキンソンは新しい錠に大満足で、女にはちゃんとした錠前仕事なんてできっこない、という話がくり返されることはなかった。仕事を締めくくる際にはがっちりと握手までされた。

鼻にパンチをめりこませてやるのと同じくらい、溜飲《りゅういん》が下がった。

返事がなかったので、ネイシーはキッチンにいるのかもしれないと思った。小さな玄関ホールからキッチンへ向かおうと思い、客間に立っている人物を見てはたと足を止めた。

「ごきげんよう、ミス・マクドネル」彼が言った。

「ラムゼイ少佐」ほつれた髪を耳にかけようと手が勝手に動いたけれど、少しでも身繕《みづくろ》いをしようとするのは完全にむだだった。

いまだに完全には説明してもらっていないものの、少佐は諜報活動をしていて、今月のはじめごろに、言ってみればおじとわたしをスカウトしたのだった。わたしたちは金庫破りをしたところを捕まり、刑務所に入るか国のためにちょっとした金庫破り仕事をするか、どちらかを選べと少佐に迫られたのだった。どちらにするかを決めるのは簡単で、その結果、この何週間かくり返し思い出してしまうような冒険をするはめになった。この先一生忘れられそうにない冒険だった。

これからもわたしたちの協力が必要になる可能性があると少佐は言っていたけれど、こんなに早くまた会うなんて意外だった。おまけに、仕事で汚れまみれになっているときに、少佐がいきなり客間に姿を現わすなんて思ってもいなかった。でも、考えてみたら、少佐はわたしが最悪の状態のときに来るという、すてきな習慣を持っているのだった。

片やラムゼイ少佐はというと、制帽を小脇に抱え、染みひとつない軍服姿で優雅に立っている。最後に会ったときよりも、さらに堅苦しくなったみたいだった。その出で立ちは、近衛兵団だって文句をつけられないだろう。それだから、わたしのひどいありさまがよけいに目立った。

「おじさんに会いにきたんだ」わたしの見た目には礼儀正しく触れない。「留守だが、きみの帰りを待ってはどうか、とミセス・ディーンに言われてね」

少佐がたったいま立ち上がったらしき椅子のそばのテーブルに、空っぽのティーカップがあるのに気づいた。

ネイシーは少佐を気に入っている。わたしの帰りを待つあいだ、訪ねてきてくれた少佐に紅茶を出し、ちょっとした話し相手になれて、大喜びしたことだろう。

「ネイシーはどこですか?」皿いっぱいの焼きたてのスコーンを手に、彼女がいきなり現われるのではないかと半ば思っていた。

「市場に行ったのだと思う」

そうか。地元の食料品商は、いまくらいの時刻に入荷したてのものを並べる。そしてネイシーは、配給切符を最大限に有効活用すべくいつも心がけている。

それだけでなく、わたしの帰宅時には、少佐がここにひとりでいるようにしておきたかったのだろう。少佐に対してわたしがロマンティックな関心を持っているかもしれない、とばかみたいに期待しているせいだ。そんな気持ちはさらさらない。見目より心と言うけれど、少佐はなにごとも感じよく行なうことがない。

そんな思いを頭から追い出し、服をなでつけたり、部屋の奥の壁にかかった鏡で自分の顔がどれほど汚れているかを確認したりしたい気持ちを抑えることに集中した。

そして、少佐に愛想笑いを向けた。「わたしでなにかお役に立てることでも、少佐?」

「きみと話し合いたいことがある。いま大丈夫だろうか?」

「もちろんです」

ラムゼイ少佐の口調には特別温かなものはなかった。一緒に経験した冒険を懐かしく思い出している雰囲気もなかった。力を合わせてナチスのスパイから国を救ったばかりではないみたいに、冷ややかで堅苦しかった。

まあ、なにを期待していたのかと言われたら、それまでだけれど。だって、少佐は感傷的な人ではないのだから。ここに来たのだって、わたしに会いたくなったからではない。ラムゼイ少佐についてたしかなことがひとつあるとすれば、仕事にとても献身的ということだ。彼が国にとって欠かせない存在であるのも、ひとえにその超越的な献身があるからだ。

実際、少佐はいろんな面で腹立たしいほど超越的だ。超越的な聡明さ、超越的な技能、超越的な眉目秀麗《びもくしゅうれい》さ。そんな彼に耐えるのは、ときに試練だった。

「どうぞおかけください」わたしは少佐の背後の椅子を身ぶりで示した。

彼はためらった。わたしが汚れた服のまま座るのかどうか判断しかねたうえ、わたしが立ったままだった場合、自分だけ腰を下ろすという紳士にあるまじきふるまいができないでいるのだ。

少佐の気を楽にしてあげようと、わたしは簡単に掃除できる木の椅子の端に腰を下ろした。ズボンの汚いほうをきれいなほうで隠すように脚を組み、油汚れのついた爪が目立たないようにひざの上で手を組み合わせた。

椅子に座りなおす少佐を観察する。元気そうに見えたけれど、彼がとんでもないペースで働き、休息をしょっちゅう取り忘れるのを、この目でじかに見てきた。ひょっとしたら、例の任務のあと、事態は少し落ち着いているのかもしれないけれど、どうもそうではないような気がした。

最後に会ったとき、わたしたちの冒険以前に彼が配属されていた北アフリカの土産《みやげ》とでもいうべき日焼けが残っていたけれど、いまはその色が褪《あ》せていた。それ以外はこれといって変わらなかった。少佐はかなりの長身でがっしりした体格をしており、オモチャの鉛《なまり》の兵隊が憧れそうな、背筋を伸ばした完璧な姿勢に、ぴったりの軍服をまとっていた。ブロンドの髪は短く散髪されており、夜明けの青といった珍しい色合いの目は冷ややかに値踏みするようにわたしを凝視していた。

「厄介ごとを回避できていたようだな」それは質問ではなかった。以前もわたしを見張らせていた少佐だから、だれかにこちらの行動を調べさせていたとしても驚かない。別に少佐を責めるつもりはない。わたしたちが政府の作戦に協力したあとで制御不能になったら、少佐の上司はいい顔をしないだろうから。

「忙しくしていられるよう努めてました」

「それはよかった」そう言ったあと、ここに来た目的にすぐさま話を戻した。「さっきも言ったが、ここへはきみのおじさんを訪ねてきたんだ」

「おじはヨークシャーです」なんでもない風にわたしは言った。「仕事で。お偉いお貴族さまのお屋敷で、メイフェアから避難させたあれこれを安全に隠しておく場所として地下貯蔵室を作り替えるんですって」

半分ほど話したところで、ラムゼイ少佐のおじさんが伯爵だったと思い出したけれど、最後まで言いきった。

ラムゼイ少佐は、貴族についての軽蔑のことばを無視した。「おじさんと連絡を取れないだろうか？」

わたしに話があるというのは、ミックおじと連絡をつけるための手段としてだったとわかって、なぜかがっかりすると同時にいらっとした。

「取れるかどうかわかりません」正直に答える。「そこは辺鄙《へんぴ》な場所だし、来週になるまでたぶん連絡はしないと言われているので」

いまのは彼が聞きたがっていた返事ではないと、すぐさまわかった。ラムゼイ少佐の気持ちを推しはかるのが簡単だったためしはない。ただし、珍しく腹を立てているときだけは別だった。まあ、そういうときの彼はいらだちの表情を隠そうとはしないのだけれど。

「かなり急ぎの案件が生じた」少佐は、わたしがそれをどうにかすると思っているようなまなざしだった。指をパチンと鳴らすだけで周囲の人間が急いで動くのに慣れているのだ。そして、わたしがそういうお追従屋ではないことをいつだって忘れる。

わたしは少しだけ両の眉《まゆ》を上げた。「もしどうしてもおじをつかまえたいのなら、ヨークシャーまで行って大きなお屋敷をたずねまわるのはどうかしら」

軽口を言われ、少佐の目がそれとわからないくらいに狭められた。でも、ほんとうにミックおじの居場所を知らないのだから、知っているふりをしたって仕方ない。

少佐はしばらくなにかを考えているようだった。わたしは待った。新たな情報をもとに計画を練りなおし、次善の策であるB計画へと方向転換しているとわかっていたからだ。おそらくは、その計画にわたしを入れるかどうかも判断しようとしているのだろう。

ついに少佐が決断した。でも、少しもうれしそうには見えなかった。「それなら、おじさんの代わりにきみに手を貸してもらってもいいかもしれない」

「あら、うれしい」渋々といった感じの彼にわざと愛想よくする。「ぜひ聞かせてほしいわ」

「昨夜、若い女性の死体がテムズ川に浮かんでいるのが発見されたと報告があった」

それはもちろん悲しいことだけれど、ミックおじやわたしがどう力になれるのかわからなかった。テムズ川からはさまざまな原因で死亡した死体がしょっちゅう引き上げられているのだ。

続く少佐のことばを聞いて、はっとした。

「女性の手首に……錠のかかった装置がついていた。ブレスレットみたいなものだ」

「それをはずす必要がある、と」

「そうだ」

「壊してはずすわけにはいかないの？」

「そうだ」

「可能だが、それは最後の手段にしたい。できれば傷つけるのは最小限に抑えて、極力原形を留めておきたい。われわれで試みたが、うまくいかなかった」

「なるほどね」わたしはしばし考えた。「あなたが言うところのその〝装置〟だけど、それが……あなたの仕事に関係あるのはたしかなの？　その若い女性は奇妙な死に方をしただけで、戦争とはなんの関係もないかもしれないでしょ」

「その可能性は否定できないが、まずないだろう」

たしかに、そんな可能性は低そうだった。最近起こる奇妙なことは、たいていなにか意味がある。その謎めいた装置がなんであれ、少佐はそれが重要であると気づいたのだろう。

「死体の発見場所は？」わたしはたずねた。

少佐はすぐには答えなかった。口を開く前に、必要以上の内容を明かしてしまわないよう常に注意を払うのだ。諜報活動に従事している人間としては当然の習性なのだろうけれど、それをされる側としてはすごくいらいらした。

ついに少佐が口を開いた。「イースト・エンドだが、彼女がそこで殺されたのかどうかはまだはっきりしない」

奥歯にものがはさまったようなしゃべり方からして、現時点でわたしに知られたくないことがあるのは明らかだったので、次の質問に移った。「身元は判明しているの？」

「いや。身分証明書の類《たぐい》は持っていなかった。あるいは、持っていたが、いまはテムズ川の底なのか」

「指紋は？」

「それについては調べさせているところだ。目撃者がいないか、周辺の聞きこみも行なっているが、いまのところどちらも収穫なしだ。現状では、ブレスレットがただひとつの手がかりだ。あまり気持ちのいい仕事ではないから、きみではなくおじさんに頼めないかと考えた。だが、どうやら選択肢はかぎられているようだ」ラベンダー色の目でしっかりと見つめてくる。「錠を見てもらえるだろうか、ミス・マクドネル？」

考えなおす前に返事をしていた。「もちろんだわ」

2

決心を後悔する時間なら、死体安置所への道すがらでたっぷりあるだろう。どう考えても楽しい仕事ではないのが明らかなのに、なぜ引き受けたのかよくわからなかった。死んだ女性の手首からブレスレットをはずせる錠前師は、ロンドンでわたしだけでもあるまいし。

そう思いながらも、心の奥底では理由がちゃんとわかっていた。理由はふたつ。

最初の理由は、たいていのロンドンっ子と同じく、イングランドのために自分にできることがあればなんでもするつもりだったから。兄同然のいとこふたりは、それぞれに自分の務めを果たしている。コルムはRAFで、トビーは陸軍で。トビーからはダンケルクの戦い以降連絡がなく、行方不明ということしかわかっていない。現時点でわたしたちにできる最善は、彼はドイツの捕虜収容所で帰国できる日を待っている、と願うことくらいだ。

この戦争でいとこたちが命を懸けているのなら、重要な情報を得られる可能性があると少佐が考えているブレスレットだかなんだかをはずすのが、わたしにできるせめてものことだ。

ふたつめの理由は、あまり高潔ではない動機だ。言いにくいけれど、わたしの一部は前回の任務で感じた興奮と危険を楽しんだのだ。この何週間かは退屈な錠前師の仕事しかしておらず、あのときの気持ちが恋しかった。金庫破り仕事にも刺激はあるけれど、高潔な理由で危険を冒す仕事のほうが気分の浮き立つものがあった。

少佐に認めるくらいなら死んだほうがましだけれど、手を貸してくれと彼が頼みにくるのを心のどこかで願っていた、というのが真実だ。現実の展開は想像とはちょっとちがっていたものの、選《え》り好みするつもりはなかった。

「身なりを整えるのに五分もらえます？」そう言ってみた。

ラムゼイ少佐はわたしをざっと見まわし――おそらく、見苦しくない状態まで持っていくには五分以上かかると思っているのだろう――短くうなずいた。「自動車で待っている」

わたしはフラットへ急ぎ、顔と両手を洗ってきれいなブラウスとツイードのスカートに着替えた。髪からスカーフとヘアピンを取り、曲がりなりにも見られるようになるまで梳《と》かした。

五分もかからず、家の前に停められた大きな政府公用車で待つラムゼイ少佐に合流した。

少佐の運転手のヤクブから心温まる挨拶を受けた。彼とは、前回の冒険のときに知り合いになった。彼はナチスに侵略される前に奥さんと一緒に祖国のポーランドから逃げてきたのだけれど、ポーランド陸軍の兵士である息子さんは行方不明だ。

「息子さんについて、なにかわかりました？」ヤクブに訊いた。

彼は首を横にふった。「まだなにもありません。でも、じきに。じきに連絡があると思います」

「そうですね。わたしのいとこについても、あいかわらずわかっていないんです。でも、いまも最善を願ってるんですよ」

それ以上その話題で言えることはなかった。ときには、自分たちにできるのは最善を願いつつ前に進むことだけだ、とこの戦争でわたしはあっという間に学びつつあった。

そのあとは、黙って乗っていた。少佐は機嫌のいいときでも無口なのに、今日は明らかに不機嫌だった。

少佐はすべてを話してくれたわけではないと確信があった。謎めいたブレスレットをつけていようといまいと、女性がひとり死んだくらいでは、ふつうなら軍情報部が首を突っこんだりしない。それならば、少佐はその女性の死のなにに引っかかったのだろうか？　死体を見たら答えがわかるだろうか？

病院に到着し、脇のドアからなかに入り、少佐のあとについて長い廊下を進み、階段を下り、両開きドアを通ると死体安置所だった。大きな部屋で、ずらりと並んだスチール製の剖検台、特大のシンク、瓶や医療器具の入った棚や戸棚があった。煌々《こうこう》と照らされてひんやりした部屋だ。死と化学薬品のいやなにおいがしていて、身震いが出そうになるのをこらえた。

少佐について部屋の奥へと進んだ。そこにはこちらに背中を向けて立っている人がいて、天井からはさらに明るい照明が剖検台を照らしていた。

「ドクター・バーカー」ラムゼイ少佐が言った。

声をかけられた男性がふり向く。その動きで彼の前の剖検台に死体が横たわっているのが見え、どきりとした。死体をおおっているシーツはウエストまで下ろされ、白くて太い腕が出ており、海に関係したタトゥーが見えていた。女性ではなく男性だったので、わたしたちの目当ての死体ではなかった。それでも、ここがどういう場所なのかを厳然と思い出させられた。

「ああ。ラムゼイか」ドクターは少佐を見てもあまりうれしそうではなかった。驚くほどのことではない。なんといっても、ラムゼイ少佐は行く先々で人を意のままにし、相手が自分に従っているかぎり好かれようと嫌われようといっさい気にしない人だからだ。

「錠前師を連れてきた」少佐もドクターに負けず劣らずのそっけなさだ。ドクターが少佐を好きでないように、少佐もドクターを好きではないらしい。

ドクター・バーカーが鋼《はがね》のような灰色の目でわたしを値踏みするように見た。こちらも同じように見返した。彼は長身瘦軀《そうく》で、科学者らしいぼんやりした雰囲気をまとっていた。そういう雰囲気なら知っている。おじの友人で教授のドクター・スペックス・オマリーもしょっちゅう上の空だった。まるで、脳の半分が常に計算に使われていて、それ以外のことをする余裕がないみたいに。

どうやらドクター・バーカーはわたしにこの仕事を任せても大丈夫と判断したらしく、短くうなずいた。今朝の自動車修理工みたいに、男の仕事を女がするとは、と言わずにいてくれたので、なんとなくほっとした。

「こっちだ」ドクターがぶっきらぼうに言う。

ありがたくも死体の乗っていない大きな剖検台ふたつを通り過ぎ、その奥へと向かう。目前の仕事に近づくにつれ、歩みを遅くしないように意識する必要があった。ほとんどの状況に適応できると自負している。でも、死体安置所は女の子が適応したい場所ではなかった。

ドクター・バーカーがついに一台の剖検台の前で足を止め、その上の照明をつけた。台にはシーツをかけられた死体が横たわっていて、恐怖感が募っていくのを感じた。両手が冷たかった。

死体ならもちろん見た経験があった。いちばん最近は、トーキーはずれのビーチでのことで、それが前回の少佐との冒険のハイライトだった。でも、研究すべき学術標本みたいに死体が並べられたこの場所は、なんだか冷血な感じがして、ぞっとする雰囲気のせいで鳥肌が立った。わたしたちアイルランド人だって死体の安置については知っているけれど、これは全然ちがった。この部屋から感じ取れるものが気に入らなかった。

少佐に視線を向けられたわたしは、瞬《まばた》きもせずになんとか見返した。わたしにこの仕事ができるかと、彼はことばにせずに念押ししているのだ。気持ちのいい仕事ではないかもしれないにしろ、完璧にこなせる、と少佐に伝えたかった。

それでも、この場所から陽光の下に出たい気持ちはあった。

ドクターが死体に近づいてシーツをめくった。

女性が横たわっていた。検死に備えて服を脱がされていたけれど、おそらくわたしが来るのを知っただれかが、胴体部分をタオルでおおってくれていた。タオル上部に見えている腕と肩はむき出しで、手首に金属製のカフ状のものがはまっていた。風変わりなブレスレットだった。

ブレスレットに意識を集中する前に、女性の顔をしっかりと見た。なぜか、それくらいはしてあげるべきだと感じたのだ。皮膚は白くてなめらかで、冷たい磁器みたいだ。表情は、不思議だけれどおだやかだった。おかげで少しだけ心がなだめられた。

感傷的な思いを押しのけて、できるだけの情報を集めにかかる。女性の髪は黒っぽく、わたしと同年代か少し若いくらいのようだ。体の見えている部分には、明らかな暴力の痕は見られなかった。大きな切り傷やあざはなかったけれど、テムズ川に浮いているさまざまなごみによるものと思われるすり傷がいくつか認められた。

声が出ないのではないかと心配したけれど、ほとんどふつうの声が出せた。「死……死因は？」

「まだ確定していない」少佐だ。

「ブレスレットがはずされたら、検死を行なう予定だ」ドクターが言う。「とっくにはじめられていたらよかったのだがね」

最後のことばは、明らかに少佐に向けられたものだった。少佐から待つよう命じられて、ドクターは機嫌を損ねたらしい。当然ながら、少佐のほうはドクターの不機嫌などどこ吹く風だった。少佐はなによりもまずブレスレットの件の解決を望んでいるから、それが最優先にされるのだ。

わたしは意識を女性の体から、女性のつけているブレスレットへと移した。

ゴールドの分厚いカフ状のもので、彼女の白くて細い手首には少しばかり大きすぎた。蝶《ちょう》番《つがい》がついていて、その反対側が開くようになっていた。ただ、よくあるカフブレスレットとはちがい、鍵がなければ開かないように小さな錠がついていた。

もっと変わっているのは、ブレスレットの飾りだ。男性の懐中時計くらいの大きさがある、大きくて分厚いカメオがついていたのだ。どうやらロケットになっているみたいで、カメオの脇にも小さな鍵穴があった。壺を持ったギリシア風の女性が繊細に彫られたカメオだった。古風でありながら、どことなくおかしく思われた。ヴィクトリア朝時代の女性が身につけたものの粗悪な模倣品みたいな感じだ。女性の細い腕には大きすぎて野暮ったく、現代的な女性が身につけそうなものではなかった。

「こんなのははじめて見るわ」下調べを終えて言った。まだ触れてはいない。ブレスレットに触れれば、女性の冷たくなった手や、血のように赤いマニキュアとは対照的な白い指に触れてしまうのは避けられないからで、それを思うとためらわれたのだ。

「どう思う？」少佐がたずねた。

わたしは宝石商じゃないものの、宝飾品の入手と売却に関してはかなりの経験があることを少佐も知っているのだ。

「ゴールドは質のいいものだと思う。愛する故人の髪の毛なんかを入れていた、ヴィクトリア朝時代の服喪《モーニング》ブローチによく似ているけれど、こんなに大きいのや錠がついているのは見たことがないのよね」少佐に弱々しく微笑《ほほえ》む。「亡くなった人の髪の毛をしまって錠をかける必要性なんてあまりないもの」

「では、イングランドのものだと考えているのか？」さりげない少佐の口調のなにかが引っかかった。

ブレスレットから視線をはずして少佐を見上げる。判読不能の表情で見つめられていた。

ブレスレットに視線を戻す。「たぶん」しばらくしてからそう言った。「ただ、継ぎはぎされたものって気がするの。アンティークでこんなブレスレットは見たことがないもの。だから、古いものをつなぎ合わせて新しいものを作ったんじゃないかと思う」

少佐は、女性をはさんで反対側へ行っていたドクターに目をやった。「この女性の国籍についてはまだ結論が出ていないんだな？」

「私はシャーロック・ホームズじゃないのでね」ドクターはいらだった口調だ。「そして、ワトスン博士でもない。死体から国籍を判断するのは無理だ。指の爪を見て、その女性がスイス出身であるとかわかるはずもない」

わたしは女性の手に目をやった。「この人はおそらく暮らし向きがよかったか、少なくとも贅沢《ぜいたく》にお金を出してくれる知り合いがいたと思います」

ドクターがわたしを見た。「どうしてわかるんだね?」いらだちながらも、ちょっとだけ興味を持ったみたいな声だった。

「詳しいというほどでもないのですけど」そう断りを入れる。「マニキュアは新しくて、手入れもきちんとされています。いわゆる肉体労働だとかきつい手仕事をしていないのは明らかです」

「いい着眼点だ」少佐が言った。「ほかには?」

ふたたび女性の顔を見る。「耳にピアスの穴が開いているわ。イヤリングはしてました?」

「いや」

「ブレスレット以外のアクセサリーは?」

「なしだ」

内側に刻印のある指輪でもつけてくれていればと期待したのだけれど。まあ、それは望みすぎとわかっていた。それに、そんなものがあれば、男性だって気づいていただろう。

「服はどう?」わたしは訊いた。

「調べさせているところだ。彼女は青いワンピースと毛皮のコートを着ていた。ごく標準的な下着。特に変わったところはなしだ」

ごく標準的な下着ね。少佐はほんとうにどうしようもなくなるときがある。

「服は女性に調べさせた？」

少佐がちらりとわたしを見た。「どうしてだ？」

「女性の服に関しては、男性よりも女性のほうが細かいことに気づく可能性が高いからに決まってるでしょ？」

「自分がやると言っているのか？」

そういうわけではなかった。服にはあまり詳しくない。犯罪者としては、できるだけ周囲に溶けこみ、いらぬ注意を引かないことが肝要だ。最新ファッションはそれとは逆を目指すものなので、わたしには縁《えん》がなかった。わたしが服に求めるのは、快適で実用的であることくらいだった。

だとしても、その任務を割り当てられた巡査部長よりも、わたしのほうがましな仕事ができるだろうと思う。

「せっかくここにいるのだから、そうしてもいいわね」わたしは返事をした。

正直に言うと、しばらく死体から離れられるのがちょっとうれしかった。プロらしく超然としていようとしたけれど、この若くて美しい女性が冷たくなって目の前に横たわっているのを見るのは心が騒いだ。

ラムゼイ少佐が部屋の奥のテーブルへとわたしを連れていった。数点の遺留品が載っていて、そのほとんどが衣類だった。

わたしはテーブルに広げられたワンピースを見た。もうほとんど乾いていた。袖に触れてみる。「高いワンピースね」

「どうしてわかる?」

「質がいいもの。百貨店で売られているワンピースだわね。誂《あつら》え品じゃないけれど、お値段が張るのはまちがいない。彼女にはお金があったのよ」

「古いワンピースかもしれない」

わたしは首を横にふった。「スタイルは最近のものだわ」

少佐はすでにそれを知っていたのではないか、という気がした。彼は裕福な家の出だ。少佐が認めようと認めまいと、高級服と安物の服のちがいくらいわかっているはず。つまり、これはある種のテストなの?

それでもかまわなかった。ここへは仕事をしにきたのだし、その仕事に最善を尽くす用意はできていた。だから、それ以上食い下がらず、ワンピースからほかになにがわかるかを探った。少佐を心から驚かせるようなことを見つけたかった。

ワンピースから手を離し、ほかの遺留品のほうへ近づいた。

シルクのストッキング、レースのズロース、サテンのスリップ。わたしが見ているあいだ、少佐は無言だった。亡くなった女性の下着を男性の前で調べるのは、正直なところ少しばかり気まずかった。でも、少佐はちっともきまり悪そうじゃなかったので、わたしも気にしないようにした。これは調査だ。犯罪の可能性がある事件を調べているのだ。ひょっとしたら、単なる犯罪ではすまないかもしれない。

「シルクのストッキングは、手に入れるのが簡単じゃないわ」

「そうだな」少佐が答えた。

なでるようにストッキングに触れてから、もう少しよく見てみた。あ、と思った。

「ひざのところが伝線してるわ。両方のひざで同じように。転んだみたいに」もちろん、どの時点で伝線したのかはわからない。シルクのストッキングは手に入れるのがむずかしいから、ひざより少し下まで丈のあるワンピースで伝線を隠しながら使い続けていた可能性だってある。とはいえ、伝線を繕《つくろ》おうとか、それ以上広がらないようにしようとかした形跡はなかった。

少佐はわたしの肩越しにストッキングを覗きこんだけれど、なにも言わなかった。

次にわたしはズロースを見た。少佐は〝標準的〟と言ったけれど、これは高級下着だった。サテンとレース。

次いでスリップを見ながら移動した。もとは白かったのが、川の水で汚れていた。でも、それをのぞけば新品同様だった。

「質がよくて真新しい。下着もワンピースも最近買ったものみたい」ほかに役立つ情報は得られないかと、ふたたび服に目をやる。「服には血痕はついてないのね」

「ああ。体にも、撃たれたとか刺されたとかの傷はない。殺されたのだとしたら、首を絞められたのかもしれない。きれいな殺し方だからな」

あまりにもおだやかな口調だった。それにはときどき驚いてしまい、少佐は軍人で情報将校だと自分に思い出させなければならなかった。それでも、慣れるのはむずかしかった。

〝犯罪者人生〟——ほかにいいことばがない——を送ってきたのだから、そういうことには免疫ができているだろうと考えられがちだ。でも、昔からわたしたちは、暴力を、人を避ける類の犯罪者だった。標的にまったく気づかれずに忍びこみ、仕事をし、こっそり出ていく。少佐に出会うまで、冷酷な殺人と遭遇した経験などなかった。

テーブル上の最後の遺留品を見た。毛皮のコートだ。ミックおじが感銘を受けたときにするような口笛を小さく吹いた。

「クロテンだわ」近づいてはみたものの、触れるのがこわいような気持ちだった。テムズ川に浸かっていたせいで毛足がもつれてごわついていたけれど、高級品であるのは一目瞭然だった。

女性の服には特に変わったところはないと少佐は言っていた。彼の世界では、女性はこういうものを着ているのがふつうなのだろう。でも、わたしは異なる角度から見ていた。

「女性に毛皮のコートを買ってあげた経験はないの、少佐？」小生意気な感じで訊く。

「ああ」

交際相手の女性に少佐はどんなプレゼントをするのだろう、という思いが頭をよぎった。感傷的なものでないことだけは確信があった。

「職業婦人の一年分の給与くらいの値段がするものだわ」豪華な毛皮をなでる。「それ以上かも。わたしだったら、ここからはじめるけど」

「どういう意味だ？」

「この一年で、これだけ高級なコートがロンドンでそんなにたくさん売れたとは思えない。購入者を洗い出せるんじゃないかしら」

少佐がうなずいた。

この美しい毛皮のコートが警察の保管室にひっそりとしまいこまれたままになるなんて、残念だった。ちゃんと着てもらい、真価を評価されるべきなのに。せめて売られるべき。中古でもかなりの値段がつくだろう。

「この女性はあなたの世界の人の可能性だってあるでしょう、少佐。見おぼえがないなんて驚きだわ」

「つまり、ここまでわかったのは、この女性が裕福であるということだな」少佐は、社会的地位についてのわたしのことばを無視した。

「ええ、そうだと思います」なにかが妙な気がしたけれど、それがなにかはっきりとはわからなかった。「女性のすべてが、お金持ちだと示しているわ。服、爪、髪」

少佐がわたしを見た。「髪についてはなにがわかる？」

「最近切ったばかり」

「どうしてわかる？　テムズ川に何時間も浮かんでいたんだぞ」

わたしは目をぱちくりした。軍人としての少佐にはこの先も慣れられないかもしれない。

「わかるからわかるんです」少佐に負けじと超然とした声を出すよう努めた。「手入れがされていて、毛先が揃っているから、最近カットしてもらったのだとわかります。川水で髪型が崩れたとしても、かなり最近美容院に行ったのは明らかです」

「ほかには？」

つまり、少佐は少なくともわたしのことばに耳を傾けているわけだ。不本意ながら、自分の観察力をまともに受け止めてもらえて、うれしさを感じた。いつもの彼は、傲然《ごうぜん》として高圧的だから。でも、腰を低くしているとまでは言えないけれど、ときどきそれに近いふるまいをすることがある。

わたしはすぐには返事をしなかった。そして、全体像としてすべてのピースをとらえた。女性の目を通した像。すると、ずっとなにが引っかかっていたのかに気づいた。

「彼女は裕福な家の出ではないと思う。ごく最近に大金を手に入れたのよ。服はどれも高級品で新しいし、髪とマニキュアも手入れしたばかり。それに毛皮のコートもある。思いがけなくお金を手に入れて、それを最大限に楽しんでいた、というのがわたしの推測よ」

その情報が頭にしみこむあいだ、少佐はわたしを見つめ、それから短くうなずいた。「ありがとう、ミス・マクドネル。細部に至る観察眼はすばらしい」

少佐が次になんと言うかわかったので、わたしは身がまえた。

「さあ、今度はブレスレットをはずしてもらおうか」

3

　少佐とともに剖検台に戻り、ポケットに入れていた革袋を取り出した。なかには仕事に必要な道具が入っている。ブレスレットの錠は、少しでも腕のある錠前師ならだれだって開けられる簡単なものだった。ミックおじの技術など――わたしの技術でも――なくても、あっという間だ。

　わたしは剖検台に近づいた。こちらを一心に見つめるふたりの男性を無視するのは、簡単だった。ブレスレットは亡くなった女性がつけているものだという事実を無視するのは、それよりもむずかしかった。剖検台上の白い手は冷たく、ブレスレットをはずしてもらうのをじっと待っていた。

　カメオを解錠する前に、まずブレスレットをはずそうと決める。革袋から小さなピックをするっと出し、もう一方の手でカフブレスレットを押さえた。てのひらの側面が女性の手に触れてしまい、彼女が安らかに眠れるよう頭のなかで古いアイルランドの祈りを捧げた。

　それから全神経を集中して仕事に取りかかった。

　錠にピックを挿しこみ、内部機構を探りはじめた。ブレスレットの錠は、警察が使っていたような旧式の手錠ほど頑丈ではなかったけれど、似てはいた。そういう手錠はミックおじの作業場に何組かあって、いとこたち《ボーイズ》とわたしは子どものころにそれで遊んでいた。コルムとトビーに〝逮捕〟され、どこかに置き去りにされ、自力で手錠をはずすはめになったのも、一度や二度ではなかった。ボーイズのおかげで、このカフなら文字どおり後ろ手でも解錠できる。

すぐに錠の開くカチリという音が小さくした。この錠は、開けられるのを強固に防ぐ類のものではなかった。どちらかというと、なくしたり盗られたりしないための予防策といった感じに思われた。

カフブレスレットが開いたので、女性の手首からはずした。

少佐を見上げてさらなる指示を待った。

「次はロケットを頼む。ここでやればいい」少佐はなにも載っていない剖検台を示した。

「ブレスレットを押さえていてくれます?」剖検台に上向きに置く。

少佐がそばに来てブレスレットが動かないように手を添えてくれたので、わたしはカメオのロケットの小さな鍵穴にピックを挿しこんだ。壺を持ったギリシア女性が、秘密を暴こうとしているわたしを重々しい表情で見上げてくるような感じがした。

少佐と手がかすったとき、死んだ女性とは対照的に温もりを感じた。

カメオの錠も簡単で――ブレスレット本体よりもさらに簡単だった――あっさり開いた。

壊してもよかったなら、少佐や彼の部下たちでもちょっと力を入れるだけで開けられただろう。

ピックを置いてロケットを開けようとした。自分が解錠したものを開けて見るのは身にしみついた習性だったのだけど、そうする前に少佐に止められてしまった。

「よくやった」少佐がブレスレットを遠ざける。「ありがとう」

では、ロケットのなかをわたしに見られたくないのね。一瞬かっとなったものの、もっともな話だと思いなおした。ロケットのなかに重要機密が入っているのなら、それを目にする人間は少なければ少ないほうがいいわけだ。もちろん、だからといってわたしの好奇心が消えたわけではなかったけれど、この仕事では知らないほうがいいときもあるのだと学びつつあった。

少佐の礼にうなずきを返した。「ほかに……なにかあります？」

「いや。外まで送ろう」

少佐はカメオを開けないまま、ブレスレットをポケットに落とし入れた。

ドクター・バーカーにいとまごいをしようとしたところ、彼はすでに部屋の奥へ行っていた。ここにはあと何体が剖検台に乗るのを待って冷蔵されているのだろう、とふと頭に浮かんだけれど、そういうことは考えないほうがよさそうだった。

だから、お先にとラムゼイ少佐に身ぶりをされると、立ち去れるのをうれしく思いながら来た道を戻った。

階段を上がって、同じ建物内ながら先ほどよりは明るい雰囲気の廊下に出たものの、頭のなかはいまも剖検台に乗っていた女性のことでいっぱいだった。

「あの女性は川に落ちる前に死んでいたと思います？」沈黙を破って訊いた。

「おそらく。彼女はなにかから逃れようとしていて、偶然だか捕まるまいとしてか川に落ちた可能性もあるが」思考過程を少佐が話してくれたことにちょっと驚いた。

「だとしたら、ストッキングのひざが伝線していた説明にもなりますね」

あの女性は結婚指輪をしていなかった。していなくても、彼女を待っている人はいたのだろうか？　いま必死で彼女を捜している恋人が？

もちろん、そんなことを考えたところで意味はない。あの女性に起きた事実を変えられるはずもないのだから。それでも、彼女の行方を心配する家族にとってはどれほどつらいだろう、と考えずにはいられなかった。

「大丈夫か？」外に足を踏み出すと、少佐からいきなりたずねられた。

自分が目を閉じ、新鮮な空気を大きく吸いこんでいたのだと気づく。

少佐をふり向いた。「ええ。ただ……悲しくて」

「たしかに、そうなのだろうな」少佐の口調は曖昧《あいまい》だった。

少佐がそういったことをあまり考えない人なのは知っていた。ふつうの人間にとっては胸に重くのしかかるできごとに対して、感覚が鈍《にぶ》っているのだ。

知り合いになったのは最近だけど、その短期間でも、ふつうの人間なら精神がやられてしまうようなことを少佐はやらざるをえない立場になった。〝生まれつき高貴な人間もいれば、周囲に押し上げられて高貴になる人間もいる〟(シェイクスピア『十二夜』第二幕第五場の一節)という古いことばを思い出した。心の強さについても同じことが言えると思う。少佐は以前からそれをたっぷり持っていたにちがいない。生まれつき頭がよくてとても有能だったのは明らかだ。しかも、軍隊生活がもともとの才能を研ぎ澄ました。その結果、弾性と不屈の精神というみごとな組み合わせが誕生したわけだ。

それでも、柔《やわ》な部分を少佐が世間から――彼自身からも――隠しているなんてことはないだろうかと思う。

まあ、柔な部分があったとしても、わたしにその面を見せはしないだろうけれど。

自動車までふたりとも無言のまま歩いた。

「ヤクブに家まで送らせる」少佐が後部座席のドアを開けてくれた。「また連絡する、ミス・マクドネル」

わたしが返事をする間もなく、少佐はドアを閉め、カフブレスレットを持ったまますたすたと歩み去った。

少佐はいつだって、〝失礼〟のひとこともなくわたしを厄介払いする。プロ同士としてのふたりの関係が深まったかもしれないと感じるたび、わたしは道具箱に入った使える道具にすぎず、用がすめばもとの場所にぞんざいに戻されるだけだと見せつけてくれる。

あっさり厄介払いされるのも腹が立つけれど、興味をそそる謎のとば口で置いてけぼりを食らい、結局その結末を知らずに終わるのは、もっと腹立たしかった。

シートにもたれ、ため息と不満の息がないまぜになったものを吐き出した。戦争にはいろんな意味でいらいらした。

ヘンドン・セントラル駅の近くで、ヤクブに自動車から降ろしてもらった。朝食のとき、今日の仕事が終わったらちょっと買い物をしてきてほしい、とネイシーに頼まれていたのだ。店が閉まるまでまだたっぷり時間があった。買い物は分担することが多かった。ネイシーとわたしはそれぞれに店をまわり、割り当てられた配給切符でどちらがいい買い物ができるかを競った。

賑《にぎ》やかな通りを歩きながら、市場で買う必要のあるものを考えつつも、今日のできごとを頭のなかでおさらいしていた。戦時下での生活では奇妙な対置が生じた。ありふれたこととショッキングなことのあいだで常にバランスを取らなければならないのだ。イングランドを屈服させようとしているスパイや殺人者がいると知りつつ、パンの配給の列に並ぶ。

足を止め、建物に貼られていたポスターを見る。

手紙を胸に抱き、悲しそうに遠くを見つめる女性の絵が描かれていた。〝戦争関係の仕事をしよう。彼が帰ってこられるように〟それでトビーが帰ってくるかどうかはわからなかったけれど、わたしは戦争関係の仕事を手に入れた。しかも、予想したより遙かに大きな仕事だった。

店に着いたので、列に並んで配給切符でバターを手に入れ、別の店にも並んで少しばかりの牛肉を手に入れた。なかなかいい大きさのじゃが芋ふたつと、出はじめのリンゴもいくつか手に入った。戦争がはじまってから、ずいぶんいろいろと変わってしまったのが奇妙だった。何カ月か前にはたっぷりあった食品を手に入れるために、列に並ばなければならなくなったなんて。まるで別世界に住んでいるみたいだ。

ぴったりだと思う。わたしも別人になったから。

一カ月前、わたしは泥棒だった。いまでも、自分は泥棒だと考えることがときどきある。たとえば、今日みたいに修理工場を下見の目で一瞬見たときなど。反対に、自分が泥棒をしていたこと、泥棒がずっと以前からマクドネル家の生業《なりわい》だったことが嘘みたいに思えるときもある。

まあ、よくあることばで正当化してきたのは認める。自分たちが生きていくために、裕福な人たちから盗んでいる、と。だって、彼らは必要以上のものを持っているから。少しくらい痛い目に遭って当然なのだ。でも、少佐のおかげでこうやって新たな人生をはじめてみると、ものごとが変わった。よくも悪くも、戦争がわたしたち全員の人生を変えつつあった。

つい一週間前に、ロンドンに爆弾が落とされた。ずっと以前から覚悟しておくようにと言われていたけれど、それでもショックだった。何カ月も待ったあとで、田舎へ逃げていたおおぜいのロンドンっ子がおそるおそる戻ってきたあとで、ひょっとしたら大丈夫かもしれない、ドイツ軍は攻撃してこないかもしれない、と思いはじめた。そんなところへ爆撃が起こり、戦争はまだ終わっていないどころか、はじまったばかりなのだ、と思い知らされた。

みんな心の奥底では、事態が悪化するのも時間の問題だろうとわかっていた。ドイツはポーランド、ベルギー、それにフランスを侵略した。六月以降はジャージー管区とガーンジー管区（イギリス王室の属領で独立した行政機構を持つ、チャンネル諸島を構成する地区）が占領されている。次に標的にされるのはイングランド本土というのは充分ありそうだった。

近い将来がわかっているのはおそろしかった。ロンドンは持ちこたえられるだろうか？ 持ちこたえられるに決まっている。これまでだって大火事や飢饉《ききん》、天災や疫病をくぐり抜けてきた。それに、戦争もたっぷり経験している。この戦争だって乗り切って、ますます強くなるだろう。

結末がどうなるかについては、確信があった。むずかしいのは、そこまでの道だ。

しばらくして、食料品を手に帰宅した。

「ネイシー、いる？」家に入ると、その日二度めの声がけをした。

「キッチンよ、ラブ！」

気づくべきだった。キッチンのほうからおいしそうなにおいがしていたのだから。

においをたどってキッチンへ行くと、ネイシーが流しで皿を洗っていた。

「すごくいいにおいがする」戦利品というにはお粗末だけど、手に入れたものを置いた。

「前にドイツと戦争したときの塹壕《トレンチ》ケーキ（かぎられた材料で作る日持ちするケーキ。戦場の家族や恋人に送られた）のレシピを見つけてね。ちょっとだけ変えたけど、いい感じにできあがりそうですよ」

「楽しみだわ」ネイシーの頬に軽くキスをする。彼女なら草と小枝からだっておいしいスープを作れる、と絶対の信頼を寄せていた。配給品でごちそうを作れる人がいるとしたら、それはネイシー・ディーンだ。「市場に行くのが少し遅かったから、これしか手に入らなかったの」わたしは言った。「ラムゼイ少佐の仕事をしてたから」

ネイシーの両の眉がつり上がり、いたずらっぽい笑みが広がった。「そうなの？　それなら、あなたを責められないわね。あたしがあなただったら、あの人と少しでも一緒にいようとするでしょうからね」

ネイシーは少佐に会うなり、すてきな印象の外見だけで彼を気に入った。いつもの彼女はハンサムな顔に夢中になったりはしないのだけれど、少佐は例外にしたらしい。

「そうじゃないの。テ……テムズ川で死体が見つかったのよ」

「あら、いやだ」ネイシーが布巾で手を拭《ぬぐ》う。

わたしはうなずいた。

「根掘り葉掘り訊くのはよしておくわね、エリー。少佐の仕事が極秘なのはわかってますから。ただ、あんまり不快なことをせずにすむといいけど」少し口をつぐんだあと、続ける。

「で、少佐は？　元気にしていたの？」

「元気だったわ」

「あなたに会えなくてさみしがってたんでしょうね」わたしが手に入れた食料品をたしかめにネイシーがテーブルに来た。

わたしはにっこりした。ネイシーは母親にいちばん近い存在で、彼女のほうもわたしに対して母親のような感情を抱いていた。わたしがなし遂げたことを誇りに思い、わたしと出会った独身男性は当然のなりゆきとして恋に落ちると思いこんでいる。

少佐とわたしは五分も一緒にいれば相手に嚙みついてしまうと知っても、少佐がわたしに気があるというネイシーの思いこみは揺らがなかった。

「それはないでしょうね。頼まれた仕事をしたら、さっさと追い払われたもの」

「彼は舞い戻ってきますよ」ネイシーは自信たっぷりだった。

言い争う気はなかったので、食料雑貨店と肉屋へ行った話をし、じゃが芋はシチューに入れ、リンゴはみんなで数切れずつ楽しめるアップルケーキに使うのがいいだろうと意見が一致した。

しばらくして夕食の席についたときも、死んだ女性が頭から離れてくれなかった。彼女はどういう人だったのだろう？　わからないせいで、彼女と、彼女が経験したことに対する同情心が大きくなった。

殺されたにしろ溺死《できし》したにしろ、ひとりぼっちでそんな風に死ぬなんて、おそろしかっただろう。

ストッキングのひざの部分に伝線があったのを思い出す。少佐が推測したように、だれかから逃げていたのだろうか？　でも、つまずいて川に落ちたのだとしても、溺《おぼ》れ死ぬだろうか？　たとえ泳げなかったとしても、岸に上がれたのでは？

推測をたくましくしても意味がないのはわかっていたけれど、昔から知らないことにはがまんできない性格なのだ。うちの家族は問題を解くのを生き甲斐にしてきた。そして、それは錠だけに限定されていなかった。

ミックおじのヨークシャーでの仕事は順調だろうかと考える。ちゃちゃっと片づけてすぐに帰ってきてくれるといいのだけれど。今回の件をおじと話し合いたくてたまらなかった。

4

ミックおじからも少佐からも連絡がないまま、二日が過ぎた。

わたしは新たな錠前仕事をした。収入面でも、よけいなことを考えずにいるという面でも、ありがたかった。夜は時間をやり過ごすのが日中よりもむずかしかった。ラジオを聴きながら兵士たちのためにソックスを編むくらいしか自分が役に立つと感じられることはあまりなく、ついつい謎の女性の死についてくり返し考えてしまうのだった。大好きな神話の本も気をそらしてはくれなかった。

あの女性の身元を明らかにする手伝いが自分にできないかと、どうしても思考をめぐらせてしまう。ブレスレットがいい手がかりになるだろうか？　仕事柄、宝石業界には複数の有益なコネが自然とできていた。近々少佐から連絡がなかったら、ブレスレットのスケッチを描いてあちこち訊いてまわってもいいかもしれない。当然ながら、答えにつながるなにかが見つかる可能性は低いけれど、来ないかもしれない呼び出しをただ待っているよりましだ。

すると、二日めの夜に電話が鳴った。最初の着信音が鳴っているあいだに受話器に手を置いていたけれど、三回鳴るまで出なかった。かけてきたのが少佐だったなら、電話に張りついていたと思われたくなかった。「もしもし？」

「もしもし、エリー。フェリックスだ」

「まあ」気をつけて明るい声を出したけれど、ほんとうは少しばかり落胆していた。「電話をくれてうれしいわ、フェリックス。スコットランドはどう？」

フェリックス・レイシーはわたしのいとこの古くからの友人で、わたしの友人――であり、ひょっとしたらそれ以上の存在――にもなった人だ。

彼は戦闘中に左脚の下半分を失って、海軍を除隊した。彼がロンドンに戻ってきて以来、ふたりの関係に変化があった。友情を越えた方向に進みつつあるという感覚が。フェリックスは、ラムゼイ少佐とわたしの冒険に巻きこまれ、それが終わったあとかなりの時間を一緒に過ごした。

そして一週間前のある日、フェリックスが電話をかけてきて、仕事かなにかでスコットランドへ行くと告げた。いまの電話はそれ以来だった。

「最高だよ。なあ、エリー、そろそろ列車の時刻なんだけど、明日の晩、食事に出かけないかと思ってさ。ちょっと知らせたいことがあるんだ。ビリー・ノリスから返事があったんだよ」

わたしは凍りついた。その手紙がなににについての返事なのかはすぐにわかった。わたしの母に関したことだ。

「なんて……」わたしは言いかけた。

「ごめん、ラブ、列車が来た。きみの都合を確認しておきたかっただけなんだ。明日の夜、八時に〈アントワーヌ〉でいいかい？」

「ええ、それでいいわ」

「よかった。じゃあ、明日、スウィート」

電話が切られたので、フェリックスはどんな情報を得たのだろうと思いながら受話器を置いた。彼は少し前に、わたしの母の暗い過去に光を当てられるかもしれない知り合いについて話してくれたのだった。

でも、いまはそれについて考えているときではない。フェリックスと話すまで、考えても意味がない。ひなを数えるのは卵からかえってからにしろ（取らぬ狸の皮算用の意）だ。

いらだちの息を吐く。フェリックスがよかれと思って電話をくれたのはわかっていたけれど、こんな風に宙ぶらりんにされてちょっと腹が立った。でも、こっちの件は、がまんを強いられるのが一日だけなのがせめてもの救いだ。亡くなった女性については、少佐は無期限に気を揉《も》ませたままにするだろうから。

どこを向いても答えはほとんどなくて、あるのは疑問ばかりだった。

諦めて紅茶を淹れ、むっつりと編み物を手に取った。気を紛《まぎ》らわせるものとしてはあまりよくないかもしれないけれど、少なくとも兵士は足を温められる。

翌早朝、ふたたび電話が鳴った。

とっさに、またフェリックスからだと思い、どうして朝食前に電話をかけてきたのだろうと訝《いぶか》った。

「もしもし？」

「ミス・マクドネルはいらっしゃいますか？」電話の向こうから明るい声がした。どことなく聞きおぼえのある声だったけれど、だれだかわからなかった。

「わたしですけど」用心深く言う。

「ラムゼイ少佐からおことづけがあります」

それを聞いて声の主がわかった。少佐の秘書のコンスタンス・ブラウンだ。ラムゼイ少佐の最初の任務が終わったときに、一度だけ会っていた。

たしかに少佐からの連絡を待っていたとはいえ、実際にそうなって驚いている自分がいた。連絡すると少佐は言っていたけれど、急いで追い払いたい人間に言うような、単なる社交辞令のようなものだと思いはじめていたのだ。少佐から連絡があるとは思えなくなっていた。特に、奇妙なブレスレットの中身を隠したがっていたから。

「はい？」

「差し支えなければ、今日の午前十時にオフィスにいらしてほしいそうです」少佐のことづけにコンスタンスが礼儀正しいことばをつけ足したにちがいなかった。少佐はおそらく毎朝命令をどなり、それをコンスタンスが丁寧に言い換えているのだろう。彼女の仕事をうらやましいとは思わなかった。

「わかりました」今回の件にかかわり続けられると思ったらわくわくしたけれど、極力ふつうの声を出すようにした。「うかがいます」

その少しあと、ダイニング・ルームでネイシーと朝食をとっていると、玄関ドアの開く音がして、なじみの声が聞こえてきた。「おはよう、お嬢さん方！」

「ミックおじさん！」戸口に現われたおじを見て、わたしは叫んだ。会えてうれしかった。おじがいないと、いつだってすべてが静まり返ってしまうのだ。

「おはようございます、ミック。靴はちゃんと拭ってくれたでしょうね。モップをかけたばかりなんですよ。すぐに朝食を用意しますね」ネイシーはテーブルを立ってキッチンへ消えた。ミックおじにはなにひとつ言い返す間もなかった。言い返せたところで、どのみち影響はなかったけれど。ネイシーは、うちの家族全員の世話をすることに生き甲斐を持っているのだ。思い出せるかぎりの昔から、わたしやいとこたちだけでなく、ミックおじまでも甘やかしたり叱ったりしていた。

「二回拭ったよ！」おじはキッチンに向かって声を張りあげ、わたしにウインクした。

信じられないという気持ちのこもった、ネイシーのうなり声が聞こえてきた。

おじは笑い、座っているわたしのところまで来て頰にさっとキスをした。「今朝のご機嫌はいかがかな、エリー嬢ちゃん？」

「ばっちりよ」おじがよく使う言いまわしで答える。「ヨークシャーはどうだった？」

「文句なしさ」おじはいつもの席に座った。「いい仕事だった。すごく楽しかったよ」

「ご領主さまには会えたの？」

「ほとんどずっとぴったり張りつかれてたよ」おじの目がきらきらする。「どうも信用されてなかったんじゃないかって気がするんだ」

「勘のいいご領主さまね」

「心配なんて必要なかったのにな、嬢《ラス》ちゃん」おじはにやりと笑った。「私たちは新たな人生を歩みはじめたのだから」

政府の仕事に関係しているあいだは泥棒仕事はしない、と少佐と取り決めをしていた。わたしはその取り決めをぜったいに守るつもりでいたし、おじもそうだと思っていたけれど、その習慣を断ち切るのはおじにはむずかしいのではないかとも感じていた。おじにとっては、違法な活動によって得る不正な儲《もう》けよりも、挑戦と興奮のほうが魅力なのだから。

でも、この合法のちょっとした仕事も、おじに元気を出させるくらいには挑戦的なものだったようだ。とても元気そうだった。まあ、おじはいつだって生き生きして健康そうに見えるのだけれど。おじは平均的な背の高さで、細身でしなやかで、動きは速く自信に満ちている。わたしと同じく黒かった髪はいまはほとんど白くなっていて、緑色の目は陽気で上機嫌な顔のなかできらめいていた。おじを見ているうちに、愛情がどっとあふれてきた。帰ってきてくれてうれしかった。

皿とティーカップを持ったネイシーが戻ってきた。ミックおじはポットを取って自分で紅茶を注いだ。おじはコーヒーのほうが好きなのだけど、ネイシーとわたしはコーヒーを飲まないので、今朝は淹れられていなかったのだ。

わたしたちは、ミックおじのヨークシャーでの仕事と、わたしがここでやった仕事二件についてしばらくしゃべった。

「おまえが女だからってだけで、そいつは手を焼かせたのか?」自動車修理工場での話を聞くと、おじが言った。「そこへ行って説教してやらないとな」

「その必要はないわ。わたしがとっちめておいたから」

おじがうなずいた。「それでこそ私のエリーだ。で、それ以外は静かなものだったのかな?」

「エリーは少佐とまた会ってるんですよ」ネイシーが不意に割りこんだ。

ミックおじが口もとへ運んでいたフォークを止め、緑色の鋭い目をわたしに向けた。「そうなのかい?」

自分のペースでその話をしようと思っていたのに、ここで明かすしかなくなった。

「錠のことでわたしの手が必要だったの」

少佐に相談もせず、どこまで打ち明けていいものかと訝った。うちの一家はおたがいに隠しごとをしてこなかったし、国家の安全にかかわる問題となればイングランド銀行並みに信用できたけれど、詳細を話すならまず少佐に相談したほうがいいとわかっていた。

「ほんとうは、少佐はおじさんに会いにきたの」

「私のハンサムな顔を見たかったんだろうな」ミックおじがネイシーにウインクした。

わたしは顔をしかめた。ネイシーと同じように、ミックおじもラムゼイ少佐とわたしのあいだにロマンスめいたものが花開くかもしれないという大それた考えを持っている。おじは昔から政府を高く評価していないとはいえ、少佐の剛勇さや、プレッシャーを受けたときも冷静沈着さを失わないようすを気に入っていた。わたしが少佐の名前を口にするたびに、おじとネイシーはしたり顔で見交わすので、すごくいらいらした。

そんな展開にはぜったいにならないと、おじもネイシーもわかっているはずだった。少佐は、厳格な軍隊の背景だけでは充分ではないとばかりに、伯爵の甥《おい》でもあった。どこまでもお貴族さまの彼が、わたしのような背景を持つ女とロマンティックな関係になりたがるなんて、ほんの少しだってありえなかった。

少佐はとんでもなく法律を重んじていて、うちの一家は大喜びで法律を破る側だ、という事実は言うまでもなく。

　そう、少佐はけっしてわたしを女として見たりしないし、少佐がどれほど魅力的だろうと、わたしの描く将来にすんなりはまるところなど想像もできなかった。だから、おじもネイシーも期待を持つだけむだだった。

　それに、フェリックスもいるし。

　今夜彼はどんな話をするのだろう？　どんな話であれ、彼と会えるのはうれしかった。フェリックスが留守にしていてさみしかったのだ、と唐突に気づいた。

　ふとわれに返ると、ミックおじに見つめられていた。頭のなかを読まれたみたいだった。おじはいつだって鼻につくほど頭がいい。

「フェリックスから連絡はあったかい、エリー？」

「ええ。実はちょうどゆうべ電話をくれたの。スコットランドから帰ってくるところでね。今夜夕食を一緒にする予定」

「彼のことばをなんでもかんでも額面どおりに受け止めないようにな」おじはフェリックスを非常に気に入っているけれど、わたしの相手にはふさわしくないと思っている。いま現在、だれかとくっつけてほしいなんて、わたしは頼んでいないのだけれど。

　ため息が出た。朝食の席でしたい会話ではなかった。

「フェリックスのことは心配いらないわ。ちゃんとあしらえる」

「少佐をうまくあしらったほうがいいんじゃないの」ネイシーが口をはさんだ。

思わず声を出して笑いそうになった。少佐と五分も一緒に過ごしたら、彼は人からあしらわれたりする人ではないと、ネイシーにもわかるだろう。

「どっちみち」わたしは続けた。「今回の件を話し合うために、午前中に少佐と会う予定になってるの。遅刻したくなければ、そろそろ出かけたほうがよさそう。おじさんがヨークシャーから帰ってきたって話しておくわね。きっとおじさんにもくわわってほしがると思うから」

ミックおじがにっと笑った。「この任務はおまえとふたりだけでやりたいと言われても、理解はできるよ」

わたしは吐息をついて席を立った。「雌鶏《めんどり》さんたち、鳴くのが終わりなら、もう行くわね」

玄関ドアまで来たとき、ネイシーから声をかけられた。「とってもすてきだけど、口紅くらい塗ったらどう?」

わたしは思いきり強くドアを閉めた。

5

地下鉄でナイツブリッジまで行き、そこから少佐のオフィスまで歩いた。〝オフィス〟というのは、作戦本部として使われている、ベルグレーヴィアにある少佐の私邸だ。でも、彼はそれをわたしに教えるつもりがなかった。わたしが半ば強引に聞き出した情報だ。少佐にどんな欠点があろうと、彼は自分ほど恵まれていない人間に面と向かって富を見せびらかすような人ではなかった。

錬鉄製のテラスがある、白い化粧漆喰《しっくい》のすてきな町屋敷で、じきに落とされるとみんなが思っている爆弾に備えて外側を砂嚢《さのう》が囲んでいる。

玄関の階段を上がり、ドアをノックした。すぐさま、つやめくブロンドの若い美人が応対に出てきた。目の色とマッチする紺青色《こんじょういろ》のスーツを着ていて、親しげな笑みを浮かべている。「おはようございます、ミス・マクドネル」女性が招じ入れてくれた。「また会えてうれしいです」

「おはようございます」わたしも応じた。「こちらこそ、また会えてうれしいわ」本心だった。元気なコンスタンスの存在は、少佐と会う前のすてきな前奏だ。

ラムゼイ少佐はわたしに対し、ほとんど常に堅苦しく形式張った態度だ。それは主に、泥棒だったわたしの過去を気に入らず、心の奥底では犯罪者と組んで任務に当たらなければならないことに憤《いきどお》りを感じているからではないか、と思っている。少佐はかなり厳格な指針に従って仕事をしており、私利私欲で盗みを働く人間はとても受け入れがたいのだろう。

ただ、少佐のために弁解しておくと、彼は最高に機嫌のいい日でもあまり感じがいいようには思われず、かわいそうなコンスタンスは、おそらくかなりのがまんを強いられているはずだった。

それでも、コンスタンスはうまくやっているように思われた。生来のやさしさにくわえて、てきぱきと有能だし、このきつい仕事も充分こなせる人に思われた。「少佐がお待ちです。お着きになったら、すぐに部屋にお通しするよう言われています」

「ありがとう」

少佐の執務室の場所は知っていた。それだけでなく、この屋敷の一階の配置はかなり頭に入っていた。というのも、短期間ながらここに軟禁され、ミックおじとともに政府の仕事に協力するようラムゼイ少佐から強要された経験があるからだ。

まあ、忘れたほうがいいこともある。

少佐の執務室まで来たので、重厚なドアを手早くノックした。

「入れ」

ドアを開け、足を踏み入れる。少佐は机についていたけれど、わたしに挨拶するために立ち上がった。

「おはよう、ミス・マクドネル」

「おはようございます、少佐」彼の表情には、わたしを呼び出した理由を推測できるものはなにもなかった。

座るようわたしに身ぶりをしたあと、少佐も腰を下ろした。

「急な話だったのに、来てくれてありがとう」最高に感じよくふるまわれて、疑念が大きくなった。

「喜んでもらえるよう常に努めていますから」

ラベンダー色の少佐の目が、まっすぐにわたしの目を見つめてきた。「それを聞いてうれしいよ。手を貸してもらいたいことがある」

わたしは待った。協力を頼まれたのがすごくうれしいみたいに、質問を浴びせかけるつもりはなかった。自分の能力はわかっていた。その仕事をするのに別の方法があれば、少佐はわたしに協力を頼まなかっただろう、というのもわかっていた。

「ドクター・バーカーから報告があった。あの女性の死因は溺死ではなかった。肺に水はなかった。川に落ちたときにはすでに死んでいた。少なくとも、呼吸はしていなかった」

ずいぶん謎めいた言い方だ。「どういう意味ですか?」

「毒物を注射されていた。ドクター・バーカーによれば、肺の動きが止まったのは、麻痺薬《まひやく》のせいだろうとのことだ」

わたしはあえいだ。「なんておそろしいの。じゃあ、川に落とされたとき、彼女はまだ生きていたかも……」

「どのみち長くはもたなかっただろう」それが慰《なぐさ》めになるとでも思っているかのような言い方だった。

「でも……体にはなんの痕跡もなかったと言ってたでしょう」藁にもすがる思いだったのはわかっている。若い女性がそのようなひどい死を迎えたなどとは信じたくなかったのだ。

「耳の少し下に小さな穿刺痕《せんしこん》があったが、髪で隠れていてすぐには見つからなかった」

なんだか気分が悪くなってきた。「それなら……これは警察が捜査すべき事件なのでは?」

「いや。これは単純な殺人事件ではない」

少佐の話をすべて理解しようとする。以前なら、女性が独自に害のない秘密活動を行なっていて、純粋に不幸な事故で亡くなった、というのは可能性が低そうでもありえなくはなかった。でも、新たに判明した内容からして、わたしたちはもっと邪悪なものを相手にしているようだった。

少佐はしばらく黙っていた。これから話す内容について吟味《ぎんみ》し、やがて結論に至ったらしい。「前後関係を明らかにせずにあることを訊こうと考えていたが、少なくともある程度の情報を打ち明けなければ、きみの協力は望めないだろうと気づいた」

少佐がコルムかトビーだったら、そしてたったいま投げつけられた情報で頭がくらくらしていなかったら、いまのことばに舌を突き出してやっていたところだ。

でも、そうはせず、甘ったるく微笑んでやった。「わたしをそこまで理解してくれて、うれしいわ、少佐」

「昨日、死体安置所できみと別れたあと、カフブレスレットをここへ持ってきて、その中身について同僚と話し合った。検死結果も加味すると、死んだ女性はスパイ活動にかかわっていたのが明白だ」

〝その中身〟と少佐は言った。では、ブレスレットのロケットにはなにか入っていたのだ。あのときはロケットを開けようとして止められたけれど、結局わたしが役に立つという結論に少佐は達したらしい。重要なことにちがいない。ラムゼイ少佐は、よほどの必要がないかぎり、わたしみたいな人間をかかわらせはしないから。

「カフブレスレットはカメラだった」

わたしは驚いた。あんなに小さなカメラは見たことがなかった。とはいえ、戦時中は多くの独創的な発明が行なわれているのを知っていた。

「なかなかよくできていて、写真を撮るときに部品が出て、終わったらなかに戻るようになっていた。私の知るかぎりだと、この二、三十年で似たようなカメラを懐中時計に仕込んだものがあったな。ブレスレットは、懐中時計の変形といったところだ」

「見せてもらえます？」わたしは興味を引かれていた。

「いまは手もとにない。そういう技術に詳しい人間に調べさせているところだが、ドイツで作られてイングランドのアクセサリーに仕込まれたのはほぼまちがいない」

その話に驚くべきではなかったのに、それでも動揺した。いまこのときになっても、自分たちが戦争中だという事実をなかなか信じられないときがある。ある国がイングランドを攻めようと活発に計画していて、イングランドを負かすためにはなんだってしようとしているのが。もっとひどいのは、イングランドを破壊するためのスパイとして活動している人たちが、国内にいるということだ。別にわたしがうぶというわけではない。生きているうちにこんなことを目にするとは想像もしていなかった、というだけだ。でも、それってわたしだけじゃないでしょ？

当然ながら、ドイツ側のスパイがイースト・エンドで写真を撮る意味には、ちゃんと気づいていた。その地域は波止場、工場、倉庫が集まっているのだ。ロンドンのその地域でなにが進行中か、ドイツ側が関心を持っているのは明白だった。

「写真の現像も試みているところだが」少佐が続けた。「なにせロケットは防水ではなく、テムズ川に長いあいだ浸かっていたからな。暗室を作って、現像経験のある部下にフィルムを救えないかやらせている。うまくすれば、どんな写真が撮られたのかわかるだろう」

水浸しになったカメラのフィルムから写真を現像する件では、わたしにできることはなかった。つまり、もっとほかになにかあるのだ。

それがなにかがわかるまで、長くはかからなかった。

「服に関して、われわれはさらに精査した」少佐が言う。「きみに言われたとおりに、毛皮商人にコートの件を問い合わせた。それと、コートの裏地に隠されていたものを見つけた」

すばらしいクロテンの毛皮に気を取られたせいで、それを見つけられなかった自分を叱った。

少佐がいちばん上の引き出しを開け、そこから取り出したものを机の上に置いた。ぱっと見たところ、驚くほどどうってことのないものだった。小さくて、不格好で、濡れた革袋だ。

「これはなに？」わたしはたずねた。

「開けてみろ」

わたしは前のめりになって袋を手に取った。革袋はまだ湿っていて、濡れた革と、それよりは芳《かぐわ》しくないテムズ川のにおいがかすかにした。

袋の口を閉じている紐をほどき、なかをちらりと覗いた。

それから少佐を見上げた。彼は、わたしがどんな反応を示すかと注視していた。

「中身を出していいぞ」

わたしは革袋を逆さまにして、そっとふった。かすかな音をたてて、十粒ほどの小さな宝石が出てきた。輝くばかりの白、炎のような赤、ブリリアントブルー、フォレストグリーン。

宝石を凝視する。「本物だわ」

「どうしてわかる？」

唇《くちびる》に苦笑いを浮かべながら、少佐を見上げた。「こういうものを金庫からちょうだいすることで生計を立てているのよ、少佐。模造品と本物を見分けられなきゃ、商売にならないでしょ」

「生計を立てていた、だ」彼に訂正された。

手をふって細かいちがいを退《しりぞ》けた。「いずれにしろ、これは本物のダイヤモンドにサファイアにエメラルドよ」

数粒をてのひらにすくい上げ、ランプの明かりの下で揺らしてみた。宝石がプリズムとなり、反射した明かりが躍った。どれもそれほど大きくはなかったけれど、すばらしい輝きを放つ美しいカットが施されていた。

「かなり値の張るものだわ」

「だから慎重に隠して身につけていたんだな。だが、きみを呼んだのはこの件ではない。少なくとも、それがすべてではない」

わたしは顔を上げた。「そうなんですか？」

「ああ」

少佐が机越しに手を伸ばしてきた。

わたしは渋々宝石を彼のてのひらに落とした。

少佐はちらりとそれを見てから、また目を合わせてきた。「ダイヤモンドもだ」

バレたかという笑みを浮かべ、こっそりくすねたダイヤモンドを少佐の手に落とす。「あなたをちょっと試しただけ」

そんな冗談など笑えないとばかりの無表情でわたしを見たあと、机の上に残っていた宝石と手のなかの分を革袋にしまった。

「この宝石は、大きな計画の一部としての役割を果たしているのだろうが、私の関心の中心はそれではない」

わたしは先を促すようにかすかに眉を上げた。

「この革袋には宝石以外のものも入っていた」

少佐は堅物を装っているけれど、芝居がかったところがある。衝撃発表を最後まで取っておきたがるのだ。

彼はふたたび引き出しに手を伸ばした。わたしは息をひそめて待った。宝石よりも関心を引くものとはなんだろう。

少佐がそれを掲げた。わたしはそれを見つめながら、からかわれているのだろうかと訝った。

やっと声が出たとき、驚きと失望の気持ちを隠せなかった。「時計の巻き鍵？」

6

「どんなことがわかる？」少佐は巻き鍵を机に置いて、わたしのほうへと押した。わたしはそれを手に取ってためつすがめつしたけれど、見てわかる以上のものがあるとは思えなかった。

時計のゼンマイを巻くのに使うような、小さな真鍮《しんちゅう》の鍵だった。ハサミの指穴みたいに見える、平たいふたつの輪っかがある。印の類《たぐい》はないようだった。「アンティークっぽいわね。大きさからして、炉棚時計の巻き鍵ってところかしら」

「それだけか？」

顔を上げて彼を見た。「わたしは時計工じゃないんですけど」

「でも、これは鍵だろう？」

「のようなものね」いらだちをぐっとこらえて言う。「ただし、これは時計のゼンマイの巻き上げ専用で、錠とは異なる仕組みなの」

「つまり、その鍵に関しては、きみはなんの役にも立てないと言っているわけか」

がまんの限界に近づき、左の眉《まゆ》がつり上がるのを感じた。いまみたいな偉そうな口調を使われるのが大嫌いだった。「錠前師に時計破りの仕事はあまり入りませんから、少佐。今回は時計工を脅迫しないとだめかもしれませんね」

わたしと少佐はにらみ合った。

「いずれにしても」わたしは続けた。「いま以上の話は時計工からも聞けないと思いますよ。この鍵がどの時計のものかを知りたいのかもしれないけれど、それは無理。巻き鍵は時計固有のものじゃないの。大きさのちがいが多少あるくらいで、ドアの錠とはちがうのよ。この大きさの鍵は何千という時計に使える。ナチスの機密文書を隠した古いオーストリアの鳩時計にしか使えない鍵は、推理小説の冒頭にはぴったりかもしれないけれど、残念ながら現実世界では、この鍵はこれといった手がかりにはなりません」

不機嫌を隠そうともせずに少佐は椅子にもたれた。「まあ、それについてはほかの可能性を探るしかないか。きみにここへ来てもらったほんとうの理由は、これまで盗んだ宝石を売ったことのある、ロンドン市内のあまり評判のよろしくない故買屋を教えてほしかったからだ」

これこそが、ずっと訊きたかった質問にちがいなかった。ある程度の情報を打ち明けなければわたしの協力は望めないだろう、と彼が言っていた意味がわかった。つまり、すべてがいまの質問への序章だったわけだ。

知り合いが利用できるかもしれないという考えはすでに浮かんでいたけれど、わたしが考えていたのはこういうことではなかった。少佐の頼みはとんでもないものだった。

今度はわたしが椅子にもたれた。「それはどうかしらね」

少佐の渋面《じゅうめん》がひどくなる。「どうかしら、とはどういう意味だ？」

「わたしがふたつ返事でリストを作ると思ってるの？」

少佐からそんな頼みごとをされて驚いたけれど、少佐のほうも断られて驚いていた。ううん、驚いていた、というのは正確じゃないかもしれない。ラムゼイ少佐は指をパチンと鳴らせばたいてい思いどおりになったから、わたしに断られるとは思い浮かびもしなかったのかもしれない。

「リストがあれば非常に便利だな」少佐の声は刺々《とげとげ》しかった。

わたしは小さく笑った。「きっとそうでしょうね。でも、無理なものは無理よ、少佐。あなたが法と秩序を重んじる任務でおじとわたしの仕事をめちゃくちゃにしたのは、まあ赦《ゆる》せるわ。わたしたち、国のために役に立てて喜んでいるから。でも、法の境界で暮らしているほかの人たちをあなたに教えていいものかどうかはわからない」

「いまはふざけている場合ではない、ミス・マクドネル」

自分の目がぎらつくのを感じた。「ふざけてなどいません、ラムゼイ少佐。大まじめです。イングランドのために金庫破りの腕を使うのはかまわないけれど、裏稼業の知り合いを政府に売るつもりはありません」

少佐が前かがみになり、穴の開くほど見つめてきた。「きみの協力がなくても、その人たちについてすべてを調べられる」

わたしは腕を組んだ。「上等だわ。それでおたがいの問題は解決するわね？」

どちらも譲らず、にらみ合った。少佐はあのラベンダー色の目でにらみつけて相手を萎縮《いしゅく》させるのに慣れていたけれど、わたしは皮肉を言ったことを少しも後悔していなかった。無作法なふるまいをしているのは少佐のほうだ。それに、わたしからしてみれば、ラベンダーは相手を萎縮させるにはほど遠い色だ。

「もちろん、過去に同様の犯罪で逮捕されたり容疑をかけられたりした人間のリストはある」少佐が言った。「きみのことばを借りれば、法の境界で暮らしている人間を見つけるのは簡単だから、仲間を匿《かくま》い続けるのは無意味だ。だが、きみが聞き分けのないままでいると決めたなら、もう話すこともない」

はったりだ。それはよくわかっていた。少佐は自分だけでもできると言うが、わたしの助けが必要なのは明らかだ。わたしのいる業界で宝石類を取り扱っている人たちについて、最低限の情報を得ようと努めるのは可能かもしれないけれど、彼らに近づいてなにかを探り出すのは無理だ。過去に仕事を一緒にした人たちは、だれもが一マイル離れた場所からでも政府関係者を嗅ぎつけられる。

でも、少佐がそのやり方をしたいのなら、好きにすればいい。

わたしは椅子を立った。「わかりました。少佐がそうお考えなら」彼が目を合わせてきたので、少し微笑《ほほえ》んでみせた。「お探しのものが見つかるといいですね、少佐」

くるりと向きを変え、ドアに向かう。

「血は争えないというのを、ときどき忘れてしまう」わたしがノブに手を伸ばしたちょうどそのとき、少佐が言った。

怒りが押し寄せ、険しい顔でふり向いた。「どういう意味ですか？」

「そのアイルランドの頑固さだよ。ロンドンで生まれ育っても関係ないみたいだな？」では、彼はわたしが思ったように、母についてほのめかしたわけではなかったのだ。少佐はわたしの過去について知っている数少ない人間のひとりだ。彼がそれをわたしの顔に投げつけなかったと知って、ほっとする。それでも、まだ怒りは鎮《しず》まっていなかった。

「脅《おど》されるのは嫌いです。高圧的な態度を取らないで。わたしの協力が必要なのでしょう」

わたしにそう言われて、少佐がいらだちの表情になった。つまり、痛いところを突かれたわけだ。わたしの助けがなければ、少佐は前に進めない。これは彼の世界ではなく、わたしの世界なのだから。

「それと、もうひとつ」わたしは続けた。「釣り針につけた虫みたいに情報を小出しにぶら下げて、わたしがそれに食いつくのを期待するのはやめていただきたいわ。わたしを仲間に入れるか入れないか、どっちかはっきり決めて」

しばらくたがいににらみ合った。少佐が選択肢を検討しているのがわかった。わたし同様彼も譲歩したくないけれど、わたしの協力を必要としているのもたしかだと、どちらもわかっていた。

すると、わたしが立った椅子を少佐が指さした。「座って、もう一度やりなおさないか？」そっけない態度には改善の余地があったものの、少なくとも口調は礼儀正しさを装っていた。

わたしは動かなかった。少佐の部下みたいにあれこれ指図されるつもりはなかった。理論的には彼の下で働いているからといって、彼に命じられたとおりに動くケチな兵士のひとりになるわけではない。少佐はその事実をしっかりおぼえておく必要がある。

彼が小さくため息をついた。「すまない、ミス・マクドネル」あいかわらずわたしの目を見たまま言う。「きみが正しい。理由も説明せずに協力してくれと頼むのは、フェアではなかった」

少佐は、わたしの不意を完全に突く形で謝罪を口にすることがある。周囲の人間を自分の考えに従わせる奥の手ではないかと思わなくもなかったけれど、謝罪は謝罪として受け入れるにやぶさかではなかった。

椅子のところに戻って腰かけた。ただし、また立ち去る必要が出た場合に備えて浅く。

「いま現在、詳細をすべて明かすわけにはいかない。だが、できるだけ話すようにする」

わたしはうなずいた。とりあえずのところは、それで充分だった。

「死体が発見されてから、目立たないように調べた。亡くなった女性は、イースト・エンドの工場群周辺で目撃されていた女性の外見と一致する。不審に思った何人かがおぼえていたが、女性の身元を知る者はいなかった」

「不審がられていたのなら、彼女はあまり優秀なスパイじゃなかったのね」

「ああ、プロのスパイではなかった。おそらく、ドイツ側にスカウトされた民間人だろう。もしそうなら、イングランド人か、イングランド人として通る女性だったか、だな。金をもらって重要な地域の写真を撮るよう頼まれたのだろう。おそらくは、とても断れない額の金に釣られて。きみが言っていたとおり、女性の髪と爪は最近手入れされていたし、服やコートは高級品だった。かなりの額を受け取っていたようだ」

「でも、どうして宝石で支払いをしたのかしら？　現金よりもそっちのほうが、彼女にいらぬ注意が向けられるんじゃないの？」

「それだけの現金を用意できなかったのかもしれない。宝石類は大量の現金ほど目立たないし、現金に換えるのも比較的簡単だ。戦争前ほどの価値はないかもしれないが、新しい服などを買うのには充分だ」

「だから、あまり評判のよくない故買屋を知りたがったのね」今回の件のはじめから、ぼんやりと頭にあったものがあるべきところにパチリとはまった。「彼女が以前に故買屋になにかを売ったと――そして、そのお金で毛皮などを買ったと――考えていて、その故買屋から情報を得られると思っているの？」

「彼らのだれかがなにかを知っている可能性は、かなりあると考えている」

わたしはつかの間考えこんだ。「でも、あなたがちゃんと説明してくれていないのは、少佐、どうしてその女性を殺した犯人を捕まえることにそこまで強い思いを抱いているかだわ。たしかに、だれだってあんなに若くして亡くなるなんて悲しいけれど、あの女性がほんとうにドイツ側のスパイだったのなら、犯人はいいことをしてくれたという見方もできるのではないかしら」

「簡潔なまとめだな、ミス・マクドネル」少佐の目には、皮肉っぽい色があった。

あんな風に言ったら薄情に聞こえるのもわかるけれど、ほんとうのことだ。だから、イングランドの情報部がどうして女性を殺した犯人にそこまでの関心を寄せるのか、理解できなかった。

「彼女はドイツ人連絡員に殺されたのだと思う」少佐が言った。「使用された毒はありふれたものではなかったし、テムズ川に落とされる前に――おそらくは身分証明の書類をのぞいて――取られたものはないようだ」

「でも、彼女がドイツのために情報を集めていたのだったら、どうして殺されたの？」

「われわれもそれが知りたい」

「彼女のブレスレットがカメラだとわかっていたなら、それを持っていったはずでは？」

「錠がかかっていただろう」少佐が思い出させる。

「そうだけど。でも、殺すだけの価値のあるものなら、なんとか方法を見つけるはずだと思うのがふつうでしょ」

「それがあるから、彼女が情報のために殺されたのだとは考えていないのだ」

少佐はそれ以上説明をしなかった。説明するつもりもないのだ。少佐が話してくれていないことがまだありそうだったけれど、いちどきにすべてのカードをテーブルに並べてくれるだなんて、期待できるはずもなかった。一部だけの真実でごまかそうとされなかっただけでも御《おん》の字だ。

「さて、ミス・マクドネル、きみにはできるだけオープンにしてきた。今度はきみが情報を少し提供する番だ」

少佐はしっかりと見つめてきた。たしかにわたしの番だったけれど、やはり明かしたくない気持ちが強かった。

「彼らを逮捕したりしません？　もし逮捕したら、わたしはすべて否定しますよ」

少佐は短く息を吐いた。「ロンドンの犯罪者を一網打尽にすることに関心はない。私は警察ではないのでね。気にかけているのは国家の安全にかかわる問題だ。わが国の運命が危険にさらされているかもしれない、と念押しする必要はないと思うが」

わたしが充分協力的ではないと感じているときの少佐は、やや尊大にふるまう傾向があるので、いまのちょっとしたスピーチにはそれほど感銘を受けなかった。それでも、彼の言ったことは真実だ。

少佐を信じるしかなさそうだった。

「わたしなら、最初にパスカル・ラフルールのところへ行くわ」名前を明かした自分が裏切り者のように感じられたけれど、ムッシュー・ラフルールはドイツ軍が裏をかかれるのを見たがるような人だ。それに、裏社会と深いコネを持っているけれど、ムッシュー・ラフルールは形跡を隠すのがうまい。あとになって政府が彼を調べようとしても、証明は非常にむずかしいだろう。

「質屋なのか？」少佐が言った。

「いいえ、宝石商よ。というか、以前はそうだった。いまはアンティーク・ショップを営んでいるの。いろんな品が入っては出ていき、宝石も売買してる。合法な商売だけど」

「だが、その商売には合法でない面もある？」

「えっと……犯罪に近い要素もある……とでも言えるかもしれない」

少佐に見つめられているのはわかったけれど、わたしは彼と目を合わせなかった。「説明を頼めるかな？」

わたしはため息をついた。「わたしたち……彼にいくつか売ったことがあるの」

平然と受け止め、もっと詳しく話せと迫らなかった少佐はあっぱれだった。「つまり、ラフルールは怪しげな品をしょっちゅう買い取っているわけだな」

「ときたまよ。ムッシュー・ラフルールのほんとうの副業は、人造宝石なの。模造品を作るのがとても上手でね。昔はこっそり模造品を作ることで有名だったわ。お客さんは、賭けごとで作った借金の支払いをするために、奥さんに内緒で宝石を売り払う紳士とか、ね。ムッシュー・ラフルールは宝石を買い取り、模造品を作って夫が奥さんの宝石箱に戻せるようにしたの。本物の宝石は、異なる土台につけて売るわけ」

「つまり、テーブルの下でこっそり宝石を交換できる場所として、ある種の人間のあいだで彼の名前は知られているわけだな」

わたしはうなずいた。「それがあるから、わたしならまず彼のところへ行くと言ったの。頭がよくて慎重な人間として、この業界でかなり知れ渡っているから。胡散《うさん》臭い人ではないわ。ただ、自分の店を通っていく品の由来についてはそれほど気にかけない善人というだけ」

「その宝石がドイツのスパイのものだったとわかっていても、喜んで買い取っただろうか？」

「それはないわ」わたしは即答した。「そういう意味で言ったのではないの。ムッシュー・ラフルールは、自分のもとへやってきた宝石についてあれこれたずねないというだけ。ドイツ側に手を貸すなんて、けっして進んでしない」

「どうしてそこまで言いきれる？」

直感の裏にある理由について考えた。ラムゼイ少佐は直感を証拠として受け入れそうになかった。

「ムッシュー・ラフルールは最低でもこの二十年だか三十年だかをロンドンで暮らしてきたわ。わたしとすごく近しいわけではないけれど、ミックおじとはかなり昔からの知り合いよ」

ムッシュー・ラフルールとミックおじは、長年の友人だ。ふたりのつき合いは、宝石の売買だけではない。子どものころ、おじにくっついてアンティーク・ショップへよく出かけた。おじとムッシュー・ラフルールはおたがいに突拍子もない物語を披露しながら、パイプをくゆらせ酒を飲んだ。ムッシュー・ラフルールの店をぶらぶらして美しい安物を見ながら、彼とおじがしゃべっているのを聞くのが好きだった。

ミックおじとわたしは、ムッシュー・ラフルールに何度か宝石を売った。おじは、金庫から盗んだ宝石の代わりに入れておく模造品を作ってもらったことも一度あった。それは、盗みに入る前に標的の正確なサイズがわかっているという、珍しいケースだった。ムッシュー・ラフルールがおじのために模造品を作り、本物の宝石を売った儲けを折半した。だれにもバレなかった。

わたしの知るかぎり、本物のダイヤモンドではないとまったく知らないままネックレスをつけている女性がどこかにいるのだ。

当然ながら、この情報を伝えて少佐を不快にさせる必要はない。

「きみのおじさんがこの国に確固たる忠誠心を持っているからといって、それがムッシュー・ラフルールも忠誠心を持っているという証拠にはならない」少佐が言った。

そのとき、ムッシュー・ラフルールとミックおじが、いつものふたりらしい明るい口調ではなく、沈んだ声で話していたことがあるのを不意に思い出した。

「彼はヴェルダン（第一次世界大戦で激戦地となった、フランス北東部の都市）で三人の兄弟を亡くしているの。生き残ったのは、ムッシュー・ラフルールただひとりになった。だから、ドイツに協力するために指一本だってぜったいに上げたりしないわ」

国への忠誠心はお金で買えるかもしれないけれど、自分の兄弟全員を奪った国に魂を売ることはぜったいにないだろう。

少佐はしばらく無言でいたあと、短くうなずいた。「それなら、彼からはじめるのがよさそうだ」心を決めようとしているかのような間があったあと、少佐は続けた。「紹介してくれるか？」

少佐はわたしに頼みごとなどしたがっていないとわかっていたから、うれしそうな顔をしないようにした。

「いいわよ。いつ？」

「いまだ」

驚きはなかった。なさなければならない仕事があるとき、少佐はじっと座っている人ではないから。まだ早い時刻だったし、差し迫った予定もなかった。ドイツのスパイがいるのなら、少しでも早く仕事にかかったほうがいい。
わたしはうなずいた。「わかったわ。行きましょう」

7

ムッシュー・ラフルールのアンティーク・ショップは、メリルボーンにあった。少佐の指示で店から少し離れたところでヤクブに降ろしてもらい、注意を引かないようにそこから歩いた。

道中、少佐はあまり話さなかった。おそらく、店に着いたらムッシュー・ラフルールになにを訊くかを考えることに集中していたからだろう。わたしはといえば、これが空ぶりに終わったら次はだれの名前を出すべきかに集中していた。

業界のコネをさらすのは、いまだに気持ちがざわついた。少佐がわたしたちを警察に突き出すと本気で心配しているわけではなかった。戦争が終わっても、少佐はもっと重要なことで身動きが取れなくなるだろう。それでも、業界の秘密を部外者に話すのは胸がざわついた。

ミックおじを連れてくればよかった、といまさらながら思う。おじはヨークシャーから戻ったのだから、この件の仲間に入れるべきだ、と少佐に話さなければならないだろう。

「ここです」ティールームと書店にはさまれた小さな店の前まで来ると、現実に立ち返った。黒く塗られた看板には、金文字で〈ラフルールのアンティーク〉と書かれていた。

店の正面は以前と変わらないように見えた。煉瓦《れんが》の外観は少しばかり色褪《いろあ》せていたけれど、昔どおりに小ぎれいだし、窓ガラスは曇りの日でもぴかぴかに光っていた。そのガラスの奥には、興味深い品々が陳列されていた。陶器の人形、木製のサイド・テーブルに載った銀のティーセット、荒海に浮かぶ船の絵、そして巨大なゴールドのハープ。

少佐がドアを引き開けた。わたしのあとから彼が入り、ドアを閉める。店内のにおいに郷愁を感じた。古い紙、銀、日射しを浴びた屋根裏部屋のような温かな埃《ほこり》の心地よい香り。

ほんの一瞬、幼かったころと同じように、戸口で立ち止まってすべてを味わった。ガラスケースが明るく照らされている気取ったアンティーク・ショップとは異なり、ムッシュー・ラフルールの店は狭くてごちゃごちゃしている。棚やケースにはさまざまな品がびっしり入れられ、天井から吊されている多彩なガラスのランプがすべてを照らしている。

幼かったわたしにとっては、ミックおじと訪れるお気に入りの場所のひとつだった。いつも、どこを見ても財宝がうずたかく積み上げられたアラジンの洞窟に入りこんだみたいに感じたものだ。店の正面に近い場所に宝石箱が展示されていて、ヴィクトリア朝のブローチ、指輪、ブレスレットなどと一緒に安物の模造品が入っていた。シルバーにゴールド、エナメルにフェノール樹脂の品が、たいした気配りもなくごちゃ混ぜになっていた。そしてそのせいで、なぜか展示にさらなる魅力がくわえられていた。

いま、あのころよりも目が肥《こ》えたわたしは、店内には高品質の宝石がそれほどないと気づいた。少なくとも、顧客の目の届く範囲には。

けれど、わたしは知っていた。錠のかかったドアの奥にも部屋があり、ガラスケースのなかの品ほど大々的に見られるものではない品々がそこにしまわれているのを。

ラムゼイ少佐は、部屋の奥へと進むわたしの少し後ろにいて、周囲を見まわしていた。どんな場所に入ろうと、周囲のようすを把握するよう訓練を受けていて、それが習慣になっているのだろう。

肩越しに少佐をふり返る。大柄な彼は手狭な店には場ちがいな、陶器店に迷いこんだ雄牛みたいに見えた。ただし、その牛は染みひとつない軍服を着て、確固たる優雅な足取りで歩いているのだけれど。

テーブルや棚をよけながら、隅の小さな机に向かった。ムッシュー・ラフルールはそこで仕事をしているはずだ。

「ボンジュール、ムッシュー・ラフルール」近づきながら声をかけた。ムッシュー・ラフルールはルーペをつけ、緑色のビロードに置いたなにかにかがみこんでいた。

ムッシュー・ラフルールは顔を上げ、目にはめていたルーペをはずした。「ああ！　マドモアゼル・エリー」笑顔が浮かぶ。「ずいぶん久しぶりだね」

彼は立ち上がって机の背後から出てくると、今世紀よりも前世紀にぴったりの優雅な物腰でわたしの手を取ってそこにお辞儀をした。

「すてきだよ、かわいい人《シェリ》。これまで以上に美しい」

わたしはにっこりした。イングランドで何十年暮らそうと、フランス人らしい魅力はまったく影響を受けていなかったけれど、ときどき彼は女性たちのためにわざと誇張しているのではないか、と思う。短身瘦軀《そうく》で、長年宝石の上にかがみこんでいたせいで猫背気味だ。髪は白くなっていたけれど、鋭いながらも温かみのある茶色い目の上の眉と同じく、いまもふさふさだ。

「会えてうれしいです、ムッシュー・ラフルール」彼の手をぎゅっと握る。「すごく久しぶりですね」

「そうとも、そうとも。ミックにも会いにきてもらわないとね。最後に会ったときにカード・ゲームで負けているから、次は私が金を取り戻す番だよ」

「会いにくるようおじに言っておきます」わたしは笑顔で言った。

「ああ、頼んだよ」ムッシュー・ラフルールの目が、わたしの背後から近づいてくる少佐に向けられた。「こちらは?」

「今日はお友だちを連れてきたんです」〝友だち〟は言いすぎだったかもしれないけれど、都合のいいことばだったのだ。

ムッシュー・ラフルールは少佐を上から下まで値踏みするように眺めたあと、わたしに顔を戻した。「婚約指輪を選びにきたのかな、マ・シェリ?」目をきらきらさせて言う。「ちょうどいいのがあるよ。きみの恋人にはたっぷり値引きしよう」

「ちがうんです」

ムッシュー・ラフルールが奥から婚約指輪をいくつも出してくる前にと、慌てて言った。少佐を見る勇気はなかった。ふたりが結婚するつもりだと思われて、きっとさぞやぞっとしているだろう。それにくわえ、自分の顔が赤くなっているとほぼ確信していて、少佐にそれを見られたくなかった。

「この人は……ドイツ側に協力しているかもしれない人を捜しているの」少佐とは前もって打ち合わせをしてあり、ムッシュー・ラフルールの信頼と協力を得るために必要最低限の情報を明かしてもよいことになっていた。ムッシュー・ラフルールは友人だけれど、業界のみんなと同じように仲間の秘密は固く守る人だ。こちらの任務がほんとうに重要だとわかってもらえなければ、知る必要のあることを教えてはもらえないだろう。

ムッシュー・ラフルールの顔が暗くなった。わたしたちの敵が口にされ、怒りと悲しみがはっきりとよぎった。

「最近、若い女性がなにか高価な物を買い取ってもらおうと来なかったかどうか知りたいんです。たぶん、質のいい宝石あたりをこっそりと？」

ムッシュー・ラフルールはわたしから少佐へ視線を移し、またわたしを見た。きっと、少佐の前で自分たちの裏稼業の話をしてもいいものかどうか迷っているのだろう。

「大丈夫。ラムゼイ少佐はわたしたちの関係の一部を知っているの」

〝一部〟ということばを少佐は聞き逃さなかっただろうけれど、まさかわたしが罪のすべてを告白するとも思っていないだろう。少佐が知っているものだけで、すでに充分だ。

「宝石を売った人物は、ドイツのために仕事をして支払いを受けたのだとわたしたちは考えていて、追っているの」ムッシュー・ラフルールに小さく微笑んだ。「実は、いまは政府の仕事をしているんです。それが重要なことでなければ、わたしが政府のために働くなんてありえないってご存じでしょう」

そう言っているあいだ、わたしは少佐を見なかったけれど、このちょっとしたあてこすりを彼が聞き逃すはずがないとわかっていた。ムッシュー・ラフルールは、どうやらなにかを考えているようだった。しばらくすると、彼が言った。「ちょっとここで待っていてくれるかな?」

「もちろん」

ムッシュー・ラフルールは向きを変え、チョッキのポケットから鍵を取り出すと店の隅のドアを解錠し、奥へと消えた。

「ここにきみを残していくとは、信頼しているんだな」少佐は顎《あご》をくいっとやり、わたしたちが来たときにムッシュー・ラフルールが仕事をしていた品を指した。緑色の布に彼が置いていったのはダイヤモンドのブレスレットで、机のランプからの明るい光を受けてきらめいていた。

過去の不法行為を少佐にさりげなく口にされて、いつものようにかっとなった。「わたしはこそ泥《コモン・シーフ》なんかじゃありません」弁解がましく言う。

「ああ。きみをありふれている《コモン》とはぜったいに言えないよ、ミス・マクドネル」

いまのはお世辞だったのかどうかわからなかったけど、ムッシュー・ラフルールの店からなにかをちょろまかすかもしれないと思われている、とわかってむっとした。ロンドンの行く先々で人のものに手を伸ばしてポケットに入れているわけでもあるまいし。泥棒にだって規範はあるのだ。

それに、ムッシュー・ラフルールは友人だ。友人から盗むなんてありえない。

どうして少佐のことばに傷ついたのかわからなかった。彼になんと思われていようと、気にする必要もないのに。それなのに、気になった。前回の任務が終わったときに芽生えた仲間意識は消えてしまったみたいで、少佐はわたしを信頼していなかった出会った当初と同じように距離をおいている。理由はわからないけれど、そのことに傷ついていた。

幸い、それについて長々と考えこむ前に、ムッシュー・ラフルールが奥の部屋から戻ってきた。机に戻り、わたしたちに近づくよう身ぶりをした。

「こんな感じのものを探しているのだろうか？」ムッシュー・ラフルールが手のなかのものを緑色の布に落とした。三粒の宝石がきらめいた。

鼓動が速まるのを感じる。こんなに簡単に手がかりを見つけたのだろうか？

少佐が前に出る。

「これとくらべられますか？」少佐がそう言ってポケットから革袋を出したので、わたしは驚いた。宝石を持ち歩いていたなんて知らなかった。比較のために持参するのはもちろん筋が通っていたけれど、まさかポケットに入れた硬貨みたいな運び方をするとは思いもよらなかった。

ムッシュー・ラフルールは革袋を受け取り、中身を横に出した。フランス語で興奮気味にぶつぶつ言い、ルーペを手に取った。

机の椅子に腰を下ろし、彼が宝石を調べはじめる。少佐をちらりと見ると、彼はこちらを見ていた。うっすら微笑んでみせる。自分たちの疑問にとても重要な答えが返ってくるかもしれなかった。

ムッシュー・ラフルールはまず少佐の持ってきた宝石を念入りに調べてから、自分が奥の部屋から持ってきた三粒を手に取り、順番に調べた。それほど長い時間ではなかったのに、永遠にも感じられた。期待で息を詰めていたせいかもしれない。

ついにムッシュー・ラフルールが顔を上げ、ルーペをはずした。「すべて非常によく似たカットが施されている。同じ装身具から取りはずされた宝石でまちがいないでしょう」

わたしは興奮して少佐を見たけれど、彼はムッシュー・ラフルールを凝視《ぎょうし》していた。「どれくらいの確信がありますか?」

「かなりの確信ですよ、少佐。もちろん断言はできませんが、すべて同じカットだし、大きさもほぼ一緒です。同じ装身具、おそらくはネックレスからはずされたものだと思います。すばらしいネックレスだったのでしょう。宝石はどれも高品質のものです」

「出所について考えは?」少佐がたずねた。

「推測でいいのなら、フランスでしょうかね。すべてフレンチカットですし。まあ、だからといってフランスのものとはかぎりませんがね。ここ何十年と人気のスタイルですし」

それでも、フランスは筋が通る気がした。フランスを占領しているドイツ軍は、国を逃げ出したり、こちらのほうがありそうだが、抑留されたりした者が残していったすばらしい装飾品を〝入手〟したのだろう。そして、そういった装飾品のひとつがばらばらにされ、イングランドのスパイへの支払いに使われたと考えてよさそうだった。

「この宝石を売りにきたのはどんな人物でしたか?」少佐がたずねた。

ムッシュー・ラフルールは首を横にふった。「それは言えない」

「なぜですか?」ラムゼイ少佐の口調が鋭くなった。いらだちを感じているのだ。でも、ムッシュー・ラフルールにそんな印象を残したくはなかったので、あいだに入った。

「ムッシュー・ラフルール、これをどこで手に入れたか話していただけます? 少佐は……法律の専門的な面にはこだわっていないの。この宝石の持ち主だったと考えられる女性についてもっと情報を得たいだけなんです」

「わかっているよ、シェリ。知っていることは喜んで全部話したいと思っている。だが、この宝石は私が直接買ったわけではないんだ。ムッシュー・スマイスから買い取ったんだよ」

落胆のため息が出た。スマイスなら知っている。たったいま、事態はさらに困難なものになった。

「二週間くらい前にスマイスのほうから近づいてきた」ムッシュー・ラフルールが続けた。「新しい品を手に入れたという話だった。とてもみごとな品だと。彼が通常売っているようなものではないと。いい値で手に入れたが、彼の客はそれを買えるほどの金を持っていないから、私に売りたいという話だった」

わたしはうなずいた。願っていたような返事ではなかったけれど、それでも貴重な情報であるのにかわりはなかった。

ムッシュー・ラフルールは少佐が持ってきた宝石をやさしく革袋に戻した。

「かなり値の張るものです。扱いは慎重にしたほうがいい」

「そうします」少佐は革袋をポケットに戻した。「ああ、そうだ、あとひとつ訊きたいことが。これについてなにかご存じないですか?」

革袋をしまったポケットから、なにかを取り出して机に置いた。時計の巻き鍵だった。

ムッシュー・ラフルールはそれを見てから、少佐に視線を戻した。「時計の巻き鍵ですか?」

　わたしは勝ち誇った気分だった。彼の反応はわたしとまったく同じだったからだ。

「この鍵からなにかわかることはありませんか?」少佐がたずねた。

　ムッシュー・ラフルールは巻き鍵を手に取って検《あらた》めた。「鍵の状態から判断して、古い時計のものでしょうな。その時計の製造年や型はわかりませんが、おそらく炉棚時計より大きいものではないでしょう」

　少佐はうなずいた。その表情からはなにも読み取れなかった。

「ありがとうございました」わたしはムッシュー・ラフルールに言った。「わたしと少佐が来て、あれこれ訊いたってだれにも言わないでくれますよね?」少佐がもっと失礼な言い方をする前に、わたしからお願いした。

「まさか。もちろんだよ」ムッシュー・ラフルールは時計の巻き鍵で錠をかける仕草をした。「鳩時計の鳴き声すら出さないよ」

　わたしはにっこりした。「いろいろありがとうございました、ムッシュー・ラフルール。久しぶりに会えてうれしかったです」

「そうだな。こちらこそ、うれしかったよ、シェリ。捜索がうまくいくよう願っているよ」

「ありがとうございます」少佐も言った。「ご協力いただき、とても助かりました」

　ムッシュー・ラフルールが時計の巻き鍵を少佐に返す。「少しでもお役に立てたのならよかったです」いたずらっぽい表情がちらりとよぎる。「婚約指輪が必要になったら、ぜひうちの店に来てくださいよ、少佐」そう言ってウインクした。

「おぼえておきます」少佐が返す。

わたしはなんとか笑みを浮かべ、少佐を従えてぎこちなく店を出た。

外に出たとき、婚約指輪を売りつけようとしたムッシュー・ラフルールについてなにも言われなかったので、ほっとした。

「では、そのスマイスとやらに会いにいこうか？」少佐が言った。予想しておくべきだった。少佐はつまらないことに任務をじゃまさせるような人ではないのだから。

どう知らせるのが最善かと考えたけれど、結局ありのままを伝えることにした。

「あなたは行けないわ。スーティ・スマイスの店に行っても情報を得られない」

「〝煤まみれ《スーティ》〟？」

「そう呼ばれているのよ。若いころ、煙突掃除仕事をしていて、いつも煤《すす》にまみれていたから。かれこれ五十年はそれ以外の呼び名に反応していないと思う」

「では、きみは彼をよく知っているんだな？」

わたしは肩をすくめた。「知り合いは知り合いね。わたし自身は彼とそれほど取り引きしていないけど、あなたがほとんどなんの情報も得られない、とわかる程度には彼を知っているわ」

少佐は、反対意見を言われたときに浮かべるだろうと思う表情を浮かべた。「なぜそんなことを言う?」

「スーティは反逆者みたいなものなの。警察、政府、軍隊なんかの権力が大嫌いなのよ」

「彼が私をそういったものと結びつけると考えるのはなぜだ?」

わたしは〝は、は〟と笑った。「あなたを見たらすぐわかるわ」少佐の全身を手ぶりで示す。「彼の店みたいな場所に行ったら、あなたはものすごく場ちがいに目立つもの。軍服を着ていなくても、いつも軍人の歩き方をするし」

「そんなことはない」

「あなたが店に一歩足を踏み入れただけで、政府関係の人間だって見破られるわ」わたしは食い下がった。

「忠告はありがたいが、ミス・マクドネル、私は必要に応じてうまく溶けこめる」

わたしは腕を組んだ。「うまくいきっこない、少佐。スーティは勘がいいから、ぜったいに見抜く」

「ミス・マクドネル……」

わたしは頭をふった。好きなだけ食い下がってくれていいけれど、この件に関してはわたしは一歩も譲る気がなかった。すごく重要なことだったから。

ふつうならこんなに強硬な態度は取らないけれど、この件に関しては譲れなかった。少佐がすごく有能なのはわかっている。彼はどんな人物としても通用するだろうけれど、スーティ・スマイスだけはだませない。

わたしに引き下がるつもりがないのに気づいたらしく、少佐がじっくり考えこんだので彼に対する評価が上がった。

「なにか案があるのか?」

「あなたはきっと気に入らないと思うけど」

「そうだろうな。それくらいは予想がついた」

「フェリックスに仲間に入ってもらう必要がある」

「だめだ」

その反応には驚かなかった。前回一緒に任務に当たったとき、少佐とフェリックスは仲よしこよしというわけではなかったからだ。でも、フェリックスの技術があったからこそその任務が成功をおさめられたといっても過言ではなく、だから少佐は公正さに欠けると思った。

「フェリックスとスーティは一緒に仕事をしたことがあるのよ。彼はフェリックスを信用している。気に入っている。お気に入りの人間なんてほとんどいないスーティ・スマイスなのに」

興味深いのは、フェリックスはその気になれば人当たりがよくて垢抜《あかぬ》けた人になれるのに、それほど芳《かんば》しくない人たちのなかにも溶けこめるところだ。わたしのいとこたちと同様、フエリックスも乱暴な人たちとつるんできた。いつ微笑めばいいか、いつ険しい目をすればいいかを心得ているのだ。

「スマイスについてそんなによく知っているなら、どうしてレイシーが必要なんだ？」少佐はあいかわらずフェリックスを入れることに抵抗している。

「もう何年もスーティについては会っていないからよ。フェリックスが一緒にいてくれたほうが助かるの。スーティと彼はおたがいを理解しているみたいなところがあるから」フェリックスは過去にスーティのために商品の保証書を偽造したことがあるのだけれど、その情報を提供するつもりはなかった。少佐を悩ませる必要はないもの。

少佐は短く息を吐いて顔を背《そむ》けた。どうするかを考えているのだ。それから、腕時計をちらりと見た。「いますぐ彼を拾えるか？」

いつもどおり、少佐は進路を変更するとすぐに全速力だった。

「それは無理。今夜食事の約束をしているから、そのときにフェリックスに話すわ。スーティには明日会いにいける」

少佐はいらついた表情になった。「きみの人づき合いに口をはさむつもりはないが、ミス・マクドネル、これは最重要の問題なのだと念押ししておく」

わたしも自分の腕時計をたしかめた。「フェリックスはゆうベスコットランドからの列車に乗ったの。何時に到着するかは知らない。今夜会う前に連絡を取る手立てがない」

わたしたちは長いあいだ見つめ合った。少佐は頭のなかで計算し、この勝負に勝てる見こみはないと判断したらしい。

「いいだろう」彼はくるりと向きを変えると、ヤクブと自動車が待っている通りへと大股で向かった。

わたしは目玉をぐるりと動かし、少佐のあとをついていった。好きなだけ偉そうな歩き方をすればいい。そんなことをしたって事実は変わらない。少佐には、すべてが自分の思いどおりに運ぶわけではないと認めてもらうしかない。

8

実は、フェリックスとの夕食に危うく遅れそうになった。

デートではなかった。報《しら》せを聞くために会うのだ。表面上は、わたしと彼は昔からの友だちだ。表面下には、ふたりともまだ認める心がまえのできていないものがあるのだけれど、いまはそれについて考えないようにしていた。

それでも、少佐と一緒に手がかりを追って長い一日を過ごしたあとだったので、精一杯のおめかしをした。目の色にマッチする緑色のワンピースを着て、髪をなんとかこちらの意向に従わせ、ちょっとだけお化粧もして、前年のクリスマスにフェリックスからもらった高価なパリの香水もつけた。

レストランに着くと、フェリックスはすでに来ていた。

「やあ、美人《ラブリー》くん」彼が挨拶のために立ち上がった。「すごくすてきだよ、いつもどおりに」

フェリックスが体をかがめて頰にさっとキスをしてくると、なじみのあるアフターシェーブ・ローションと煙草《たばこ》の香りがした。うまく説明できないけれど、フェリックスはわたしをくつろいだ気分にさせてくれると同時に、腹部で蝶が羽ばたくみたいな奇妙で落ち着かない感覚を味わわせる。

コートを脱ぐのを手伝ってもらったあと、ふたりで席についた。

腰を下ろすとき、一瞬フェリックスがつらそうな表情を浮かべたのを目にし、スコットランドから長時間列車に乗ってきたせいで、脚が痛むのだろうかと訝《いぶか》った。たずねようと開いた口を閉じる。フェリックスは騒ぎ立てられるのが嫌いで、これまでわたしが脚のことを口にするたびにそれを退《しりぞ》け、話題を変えた。

フェリックスが義足をうまく使いこなしているのはたしかだけれど、負傷前とまったく変わらないと自分自身に証明しようとしている部分もあるとわかっていた。フェリックスが無理をしすぎるのではないかと心配だったけれど、彼は昔からつらさを表に出す人ではなかったので、いまだってそんなことはしないだろう。

そうだとしても、この変化に適応するのはたいへんにちがいない。戦争前、フェリックスは人生を颯爽《さっそう》と歩んでいた。ハンサムな外見と魅力的な性格が道をならしてくれて、すべてが思いのままだった。

苦労知らずで快適な人生を歩んだあと、戦争に直面して脚を失うのは相当なショックだったにちがいなく、ときおり彼の目が翳《かげ》るのを見ると、そんな思いが正しかったのだとわかる。戦争は多くの人に似たような影響をあたえているのだろう。

「きみのかわいい顔が見られなくてさみしかったよ」メニューを手に取りながら、彼が言った。「スコットランドにいるあいだ、ずっときみが恋しかった」

わたしは笑った。「わたしのことなんて、丸一週間思い出しもしなかったはずよ、フェリックス・レイシー」

彼が傷ついたふりをする。「ほんとうに、ほかのことはいっさい考えなかったんだって。きみは夢にまで出てきたんだよ」

フェリックスはいつだって魅力全開でお世辞を言う、とミックおじなら言うところだ。でも、彼のことばの半分が露骨なお世辞だとわかっていても、それでフェリックスの魅力が減じたりはしない。彼は、相手をうっとりさせて幸せな気分にしてくれる人なのだ。

フェリックスが魅力的なのはカリスマ性があるからだけではない。それに匹敵するほどの二枚目俳優的な魅力があるのだ。長身で、ダグラス・フェアバンクス・ジュニア（アメリカの映画俳優）に似た黒っぽい髪と目と口ひげの優雅な男性だ。女性はフェリックスの外見も、彼の言ってくれることも大好きだ。わたしが知っているかぎりの昔から、彼は女の子の胸をときめかせてきた。

けれど、わたしに対しては、昔からフェリックスは口説《くど》いてきた女性たちとは少しちがう扱いをしてきた。ひとつには、わたしに偉そうにしたら、コルムとトビーに張り飛ばされただろうからだ。だから、いまのふたりの関係がちがってしまったのかもしれない。わたしたちは友だち以上の関係になる可能性を考えるずっと前から親友だった。

ふたりの関係がこれまでにないくらい曖昧《あいまい》になっているいまですら、フェリックスを信用して頼れるとわかっていた。おもしろ半分みたいに戯《たわむ》れをかけてきても、ふたりの友情の土台には現実的で確固たるものがあって、わたしはそれをたいせつにしていた。

「旅はどうだった？」わたしはたずねた。

「うまくいったよ」彼の微笑みは短かった。

「どんな用でスコットランドへ行ったのか、教えてくれてないわよね」

「そうだね。で、もし訊かれたとしても、すぐに話題を変えるよ」

どういう意味か、わたしにはわかった。彼はなにかを隠しているのだ。ばかみたいだけれど、最初に頭に浮かんだのは、スコットランドにガールフレンドがいるのかもしれない、という思いだった。でも、彼がそういうことを隠すとは思えなかった。隠す理由がない。

ふたつめの可能性もあまり心安らぐものではなかった。仕事で行ったのかもしれないと。その場合、十中八九違法な仕事だろう。

「フェリックス……」わたしは言いかけた。

彼が片手を上げる。「答えを知りたくないことは、訊かないほうがいい、エリー」

不意に心配になった。うちの家族と同じく、フェリックスも法のどちら側に着地しようと、ごちゃごちゃ屁理屈を並べるような人ではない。贋造師《がんぞうし》としての腕前を使い、あまり周到とはいえない状況で何度か金を稼いできた。でも、これもまたうちの家族と同じなのだけれど、大きすぎる博打は打ったことがない。

必要に迫られないかぎり。

大きすぎる博打といえば、正義の側でみんなで力を合わせたこともある。高潔さにあと押しされて、すばらしい気分だった、と気づく。認めようと認めまいと、自分の見方が変わった。この国の人に害をもたらすのではなく、彼らのために働いているとわかっているので、感じ方が変わった。気分がよくなった。

戦争が終わったらどうなるか、あるいは生活がもとに戻ったらどうなるか、わからなかった。けれど、それはみんな同じだ。そうでしょ？　わたしたちにできるのは、最善を尽くして前に進み、未来が自然にうまくいってくれると信じることだけだ。

フェリックスも同じように感じていると思いこんでいた。海軍で戦い政府のために仕事をしたのだから、法の内側で仕事をする方向に気持ちが動いていると。でも、スコットランドでの話をしたがらないようすから、そうとはかぎらないのかもしれないと思えてきた。

結局のところ、フェリックスは今後もラムゼイ少佐のもとで働くことに同意しなかったのだから。前回の任務で助けてくれたのは、わたしたちには彼の協力が必要だったからだ。彼が自分の国に忠実だったからだ。でも彼は、わたしたちがしたことは新たなページをめくる好機だとはとらえていないみたいだった。

そのせいで、新たな任務について話すのがためらわれたため、機が熟すまで待つことにした。お酒の一、二杯も飲めば、スーティと話すのに手を貸す気になってくれるかもしれない。そのとき、ウェイトレスが注文を取りにきて、会話の流れがしばらく途切れた。フェリックスとやりとりしたウェイトレスは、顔を赤らめてくすくす笑いながらテーブルを離れた。わたしは、おもしろがる気持ちと辟易《へきえき》した気持ちを抱きながら見つめた。

フェリックスがわたしに注意を戻した。「ぼくがいないあいだ、どうしてたのかな、エリー?」

「代わり映えしなかったわ」

ミックおじのヨークシャーでの仕事と、自分の錠前仕事について話した。

「あなたのスコットランドの旅に話を戻しましょうよ」話題を変えようとして言った。「フェリックス、もし必要なら、少佐が仕事を見つけてくれるってわかってるわよね。だから、無理して……」

「ラムゼイに仕事を見つけてもらう必要はないよ、エリー」

口調はおだやかだったけれど、断固としたものがにじんでいたので、これ以上言い募ってもむだだとわかった。フェリックスがその考えにあまりそそられていないのも、驚きではなかった。

結果がどうなろうとも、さっさと用件を話してしまおうと決めた。

「フェリックス……その……少佐といえば、あなたに頼みたいことがあるの」

「へえ?」その口調からは、なにひとつわからなかった。

「そうなの。実はね、わたし、またラムゼイ少佐と仕事をしているの」

フェリックスの表情が、ほとんどわからないくらいにこわばった。わたし以外の人間なら気づかなかっただろう。話の続きを待つ彼の目が、かすかにぎらついた。

テムズ川で発見された女性の死体、その手首につけられていた小型カメラ、そしてドイツ側の指令役が女性を殺したのではないかと少佐が考えていることを、手短に話した。そのあと、スーティ・スマイスから情報を得られないかやってみる必要があることも。

ウェイトレスが料理を運んできたので、皿が置かれるあいだ話を中断した。

「スーティ・スマイスだって?」もう注意を引けないとがっかりしたウェイトレスが下がると、フェリックスが言った。「あのご老人にはもう何年も会ってないな。まだ生きてるのも知らなかった」

「ああいう人は、わたしたちのだれよりも長生きするのよ」

フェリックスはなにも言わなかった。いろいろ考えているとわかっていたので、言い訳を思いつくほど長く待ちたくなかった。

「一緒に行ってくれる?」わたしは言った。

「もちろんだよ。あんな場所にきみひとりで行かせるなんてありえない。スーティは騎士道精神の持ち主ってわけじゃないからね」

れたらうれしい」

「彼になにかされるとは思わない」わたしは言った。「それでも、あなたが一緒に行ってく

裏社会に関しては精通しているとは思っているけれど、フェリックスはわたし以上に鋭い目を持っている。彼は、わたしの知るだれよりも人の心を読むのに長《た》けているし、うまく立ちまわる方法を熟知している。それは役に立つ技術だった。

明日の朝いちばんで出かける約束をすると、話題を変えた。

フェリックスは、スコットランドでの時間について曖昧に話した。夜を過ごした煤けたパブ、ウイスキー、ハギス（スコットランドの代表的な料理で、羊の内臓や香辛料などを羊の胃袋に詰めて煮る）、じゃが芋。彼は話がすごくうまくて、ここで会った目的をすっかり忘れて夢中で聞き入った。

けれど、皿が脇に押しやられると、フェリックスの報せを聞くときが来たのだとわかった。

「ビリー・ノリスから返事があったと言っていたわよね」心臓の鼓動が速くなった。

「うん」フェリックスはしっかりとわたしの目を見つめてきた。「帰宅するって大家さんに電話したら、留守中に郵便物がたまっていると教えてくれたんだ。そのなかに手紙があると聞いたから、列車に乗る前にきみに電話した」

ビリー・ノリスは、フェリックスの海軍時代の仲間だ。ある晩、泥酔したビリーは、母親がホロウェイ刑務所で服役中に、世間を騒がせた殺人者と友人になった、と話した。

そして最終的には、その有名な殺人者がマーゴ・マクドネルであると明かした。わたしの

母だ。

わたしが生まれる前に、母は夫殺しで有罪となり、死刑を宣告されたのだった。それはだれも口にしない家族の秘密で、フェリックスをふくめてほんのひと握りの人しか知らなかった。

事件自体は、すごく変わっているというわけでも、特に興味深いというわけでもないのだけど、当時は人々の注目を集めた。マクドネル家は、裕福でもいいコネがあるわけでもなく、センセーションを巻き起こすような人間でもなかった。

けれど、母は美人で、事件は残虐なものだった。新聞は飛ぶように売れ、マスコミは群がった。ある意味では、わたしはそれに感謝すべきなのだろう。なぜなら、事件について知り得た情報のほとんどが新聞に載ったものだったからだ。

裁判のようすはかなり取り上げられ、判決は予想どおりのものだった。でも、母は絞首台行きを逃れた。妊娠が判明して刑の執行を猶予された。母はホロウェイ刑務所でわたしを出産し、わたしが二歳になった直後にスペイン風邪で命を落とした。

わたしはもちろん母をまったくおぼえていない。生後数カ月のころから、父の兄であるミックおじがネイシーと一緒に育ててくれた。おじとネイシー、それにコルムとトビーが、わたしの知っている唯一の家族だ。

わたしは、音楽と笑いと物語のある温かくて愛情いっぱいの家庭で育った。なに不自由なく暮らしてきた。

それなのに、わたしの一部はいまだに見も知らぬ母を恋しがっていた。ひょっとしたら、刑務所にいなくても母はスペイン風邪で亡くなっていたかもしれない。そんな思いも浮かんだ。なんとなれば、何百という人がスペイン風邪で亡くなったからだ。死を迎えた場所が場所でなければ、それほど注目を浴びるものではなかったかもしれない。いずれにしろ、その件はわたしの人生に暗い影を落としていた。

さらに、わたしの一部はずっと母の無実を信じてきた。

事件についてわたしが読んだ記事のすべて、母が出した声明のすべてで、父を愛していて、ぜったいに殺したりしていない、と母は断言していた。

陪審員は母を信じなかった。一般の人たちもだ。彼らを責めることはできないだろう。殺人者の多くは、無実を主張するものだから。

けれど、母は死ぬその日まで犯人は自分ではないと訴え続けた。母を信じるわたしの気持ちは深く、嘘でも信じたいという願望とはちがった。まるで、どれだけ過去を忘れようとしてもふり払えない、本能のような感情だった。

それをミックおじに話したことはない。おじは弟、つまりわたしの父と仲がよかったので、母に対して複雑な気持ちを持っているとわかっていたからだ。

そんな折、フェリックスからビリーの話を聞いたのだった。

ビリーの母親の話では、ホロウェイ刑務所に入った女性はそのほとんどが無実を主張するらしい。けれど、彼女はわたしの母を信じ、母の主張の裏づけになるようなことを聞いたようだ。ビリーはそれがなんだったか思い出せなかった。酔っ払いすぎていたのだ。

でも、フェリックスはその話を忘れなかった。

彼はわたしに伝えるかどうか迷ったものの、結局わたしには知る権利があると思い至った。母の事件についてさらなる情報を得ても害はない、ということで意見を同じくした。ビリーの母親が重要なことを知っているかどうか確認してもいいだろうと。

そこでフェリックスがビリーに手紙を書き、彼の母親がいまもロンドンで暮らしているか、わたしと会ってくれるかをたずねた。それから数週間が経っていたけれど、わたしはなるべくそれについて考えないようにしていた。

その返事がついに来たのだ。

「返事の内容は？」わたしの声は、自分で思っていた以上にしっかりしていた。

「まだ封を開けてないんだ」フェリックスが言った。「きみと会うまで待つべきだと思ってさ」

わたしの気持ちを考えて、自分が先に返事を読もうとしなかったなんて、フェリックスらしい。

「じゃあ、いま開けましょうか？」わたしは言った。

「いいね」

フェリックスが封筒を破り開けて便箋《びんせん》を取り出した。わたしは身を寄せて覗きこんだ。便箋は安物で、机にぞんざいに放ったらかしにされ、酒とカード・ゲームの合間に一気に書き終えたかのようにあちこちにインク汚れがついていた。

離れていたあいだ、フェリックスから届いた数通の手紙もそんな感じだった。彼は返事を書くのをよく忘れ、やっときた返事はいつも慌てて書き殴った印象がした。

温かみのある挨拶をし、元気なのか、海軍をやめてどんな人生を過ごしているのかとたずねるビリーの手紙には、悪態やら誤字やらがたっぷりあって、その点はフェリックスの手紙とは異なっていた。

ビリーの手紙はようやくわたしに興味のある内容になった。つけ足しで思い出したみたいな感じで書かれていた。

〈お袋はおまえの友だちに喜んで会うそうだ。その友だちって、おまえが写真を見せてくれた彼女か？　髪が黒くて、色っぽい目をした？　帰国したとき、しっかり歓迎してもらえたことを願ってるよ〉

ちらりとフェリックスを見ると、彼が咳払いをした。「気にしないで。船乗りはときどき口が悪くなるんだ」

「写真って、わたしの？」珍しく気まずそうなフェリックスを目にして、微笑みをこらえられなかった。

「まあ、そうなんだ。戦地に持っていく写真をくれたのをおぼえてるかい？　仲間にあの写真を見せられたおかげで、ぼくの株は上がったんだ。ほかにだれひとりとして、美人の彼女がいなかったからさ」

わたしは精一杯官能的な表情を作った。「で、わたしの目って色っぽい？」

「それはいま関係ないだろう」フェリックスは手紙を遠ざけ、わたしがそれ以上読めないようにした。それでよかったのかもしれない。

いずれにしても、彼が海軍の仲間にわたしの写真を見せたと知って、密かに喜んだ。フェリックスがわたしのことを考えていたのがわかったからだ。それに、ふたりのあいだにあるのが友情だけではないと示すものでもあったからだ。

男女の関係がどうしていつも複雑でなければならないのか、わたしには理解できなかった。どうして言いたいことを言い、答えを知りたい質問をすることができないのだろう？

「待って。ビリーのお母さんの住所は書かれている？」

フェリックスが手紙に視線を落とした。わたしは手を伸ばしたけれど、手紙を遠ざけられてしまった。締めくくりにビリーがなんと書いたのか知らないけれど、フェリックスはそれをわたしに見られたくないらしい。

「ほら」手紙の下のほうを破って渡してきた。

ビリーは追伸で、母親の名前がヘレン・ノリスであることと、住所を書いていた。不意にその場の軽かった雰囲気が消え、自分が手にしているものの衝撃を感じた。長々と紙片を見つめる。そこに書かれた名前と住所が過去へのドアを開いてくれている。ずっと前から望んでいたのに、実際に目の前に現われるとちょっとこわくなった。そのドアをくぐったら、もうあと戻りはできないのだから。

「ビリーのお袋さんに会うのかい？」

「ええ」即座に返事をした。だって、考えるまでもないでしょう？

「一緒に行こうか？」

その提案について考えた。フェリックスはだれよりもわたしの過去についてよく知っている。彼を信頼して暗い秘密を打ち明けたし、ずっと昔からただひとりの腹心の友だ。それでも、これについては自分ひとりでなんとかしなければいけないと感じた。

「ありがとう、フェリックス。でも、わたしひとりで行くべきだと思う」

フェリックスが自宅まで送ってくれた。夜間にひとりでロンドンを移動するのは平気だった。自分の面倒は自分で見られるように育てられたし、いちばん安全な道も、なにに気をつければいいかもわかっていた。さらに、近隣の人の大半を知っており、彼らはミックおじといとこたちを知っていた。わたしに迷惑をかけようとする人はヘンドンにはほとんどいない。

それでも、フェリックスが家まで送ってくれたのはすてきだった。灯火管制のせいで以前とはちがってなにもかもが暗く、だれかと一緒なのがうれしかった。それに、送ってもらうのを断ったら、彼の脚を心配しているせいだと思われるのではないか、と気になったのだ。

そんなわけで、ふたりはフェリックスに無理のないペースで歩いた。わたしは彼の腕に腕をからませたけれど、それは彼のそばにいる状況を楽しみたかったからでもあったし、怪我をしたほうの脚に体重が少しでもかからないようにできたらという考えがあったからでもある。

ミックおじの家に着き、家庭菜園の小径《こみち》を通ってわたしのフラットへ行く。母屋の陰になっていてとても暗かったので、フェリックスにちょっぴりくっついた。

フラットの玄関まで来ると腕を放し、鍵を挿しこんでドアを開けた。

「さっきも言ったけど、夕食をごちそうさまでした」フェリックスをふり向いて言う。「すごくおいしかったわ」

「近々ナイトクラブに行こうよ。またきみとダンスをしたいとずっと思ってたんだ」

「楽しみだわ」少しの間。「紅茶を飲んでいく?」

フェリックスがためらった。「えっと……やめておいたほうがいいと思う。もう遅い時刻だしね」

わたしは両の眉をくいっと上げた。「わたしに評判を傷つけられるのが心配なの?」

彼がにやりとする。「そんなようなものだ」

「わたしの目が色っぽいせい？」フェリックスの海軍時代の仲間の手紙を思い出して言ってみた。

彼が目を合わせてくると、空気がすぐに変化したのを感じた。おもしろがっていた彼の目が、もっと温かくてもっと一心な色をたたえた。

ふたりで見つめ合っているあいだ、時が止まったみたいだった。どちらもなにかが起こりつつあると気づき、この先どう進めばいいのだろうと思っていた。

すると、フェリックスが少し近づいてきたので、わたしの腹部が妙な具合になった。不安。興奮。欲望。彼がそばに寄ってきたせいで、ずっと目を見つめたままでいるためには、ほんの少しだけ顔を上げなければならなかった。

フェリックスの視線がわたしの唇《くちびる》に落ち、キスをされるのだとわかった。

彼とは前にキスをしたことがあった。去年のちょうどこんな夜――かぐわしい月夜――で、長年友人だった人とのキスはどんな感じかをたしかめるためだったのかもしれない。すばらしい経験で、不思議と複雑さのない若い情熱と、しがらみのなさで陶然となった。

翌日、いつものふたりに戻った。その話を彼としたことはなかったけれど、わたしはよく思い出した。フェリックスも同じだろうか。すべてがなんの問題もなかった去年の夏の夜に星空の下でキスをしたことを、海軍の仲間に話しただろうか。

フェリックスがほとんどわからないくらい近づいてきた。ひんやりした夜気を通して彼の温もりが感じられた。

そのとき、暗がりからミックおじの声がした。「ああ、エリー。お帰り」

9

わたしたちは慌てて離れた。より正確には、わたしが慌てて離れた、だ。フェリックスは、いきなり登場したミックおじにほとんど反応を示さなかった。ほんのかすかに体を離しただけだ。彼はこういう状況で気恥ずかしい思いをする人じゃなかった。

自分がどうして気まずい思いをしているのか、はっきりとはわからなかった。おとなの女だから、好きなことを好きなようにできるのに。それでも、男性とキスをしようとしているところをおじに見つかるのは、けっして気持ちのいいものじゃない。

「おや、フェリックスじゃないか」暗がりから出てきたおじが素知らぬ顔で言った。「きみもいたのか」

「こんばんは、ミック」フェリックスの浮かべた笑みは、ミックおじがなにをしているかお見通しだと告げていた。

おじがわたしたちのじゃまをしたのには理由があり、その理由とはフェリックスだった。

玄関前にいるのがラムゼイ少佐だったら、ミックおじはなにも言わずにあと戻りしたにちがいない。

「エリーから聞いたが、スコットランドに行っていたんだってな?」おじの口調は愛想がよかった。

「ええ。あっちでちょっと仕事がありまして」

ミックおじがうなずいた。「私はヨークシャーに行っててね。今朝戻ってきたばかりなんだ」

つかの間、三人とも突っ立ったままだった。

「えっと、そろそろ帰らないと」フェリックスが言い、ぎこちない空気を破った。彼がわたしの顔を見る。「じゃあ、明日の朝に迎えにくるね」

わたしはうなずいた。

フェリックスは前かがみになってわたしの頬にキスをしたあと、おじに向きなおった。

「お休みなさい、ミック」

「お休み、フェリックス」

フェリックスは急ぎもせずに立ち去った。その姿が見えなくなると、ミックおじがわたしをふり返った。「じゃますするつもりはなかったんだよ」

わたしは両の眉をつり上げた。「あらそう? これ以上ないってくらい完璧なタイミングだったけれど」

「作業場へ行くところでね」ミックおじはなに食わぬ顔だ。「おまえも来るかい?」

ロマンティックな夜をじゃまされてまだ怒っていたけれど、作業場でおじと過ごす時間に抵抗できたためしがなかった。

よく行き来されている庭の小径を通って、おじの作業場へ向かった。なかに入ると、いつも郷愁の念を感じさせてくれる古い金属の懐かしいにおいに迎えられた。

ここはこの世で大好きな場所のひとつで、魔法使いの隠れ家であり芸術家のアトリエでもあった。子ども時代のわたしにとって母屋がそうだったように、いまフラットがそうであるように、この場所はわが家だった。作業場には快適さと安心感があり、どの隅にも思い出がいっぱいだった。

あらゆる種類の鍵がぶら下がっている掛け釘《くぎ》が列になっている壁のほうへと近づく。子どものころと同じように手でなでると、鍵同士がぶつかって神秘的な音楽が奏でられた。いつもの机の椅子に座ると、ミックおじが作業場の前面部分を占める作業台についた。

「フェリックスとの食事はうまくいったのかい?」ミックおじはヨークシャーへ行く前に修繕していた機械を手に取った。

では、その件について話し合うわけね?

「ええ、とってもすてきな夜だったわ」わざと曖昧に答えた。わかっているべきだったけど、ミックおじはそれくらいで気をくじかれたりしなかった。

「それで、彼の意図はなんだと思う?」おじにはいろんな面があるけれど、さりげなさはそのなかに入っていなかった。

わたしはうんざりしたふくみ笑いを漏らした。「おじさんがそれを探り出すチャンスを潰してくれたんじゃないの」

顔を上げてわたしを見たおじは、柄《がら》にもなくまじめな表情をしていた。「おまえがおとなの女性なのはわかっているんだよ、エリー。だがね、それでもおまえの面倒を見たいという気持ちは変わらないんだ。今朝も言ったが、私はフェリックスが好きだ。だが、女性に関するかぎり、彼が当てにならないのは私同様おまえもわかっているだろう」

恋愛生活を気にかけられて、感動すればいいのか腹を立てればいいのかわからなかった。とはいえ、そんなことには慣れっこになっているべきだった。おじといとこたちはずっと、わたしを見たというだけで男の子たちを追い払ってきたのだから。

「フェリックスとはどうなるかわからないわ」おだやかな声で言った。「でも、彼を好きなのはたしか。彼とそれ以上の関係になるかどうか、見てみたいと思ってる」

おじがうなずいた。「いいだろう、嬢ちゃん。もうおまえの私生活に首を突っこんだりしないよ。だが、話したくなったら、私がいるのを思い出しておくれよ」

父親みたいな愛情を示されて、ぐっときた。「ありがとう」

「さて、そのピックを渡してくれるかな、ラス？　この錠は頑固でいかん」

翌早朝、フェリックスが迎えにきた。状況的に見て、ミックおじやネイシーと朝食を一緒にするのはやめて、地下鉄の駅にほど近い小さなカフェで紅茶とジャムを塗ったトーストを食べた。

それから、地下鉄でヘンドンからホワイトチャペルへ行った。

スーティの店は、煙草屋と怪しげな薬を売っている薬屋にはさまれた路地にあった。その建物は何百年も前からそこにあるみたいで、煉瓦は経年でなめらかになっており、昔の煤で汚れていた。入り口ドアが開いたままになるように犬の頭の形をした鉄で押さえられているのを見て安堵した。つまり、スーティが店にいるのだ。

スーティはだれも信用していないので、人を雇っていない。店に出られないなんらかの事情があれば、ドアは閉まっている。とはいえ、彼はほとんどいつも店に出ている。店の上のフラットに住んでいて、一日中ごちゃごちゃした暗く狭い質屋で過ごしている。

わたしはフェリックスを見た。

「準備はいいかい、ラブ?」彼が言った。

わたしはうなずき、彼と一緒に建物に入った。

スーティの質屋は、ディケンズの小説から出てきたみたいだった。ごちゃごちゃしていて、埃っぽくて薄暗く、汚れた窓から射しこむ陽光が唯一の明かりだった。傾《かし》いだ棚には考えうるかぎりの種類の骨董品が詰めこまれている。その大半は古くてくたびれていて、もっとよいものを買う余裕のある人にはほとんど役に立たないものだ。

きれいなのは店の中央にあるガラスの陳列ケースだけで、その背後には国王のように偉そうにしているスーティが陣取っていた。まるで、その場を一瞬でも離れたら、高価な品が消えてしまうとばかりに。

スーティは店以上にディケンズ風だ。ディケンズの世界に難なく入りこみ、水を得た魚《うお》のようになるだろう。彼にはどこか陰鬱《いんうつ》なところがあり、まったく別の時代に属しているのではないかと思わせる。あるいは、店内の変色した品物がぴかぴかだったころをおぼえているくらい長く生きているのではないかと思わせる。

店に入ると、スーティが顔を上げてわたしを見てからフェリックスを見、またわたしに視線を戻した。その顔にはいやらしい表情が浮かんでいた。痩せていて猫背で、黒っぽい目は鋭く、白髪交じりの髪はだらしなく肩まで届いていた。肌は年齢の割には驚くほどなめらかだけれど、それはほとんど外に出ていないからだろう。

「なにかご用ですか?」スーティの口調は、こちらを胡散臭く思っているみたいだった。

「やあ、スーティ。ぼくだよ、フェリックス・レイシーだよ」

フェリックスを見たスーティのいかめしい表情が、ほんの少しだけ和《やわ》らいだ。「レイシーか」スーティがにやりとすると、黒ずんでゆがんだ歯が覗いた。「久しぶりだな」

「ほんとうに」

「まだお声はかかってないようだな、え？」スーティがフェリックスに言った。どういう意味か、わたしにはわかった。召集を逃れられている、と言いたいのだ。スーティ・スマイスみたいな人は軍隊を信用しておらず、店の床を汚すのを気にしていなければ、その話をするときには唾を吐いていただろう。

店の床は端からきれいではなかったけれど。

「そうじゃなくて、除隊になったんだ。フランスで脚の一部を失ってね」怪我の詳細を話す口調は無頓着なものだった。

スーティの表情が翳る。「船に乗せられる前に逃げ出すべきだったな。アイルランドに行けばよかったのかもしれないぞ」

「自分の務めを果たしたことに不満はないよ」フェリックスは言い、身ぶりでわたしを示して話題を変えた。「エリー・マクドネルをおぼえている？」

スーティがわたしに視線を戻した。しばし見つめてくる。「ミックんとこの子か？」

わたしはうなずいた。

「ちゃんとおぼえてるぞ。まあ、最後に会ったとき、あんたはおちびさんだったがな。べっぴんさんになったじゃないか」

「ありがとうございます」わたしを知っているとわかった彼の態度から、いやらしさが少し消えていた。ミックおじを知っている人はみんな敬意を払っていたし、そうでない人もおじを怒らせてはいけないことだけは知っていた。

「老いぼれミックはどうしてる?」

「元気です」わたしは答えた。

「ただ顔を見せにきたってわけじゃなさそうだな」スーティの目が鋭くなった。「理由を聞こうか」

ずいぶん単刀直入だった。

わたしは前に出た。ここが慎重を要する場面だ。政府とあまり仲のよいところを見せてはだめだ。スーティはわたしたちを助けるために指一本上げなくなってしまうだろう。

「昨日ムッシュー・ラフルールに会いました。最近あなたから宝石を買い取ったと彼から聞いたんです」

スーティはなにも言わなかった。表情も変わらなかった。警戒しているのだ。

「あなたに宝石を売った女性を捜しているんだ」フェリックスがさりげなく言った。わたしと同じように、慎重に進めないといけないのはわかっているはずなのに、それでも彼は前に押し進めた。

「売ったのが女だとどうしてわかる?」スーティだ。

わたしを試しているのか、捜査に新たな展開がもたらされたのか、判断がつかなかった。

「女性じゃなかったんですか?」わたしは訊いた。

スーティの表情が抜け目のないものになった。

「あんたもあのフランス人も、おれの口の堅さを知ってるだろうが」

そのとおりだった。スーティにはいろんな面があるけれど、口はぜったいに軽くない。守銭奴みたいに秘密をためこむと言われていて、だからこそ長いあいだ成功をおさめ、ふつうならこんな場所へ持ちこもうなどとは思わない店に高価な品が入ってくるのだ。もっと評判のよい店なら訳ありだと気づかれて売れない物品も、スーティなら買い取ったことを黙っていてくれるとみんな知っているのだ。

亡くなった女性はスーティの店をだれかに教わったのか、偶然立ち寄ったのか。どちらにせよ、自分の動向を秘密にしておきたかったのなら、うってつけの人のところに来たわけだ。

それでも、フェリックスとわたしのふたりがかりで魅了したら、スーティの警戒心を少しはゆるめられると思っていた。

「実は」フェリックスがなめらかに言った。「ぼくは彼女に金を貸してるんだ」

ここへ来る前に作り話を練り上げておけばよかった。わたしは真実に近い話をしようと考えていたのだ。でも、フェリックスは即興で話をでっち上げることにしたらしいので、わたしは合わせるしかなかった。

スーティが小さく肩をすくめた。「おれの問題じゃないな、相棒」

「わかってる」フェリックスはあっさり言った。「でも、彼女はこっちの取り分の宝石を奪って、それを売った金を戦争関係に使ってもらうために政府に寄付しようとしているんだ。ぼくは自分の分け前を手に入れたいだけなんだ」

フェリックスが物語を展開させていくのを聞いて、わたしはなんとか眉をつり上げないようにしたけれど、これがなかなかむずかしかった。これまでだってフェリックスが物語を紡ぐのを聞いた経験ならあったけれど、これは彼にしてもやりすぎだった。

スーティの視線がわたしに向いた。「で、あんたはこの件にどうからんでる?」

いい質問だった。そうでしょ?

幸い、わたしは頭の回転が速い。「わたしもフェリックスの仲間なの。戦利品を手に入れたあと、彼女が儲《もう》けをわたしたちと分けるはずだった。それなのに、お金を持って逃げた」

スーティの顔を注意深く見た。彼がわたしたちの話を信じたかどうかわからなかった。でも、フェリックスはへこたれなかった。

「彼女が盗んだ分をあなたに払ってくれと言ってるんじゃないんだ、スーティ。彼女の行方を捜したいだけなんだ」

「どこに住んでるか知らないのか?」スーティがたずねた。

「勘弁してくれよ、スーティ。あなたは警察なの? 質問ばっかりするんじゃなくて、ぼくの知りたいことを教えてくれないかな」

フェリックスはいつだってなにを言い、なにをすればいいかを正確に感じ取る、独特の才能を持っている。前のめりになりすぎず、かといって控えめすぎでもない。なんでも気楽にこなす彼のことばを人は信じたくなる。フェリックスは自分自身を信じているように見えるから、相手も彼を信じたくなる、というわけだ。

どうやらスーティもその雰囲気にやられたらしい。懐疑的な人ではあるけれど、昔からフェリックスを気に入っていた。フェリックスに協力したがっているのがわかった。

「あなたから聞いたとは彼女には言わないから」わたしは言ったけど、少なくともそれはほんとうだった。かわいそうな彼女は、いまではそういうことを気にする段階を超えていた。

「女が店に来たな」スーティがついに口を開いた。「おれは彼女から宝石をいくつか買った。それのどこが特別なのかわからない」

それはほんとうではないと、その場にいた全員がわかっていた。ひとつには、その宝石の品質は別格だったからで、女性は本来の価値よりかなり買い叩かれたにちがいないからだ。

「どんな人でした?」わたしは訊いた。

スーティが考えこむ。「美人だったたな。黒っぽい髪。スタイル抜群」

「名前は言った?」今度はフェリックスだ。「彼女、いつもいろんな偽名を使ってるんだ」

スーティはまたゆがんだ笑みを浮かべた。「おれは名前にこだわらないんでね。質入れじゃなくて売りにきた場合は。わかるだろ」

わたしはふたたび質屋を見まわした。質草を買い戻しにくる人はあまりいないだろう。スーティのほんとうの商売は、亡くなった女性としたような、あれこれたずねずテーブルの下で行なうものだ。

「住んでる場所についてもなにも言わなかった？」わたしはたずねた。

「ああ」

こんなにあれこれがんばったのに、結局スーティ・スマイスからはなんの情報も得られないのか、と気分が沈んだ。でもフェリックスは、まだ諦めていなかった。

「仲間はどう？　だれかの話をしてなかった？」

スーティはそれについてしばらく考えた。「〝後援者〟のことを言ってたかな。笑いながらって感じで。だからおれは、そいつは妻の宝石を彼女にあたえる金持ち男なんだろうと思ったわけさ。それと、〝後援者〟とは別人らしいボーイフレンドのことも話してたな」想像をたくましくしているような笑みを浮かべた。

「ほかに情報はもうない？」フェリックスが訊いた。

「話しすぎたくらいだ」スーティの目がきらっと光った。

彼の言うとおりだった。フェリックスが一緒でなかったら、ここまでの情報を手に入れられなかっただろう。

「そうか。ありがとう」フェリックスだ。

「分け前を取り戻せるといいな」スーティが言う。

「ありがとうございます」わたしも礼を言った。

「ミックによろしく伝えてくれ」

フェリックスがわたしの腕を取り、ふたりでドアのほうを向いた。

「そうそう、もうひとつあった」スーティの声がした。

わたしとフェリックスは彼をふり向いた。

「妙なことがあってね。宝石を売りにきたのに、古い時計を買っていったんだ」

10

それを聞いて興奮を抑えるのはむずかしかったけれど、なんとかあまりあからさまに感情を出さずにすんだと思う。

「時計ですか?」ちょうどいい感じの関心をにじませて、わたしはたずねた。

スーティがうなずく。「炉棚時計だ。ちゃんと動いていなかった。いつも遅れるんだ。だが、彼女はその時計を欲しがった」

「理由は言ってましたか?」フェリックスがわずかにばかにする口調でたずねた。彼もまた、関心をむき出しにしないようにしているのだ。

スーティは首を横にふった。「気に入ったとしか言ってなかった」

「どんな炉棚時計でした?」訊いたのはわたしだ。

「渦巻《うずま》き模様のついた不格好な木製の時計だよ。文字盤がピンクで、金線細工が施されていた。ピンクの文字盤が気に入ったと言ってたな」

フェリックスはどうとでも取れる声を発した。「じゃあまた、スーティ」

わたしたちは店を出た。

薄暗くて狭い店から明るい外へ出て、感覚が狂った。陽光と外気を受けて目眩《めまい》がしそうだ。

「スーティの質屋から出ると、いつも風呂に入りたいような気分になるんだ」フェリックスが言った。

わたしは笑い、彼の腕をきつくつかんだ。「すごくうまくやってくれたわ」

彼がにやりとする。「そう言ってもらえてうれしいよ。もっといろんな情報を入手できなくて残念だったけど。スーティが名前を聞いてればよかったのにな」

わたしは考えながらうなずいた。「どのみち彼女は本名を言わなかった可能性が高いわ。でも、どうして時計なんか欲しがったのかしら？　すっごく妙よね。彼女は宝石と一緒に巻き鍵を隠していた。つまり、なんらかの意味があるってことでしょ？」

「そうだよな」フェリックスはポケットからシガレット・ケースを出し、一本をくわえてライターを近づけた。

相対的に見て、うまくいったと思う。スーティは虫の居所も悪くなかったみたいだし。少佐とわたしで行ったとしたら、あそこまで聞き出せなかったのはたしかだ。

それでも、少佐はスーティをどう思っただろうと考えてしまった。スーティはなかなか変わった人だ。ふたりがたがいを気に入ったとは思えないけれど、チャンスさえあれば相手の人柄を渋々でも認め合っていたのではないだろうか。

いずれにしろ、入手した情報をできるだけ早くラムゼイ少佐に伝える必要があった。

「少佐に会いにいきましょう」わたしは言った。

フェリックスの歩みがのろくなった。「ぼく抜きで行ってもらったほうがよさそうだ」

いらっとして彼をふり向く。「どうしてそんなに少佐を毛嫌いするのか理解できないわ、フェリックス」

彼がわたしの目をとらえた。「ほんとうに？」

眉をひそめる。「なにばかなこと言ってるのよ、フェリックス」

フェリックスは肩をすくめ、煙を吐き出した。「きみを自分のものみたいに思っちゃいけないのはわかってるよ、エリー。でも……」

彼のことばを退けた。いまはそんな話をしている場合ではない。

「これは重要なの。少佐はわたしだけでなく、あなたの話も聞きたがると思う」

「わかったよ」ため息交じりに言う。「ここまでかかわってしまったんだから、どっぷり浸かるとするか」


少佐のオフィスに到着すると、コンスタンスがドアを開けてくれた。

「おはようございます」明るい声で挨拶して町屋敷へと招じ入れてくれるあいだ、彼女の視線はフェリックスから離れなかった。コンスタンスが彼に会うのははじめてで、フェリックスが女性にあたえる第一印象がどれほどいいか、わたしはよく知っていた。

「少佐はいます？」わたしは訊いた。「わたしたちをお待ちかねじゃないかしら」

「はい、いらっしゃいます」コンスタンスはわたしに注意を戻した。「ただ、いまは別の人と会っていらっしゃるので、少々お待ちいただけますか？」

「もちろん」

客間は間に合わせの仕事部屋に作り替えられており、そこに置かれた机の向かい側の黄色いシルクのソファにフェリックスと腰を下ろした。コンスタンスは机に戻ってタイプライターを打つ仕事を再開した。キーのカチャカチャ鳴る音が、考えごとをするのにちょうどいいBGMになった。

いま少佐と会っているのはだれだろう。少佐と出会ってからこっち、執務室でほかの将校を見かけたことはなかった。でも、それほど驚くものでもないのかもしれない。ラムゼイ少佐がここで行なっているのは、変則的な活動なのだから。

それほど待たないうちに、ドアが開いて廊下をこちらに向かってくる足音が聞こえた。

少しして姿を現わした男性をわたしは知っていた。前回の任務で一緒に働いた、少佐の仲間のキンブルだ。彼は元ロンドン警視庁の警官で、許容範囲を超えた行動かなにかで免職になったのだった。わたしが目にしたことからして、その理由は殺人をふくめ、なんでもありそうだった。キンブルは表情がまるで変わらない人で、天気についてでも、ぎょっとするほどの暴力行為についてでも、まったく同じ口調で話す。

「ミス・マクドネル、レイシー」キンブルがわずかに会釈した。それ以上の挨拶で立ち止まることもなく、玄関ドアから出ていった。

前回キンブルに召集がかかったときは、計画が流血を見る可能性があった。彼がここに来たのは、わたしたちと同じ件についてだろうか。それとも、まったくの別件でだろうか。ラムゼイ少佐のことだから、複数の案件を抱えているにちがいない。

「もうお入りいただいていいかどうか、確認してきますね」コンスタンスが机を立って少佐の執務室に向かった。

「キンブルもこの件にかかわっているのなら、状況はよくないな」わたしが考えていたことを、フェリックスがことばにした。

「キンブルが任務中かどうかはわからないでしょ。ただ顔を見せにきただけかもしれないわよ」

フェリックスが鼻を鳴らした。わたしが言い返す前に、コンスタンスが戻ってきた。

「少佐がお目にかかるそうです」

「ありがとう」わたしは執務室に向かった。フェリックスはコンスタンスに挨拶代わりににっこり微笑んでから、気乗りしない影みたいにわたしの後ろをついてきた。

執務室のドアは開いていたので、そのまま入った。少佐はいつもどおり髪の一本も乱れていない姿で机の背後に立っていた。こちらに顔を上げた少佐の表情は読めなかった。冷ややかなまなざしでまずわたしを見たあと、フェリックスを見た。

「おはよう、ミス・マクドネル、レイシー」

「ラムゼイ」フェリックスが返す。

ふたりのあいだには、よそよそしさしかなかった。当のはじめから、たがいに好意を持っていなかった。完全にかけ離れたふたりだからだ。ふたりとも頭がよく、決断力があり、とても有能だ。けれど、少佐が厳格で寡黙なのに対し、フェリックスは愛想がよくて陽気だ。おまけに、法律なんてまったく気にしていない。正直なところ、フェリックスのそこが昔から好きだった。うちの家族と同じくらい、社会的信用の境界すれすれを行こうとする姿が。

でも、そのちがいのせいで、ふたりと一緒にいるときにバランスを取るのがむずかしかった。わたしはそのあいだに置かれたみたいな気分になり、なんとも落ち着かなかった。

たがいへの嫌悪は自分たちでなんとかしてもらうしかない。前回は協力して働き、いい結果をもたらした。時間をかければ、敵でいるより味方でいるほうがいいとわかるようになるかもしれない。

「座ってくれるか?」少佐が机の前の椅子二脚を身ぶりで示した。

わたしが腰を下ろすのを待って、男性ふたりも座った。

「キンブルとすれちがいましたけど」

少佐は返事をしなかった。

その件については情報を得られないのがはっきりしたので、ここへ来た理由を話すことにした。「言っていたとおりにスーティ・スマイスに会ってきました」

少佐は待った。

「宝石を女性から買い取ったと認めました。でも、女性の名前は知りませんでした」

「あるいは、知っているのに話し渋ったか」

「それはない」フェリックスが割りこんだ。「知っていたら、ぼくに話してくれたはずだ」

少佐はフェリックスをちらりと見たけれど、次の質問はわたしに向けたものだった。

「ほかに彼から得られた情報はあるのか？」

「彼女は古い炉棚時計を買っていったそうよ。ちゃんと動きもしないのに、どうしても欲しがったんですって」

これを聞いても、少佐はわたしほど興奮していないようだった。まあ、大がかりな計画のなかではなんの重要性もない情報なのだろう。なんといっても、巻き鍵はこちらの手のなかなのだ。亡くなった女性がどこか重要な場所にその炉棚時計を置いているのは明らかだった。でも、その場所がどこだかわからないかぎり、この情報にはほとんど意味がない。

「ほかには？」少佐が言った。

「女性は〝後援者〟のことを口にしてたそうで、おそらくスパイ組織の親玉のことかと。それと、ボーイフレンドの話をしていたそうだけど、スーティが聞いたのはそれだけ……」

ことばが尻すぼみになったのは、少佐が机の引き出しを開けてなにかを取り出し、わたしたちの前に置いたからだ。写真の束だった。

断りも言わずに手を伸ばし、一枚ずつ検めていった。

「ブレスレットのカメラで撮られた写真を現像した。少なくともその一部はほとんど損なわれていなかった。ピントがボケている写真もあるが、なにが写っているかは充分わかる」

「あなたが考えていたとおりでしたね」最初の何枚かが波止場と工場の写真なのに気づいた。

「ああ。推測どおり、工場などの重要な地域を撮ったものだった。だが、事態はそれよりも悪かった。いちばん下の写真を見てくれ」

手早く最後まで写真をめくっていった。ほかの写真とはちがい、ロンドンのどこかを撮ったものではなかった。一枚の紙を写した写真で、そこにはこう書かれていた。G02A04――イースト・エンド。

顔を上げて少佐を見た。「これはなんですか？」

「このフィルムを分類するもので、撮影者と撮影場所が記されている。おそらくはグループ――ドイツ語ならグルッペだな――2、諜報員――アゲンティン――4ってところだろう。過去に妨害して入手したもののなかにも同じような識別表示があった」少佐が前のめりになる。「つまり、あの女性がだれだったにせよ、ひとりで活動していたわけではないということだ。ドイツ軍のために写真を撮っていた何人かのうちのひとりだったわけだ」

わたしはそれが意味するところに気づいた。「標的がはっきりわかるように、ドイツのためにロンドンの写真を撮っているスパイ組織があると考えているのね」

少佐がうなずいた。「彼女には指令役がいて、おそらくそいつに殺されたのだろう。情報の対価を彼女に支払い続けるのがあまりに危険になったのかもしれない。彼女がなにをしているかがボーイフレンドにバレて当局に通報すると言われたのかもしれない。彼女が心変わりをしたのかもしれない。理由がなんであれ、ドイツ側は彼女を大きなリスクと見なしたのだろう」

「でも、どうしてほかにも関与している人間がいるとわかるんですか？　彼女ひとりがたまたまそういう事態に誘いこまれただけかもしれないでしょう」

少佐はふたたび椅子に腰かけ、しばらく考えこんだ。それからこう言った。「非常に重要なものを受け取るため、ドイツ人スパイがロンドンに向かっているという情報が入った」

わたしは眉根を寄せた。「非常に重要なものって？」

「傍受した暗号化メッセージから判断して、複数のスパイが集めたフィルムの隠し場所があるらしい。その写真は、今後の何カ月かでわれわれにとって非常に危険になる可能性がある」

彼がなにを言っているのかに気づく。「ドイツが本格的に爆撃を開始すると考えているのね？」

「ここ数日のうちでなくても、何週間かのうちにはじまると考えている」

それを聞いて寒気を感じるべきだったのだろうけれど、唐突にアイルランドの血が体中にたぎり、反抗的に顎が少し上がっていた。「やってみればいいわ」

フェリックスがにやついた。「それでこそぼくのエリーだ」

「敵がロンドンに到達するのを止められそうにないのは明らかだ」少佐が言った。「阻塞《そさい》気球も英国空軍《RAF》も撃退できる敵機にはかぎりがある。だとしても、ロンドンでの主要な標的に関する詳細な情報が敵の手に渡ったら、もっとたいへんな事態になる」

　急降下爆撃機を阻止する目的でロンドン上空にスチール・ケーブルで係留されて浮かんでいる、何百という巨大な気球をわたしは思い浮かべた。阻塞気球にどれほど効果があるのか、実際に目にすることになるのだろうか？　そうならないことを祈った。

「もちろん、爆撃だけを心配すればいいのではない」少佐が続けた。「物資、配給、補給線等々についての情報は、ドイツ軍の手に渡れば致命的になる」

　この会話のあいだほとんど黙っていたフェリックスが、熱いまなざしで前かがみになった。

「死んだ女性がかかわっていた、そのフィルムの隠し場所についてだが、見当はついているのかな？」

「いや。だが幸い、ドイツのスパイはまだロンドンに到着していないと考えている」

「じゃあ、どちらが先にゴールするかを競っているみたいなものなのね」わたしは言った。

　少佐がうなずく。「ドイツに先んじてそのフィルムを手に入れる必要がある」

11

それからいくらもしないうちに、わたしたちはオフィスを辞した。とりあえずのところ、わたしたちはもう用ずみだと少佐がはっきりさせたのだ。

「また連絡する」わたしを追い払うときの、少佐のいつもの台詞《せりふ》だった。

そんな風にあっさりお払い箱にされるのにはいらっとしたけれど、いまのところフェリックスにもわたしにも役に立てることはない、というのが真実だった。ドイツ側にかなり先んじられていたので、後れを取り戻す方法を見つける必要があった。

どこからはじめるか、という単純な問題だった。ラムゼイ少佐はまちがいなくそこに意識を集中させているだろう。わたしは、いま現在自分にできることがなくて無力さを感じていた。

「さて、どうしようか?」外に出るとフェリックスが言った。「このすばらしい天気の午後、ほかにぼくのスパイ任務を用意してくれてるのかな?」

わたしは彼を見た。思考は別の方向に動き出していた。少佐に必要とされなかった場合、自分がどうしたいか朝のうちに心を決めていた。いまはすることがないのだから、計画を進めたいと思った。

「ミ……ミセス・ノリスに会いにいこうと思うの」フェリックスの海軍兵時代の仲間の母親と会うと思ったら、わくわくすると同時に不安もおぼえていた。だから、さっさとすませてしまうのがいいと思ったのだ。

「ほんとうにひとりで行くの？」フェリックスが言った。

わたしはうなずいた。「じ……自分ひとりでする必要があるの。わかってくれる？」

「当たり前だろう、エリー」やさしい口調だった。「あとで電話してくれるかい？」

「ええ。どんな話を聞いたか伝える」

フェリックスはわたしの手を取ってぎゅっと握った。それから背を向け、しなければならないことをできるよう、わたしをひとりにしてくれた。


住所を頼りにその家は簡単に見つかった。フラムの静かな通りにある、小さな家だった。敷地を囲うかわいらしい柵があり、窓台の小ぎれいな植木箱にはたくさんの花が咲いていた。どんな家を想像していたのかわからないけれど、ロンドンのどまんなかでこのちょっとした家庭らしさを目にするのは、頭のなかでぼんやりと描いていた筋書きと合致しなかった。

ひどい偏見だと気づく。これから会う女性は刑務所に入っていたのだから、こういう人生を送っているとは想像していなかったのだ。そんな風に考えた自分を叱る。服役期間が人生のすべてを定義するわけではないと、ほかのだれよりわたしはわかっていなければならないのに。

わけのわからない不安を感じながら玄関の階段を上がり、どっしりした真鍮《しんちゅう》のノッカーでノックした。

しばらくは静まり返っていたので、留守なのかと思った。玄関前に立ち尽くすわたしのなかで、落胆と安堵がせめぎ合う。別の日にすればいい。留守なら、出なおせばいいだけだ。それなのに、じっとそこに立ったままだった。

もう立ち去ろうと決意しかけたとき、かんぬきがはずされる音がして、ドアが大きく開いた。

女性がわたしを見ていた。ホロウェイ刑務所に服役していた人だと知ったうえで、どんな女性を想像していたのかよくわからない。でも、目の前にいる女性はこの通りで暮らし、来客にドアを開けたごくふつうの人に見えた。母が生きていたとして、それよりは歳上で、髪は白く、肌はピンクだった。人生において困難を経験した過去をかすかにうかがわせるのは、彼女の薄青い目だけだった。

「はい？」彼女が言った。

「ミセス・ノリスですか？」

「ええ」

「エリー・マクドネルです」

はっと気づいた表情になり、彼女は脇に下がって入るよう身ぶりをした。ミセス・ノリスはなにも言わないままドアを閉め、玄関から少し離れた小ぶりの客間へわたしを通した。

調度類が少なく、きちんと片づいた家だった。家具は古いものの状態はすばらしく、床は蜜蠟《みつろう》で磨かれてぴかぴかに光っていた。花を生けた花瓶がテーブルに置かれ、カーテンはレースだった。窓に板は打ちつけられておらず、それは彼女が望んでそうしたのか、手を貸してくれる人がいなかったからなのか、と訝《いぶか》った。

ミセス・ノリスが角の張りぐるみの椅子を示してくれたので、そこに座った。

「紅茶はいかが?」そう訊いてくれた。

「そんな。どうぞお気づかいなく。いきなり訪ねてきただけでもご迷惑をおかけしているのに」

「たいした面倒じゃないのよ。どのみち淹れようと思っていたところだし」

「それでしたら、いただきます。ありがとうございます」

ミセス・ノリスはキッチンへ行ったので、頭のなかを整理する時間ができた。

わたしは神経質な性格ではない。そんな風に育てられてこなかったし、神経を逆なでされることもほとんどないから、もともとそういう面はなかったのだろう。それでも、母についてなにか教えてくれるかもしれない人に会うのははじめてで、緊張していた。

母についてはネイシーにたずねてみようと思ったこともあったけれど、彼女は母が刑務所に送られるまではマクドネル家で暮らしていなかったのだ。当時は南部に住んでいて、男やもめだったミックおじがわたしを引き取り、小さな息子ふたりとともに育てるのに手伝いを必要としたため、ロンドンにやってきたのだった。

母と母を取り巻く状況についてはたっぷり耳にしてきただろうけれど、どれも直接見聞きした情報とはちがう。

直接の情報をわたしに伝えられるのは、ミックおじただひとりだったけれど、おじがその話をしたがっていないのは昔からわかっていた。おじは客観的にはなれない。殺されたのは弟なのだから。

おじは母に怒りを抱いていたはずだ。弟を愛していたのだから。おじと父は、コルムとトビーのように仲がよかった。だから、ある晩帰宅したときに、キッチンの床で死んでいる弟を見つけ、弟の妻が犯人であるとすべての証拠が示していると気づいて、耐えがたいほどつらかっただろうと思う。

それなのに、おじはわたしの前で母を一度も悪く言ったためしがない。なにが起きたのかを話してくれたときは、ありのままの事実だけだった。怒りはなし、批判もなし。自分が父の娘であると同時に母の娘でもあるのはわかっていたけれど、わたしのなかに母の血が流れていることに対して、ミックおじは一度だって苦々しい気持ちを見せなかった。

けれど、母についての沈黙は、怒りや憎しみを向けられるのと同じくらいつらかった。その沈黙はわたしの心のなかになににも埋められない空虚な空間を残した。

それよりもつらいのは、自分がずっと昔に母が無実だったと信じはじめたことだ。夫を殺してはいないという母の主張は、亡くなる直前まで揺らがなかった。真実を知ったところで過去が変わらないのはわかっている。でも、真実を知れば自分の将来がちがってくると、どういうわけか感じたのだ。わたしの過去のピースを正しい場所にはめれば、どういう人間になるべきかがわかると。

そんなすべてが頭のなかで渦《うず》を巻き、ミセス・ノリスが戻るのを待ちながら、なんとか気持ちを整理しようとした。

しばらくすると、紅茶のトレイを前にわたしたちは落ち着いた。いまは配給制なのに、紅茶は濃かった。わたしのために心づかいを見せてくれたのだろうと思って、ありがたかった。

「む……息子さんからわたしのことを聞いていらっしゃるのですよね？」わたしは言った。

ミセス・ノリスがうなずく。「あなたがわたしに会いにくるかもしれない、と息子は言っていました。かまわない、と返事をしたんですよ。過去を隠そうとしたことは一度もないので」

いっさい恥じ入らずに過去を受け入れるのは、どんな感じなのだろう。もちろん、わたしが引っかかっているのは自分の過去ではないけれど、ここへ来たのはその話をするためだ。

ミセス・ノリスは六十歳を大きく超えてはいないだろうに、体が痛むのか動きはゆっくりだった。刑務所暮らしがこたえているのだろうか、それとも年齢の割に弱々しく見えるのにはほかの理由があるのだろうか。

「あなたのお母さんとはかなり親しかったのよ」なんの前触れもなく、いきなり本題に入った。「受刑者の多くはお母さんを避けた。彼女は親しみやすい感じじゃなかったから。もちろん、なにもかもがショックだったんだろうし、投獄されたときもまだあなたのお父さんの死を深く悲しんでいたんでしょうね」

気づくとわたしは前のめりになっていた。その瞬間、自分は母についてほとんどなにも知らないのだと衝撃を受けた。これは、母を知っていた人から聞くはじめての話だ。過去について訊けるくらい大きくなってからミックおじと交わした短い会話を別にすれば、こそこそと集めて、埋蔵された宝の地図みたいに読みこんだ新聞記事が唯一の情報源だったからだ。

「わたしの房はあなたのお母さんの房の向かい側で、ときどき話をしたの」ミセス・ノリスが続けた。「じきに仲よしになって、おたがいの話をするようになったわ」

「母はどんな人でしたか?」そんな質問をしようと思っていたわけではないけれど、たずねるチャンスをずっと待っていたみたいに勝手に口から飛び出した。

ミセス・ノリスはその問いをしばらく考えた。

「きれいな人だったわ。あなたは彼女によく似ている」

お世辞を言われて顔が赤くなった。会ったこともない母とくらべられて味わった温かな気持ちを、どう処理すればいいかわからなかった。

「たくさんの人が彼女の美貌を悪く思った。お母さんがそれを利用したと考えたのね。でも、ほかのいろんなことと同じように、顔がきれいなのを変えられない。お母さんはやさしくて、明るくて、おもしろい人だった。ほかの人を気にかけていた。刑務所ではやさしさなんてすぐに消えてしまうものだけれど、あなたのお母さんは最後まで変わらなかった。注意を引かない程度にできるかぎり他人に手を貸していたわね」

胸がぎゅっと締めつけられるのを感じた。母に関するあれこれには動じなくなったつもりだったのに。いまの話はまったく新しいもので、意表を突かれたのだ。

「刑務所ではね、無実を訴える受刑者がたくさんいて、だれのことも信じなかった。でも、あなたのお母さんだけは別だった。彼女の目にはなにかがあった……。いろいろ考えて、夫を殺した犯人がわかったと思う、とある晩お母さんは言ったの。自分が無実の証拠はあるけど、それを明らかにするのは百害あって一利なしだ、とも」

急に全神経が集中した。

「どういう意味でしょうか?」椅子に座ったまま身を乗り出す。

ミセス・ノリスが頭をふった。「もっと聞き出す前に、看守が来て房に戻れと急き立てた。翌朝、お母さんは庭に出てこなかった。熱を出したと聞いた」

その先を言ってもらう必要はなかった。母はそれからいくらもしないうちにスペイン風邪で亡くなったのだ。

「わたしはかからなかったの。どうしてなのか、わからない。全然筋が通らないと感じることがあるわ。人生なんてたいていそんなものだけれど」

ミセス・ノリスの話を考えてみた。母はなんらかの秘密を知っていて、それを明るみに出せば自分が一生刑務所で過ごすよりもとんでもない事態を招くとわかっていた。母は死刑を宣告されたのに、それでもその秘密を明かさなかった。死んでも守るべき秘密とはなんだったのだろう?

顔を上げると、明敏ながらやさしいまなざしをしたミセス・ノリスから見つめられていた。

「もっとちゃんとした答えが欲しいんでしょうね。ほかの人たちのところにも行ったらどうかしら」

「ほかにもいるんですか?」

「もっといろいろ教えてくれそうな人がふたりいるわ」ミセス・ノリスが言った。「ひとりは法廷弁護士のサー・ローランド・ハイゲートよ」

長年のあいだに、ほかの大きな刑事事件で何度もその弁護士の名前を聞いていた。母の事件は、彼が担当した数々のセンセーショナルな事件のひとつだった。たしかに、いつか彼と話したくなるかもしれないと思ったことはあるけれど、いつも先延ばしにしてきたのだった。

マクドネル家が昔からずっと、どんな形であれ法と関係するものは避けてきたからかもしれない。

「弁護士さんからなにか聞けると思います？」

「弁護士さんはあの事件についてだれよりも詳しい、とお母さんは言ってたわ。事件を調べるためにあらゆることをしてくれたって。それに、無実を信じてくれたって」

貴重な情報だった。当然ながら母の弁護士がだれかは知っていたけれど、味方だとは本気で信じていなかった。有名な事件だから引き受けたのだとずっと思っていたのだ。弁護士が母を心から助けたがっていたと知れてよかった。

わたしはうなずいた。「ありがとうございます。弁護士さんに会いにいってみようと思います」

「もうひとりは、お母さんのお友だちのクラリス・メイナードよ」

わたしは眉根《まゆね》を寄せた。母の事件についての情報を長年集めてきたけれど、その名前は初耳だった。

「それはだれですか？」

「お母さんから聞いた話だと、いちばんの親友だった人。ずっと手紙のやりとりをしていたわ。クラリスとの友情がなければ、とてもあのすべてに耐えられなかったと言っていたわね」

「その人はロンドンにいるんでしょうか？」わたしはたずねた。

「わからない。お母さんから聞いていないの」

そのクラリスという女性はどうなったのだろう？　いまも生きているだろうか？　母とそんなに親しかったのなら、どうして一度もわたしを訪ねてこなかったのだろう？　わたしは彼女の名前すら聞いたことがない。

どうやら、目の前にすばらしい二本の道が開けたようだった。はっきりした答えは得られなかったけれど、考える材料をたっぷり手に入れた。

「お時間を割《さ》いていただいてありがとうございました、ミセス・ノリス。とても助かりました」

ミセス・ノリスがうなずいた。「もっと話せることがあればよかったんだけど。もしなにか思い出したら、かならず連絡するわね」

電話番号を交換したあと、わたしは時間を割いてくれたことと紅茶をごちそうになった礼をもう一度言った。

ドアの手前まで来たとき、ミセス・ノリスに呼びかけられて足を止めた。「エリー」

わたしはふり向いた。

「あなたを産んだあと、あまり長く一緒にいられなかったけど、彼女はその一分一秒を愛おしんでたわ。あなたを誇りに思っていた。ほかのなによりも」

いまのことばがわたしにとってどれほど重要だったか、ミセス・ノリスにはわかっていたのだと思う。彼女にとてつもない感謝の気持ちを抱いた。
「ありがとうございます」小声で言った。
ミセス・ノリスがうなずいた。「うまくいくよう祈ってるわ」

12

帰宅すると、静かに考える時間は取れないのがわかった。ラムゼイ少佐が待っていたのだ。今回、少佐は客間でネイシーとお茶を飲んではいなかった。わたしのフラットの玄関前に立っていた。母屋をまわってフラットに向かったわたしは驚いた。大きな自動車は母屋の前に停まっていなかったからだ。どうやら別の方法で来たらしい。

「こんにちは」わたしは挨拶した。「こんなに早くまた会うとは思ってなかったわ。長く待たせてしまったかしら?」

「いや」そっけない返事とその口調は、少佐は不機嫌であるという事実を隠しきれてはいなかった。

わたしは内心でため息をついた。ミセス・ノリスを訪問してバランス感覚が狂ったのを、蓄音機でレコードを聴きながら紅茶を飲んで立てなおしたかったのに。どうやらその願いは叶いそうになかった。

フラットのドアを開けると、少佐があとから入ってきた。彼は制帽を脱いで小脇に抱えた。座ろうとする動きは見せなかった。では、長居をするつもりはないのね。

「さて、どうなさったのかしら?」ドアを閉めながらたずねた。

「死んだ女性の身元を突き止めた。きみが言ったように、毛皮のコートの購入記録でわかった。少なくとも購入時に名乗ったのはマイラ・フィールズで、住所はクラパムだ」

いい報《しら》せだ。そうでしょう? だったら、どうして少佐はあんなにいかめしい顔をしているのだろう?

少佐の次のことばがその答えとなった。「悪いが、同行してもらわなければならない」

ほらね。少佐はわたしの協力を必要としているのに、いつもながらそれを頼むのがいやだったのだ。

「へえ?」任務にはなんの関心もないみたいな口調で言った。実際は、当然ながらすでに胸を高鳴らせていたのだけど。

「私ひとりで行ったら、いらぬ注意を引いてしまう。軍服の人間があれこれ訊いてまわるのは、常に怪しげに受け止められる。だが、きみが一緒だったら、うまくごまかせるかもしれない」

諦め口調を聞いて、わたしは微笑《ほほえ》むのをこらえた。以前、あるすてきな催《もよお》し物の最中に金庫破りをしなければならなくて、カップルを演じたことがあった。

その催し物で少佐にキスもした。ううん、正確を期するなら、少佐にキスをされた、だ。計画の一部で、わたしたちがいるべきではない場所にいて金庫破りをしていたという事実から敵の目をそらすためだった。それでも、ちゃんとしたキスに変わりはなかった。

キスのあと、わたしは何週間もそれについて考えまいと努めたけれど、ふとしたときにそちらの方向に心がさまよってしまった。独身の若い男性がほとんどいないロンドンで、少佐が眉目秀麗《びもくしゅうれい》な人なのだから、完璧に自然なことだ。

けれど、自然だろうとなかろうと、そんな考えは全然生産的ではないと気づいた。

顔を上げると、つかの間少佐と目が合った。彼もあのキスについて考えていたのかもしれないというばかげた考えが浮かんだけれど、それを急いで押しのけた。少佐のことだから、一度も思い出したりしていないのだろう。

「わかりました。でも、ふたり揃《そろ》ってそこへ出かけて、あれこれ質問したら、それだけで怪しまれてしまうわ。だから、わたしひとりで行かせて」

「だめだ」

きっとそう言われるだろうと思っていたけれど、とにかく話を進めた。

「わたしひとりのほうが、相手は気をゆるめて話してくれると思うの」わたしは譲らなかった。「マイラの親戚のふりをして、彼女が死んだ報せを受け取ったばかりってことにするのよ」

「だめだ」

「少佐……」

「問題外だ」少佐の口調から、一歩も引き下がるつもりがないとわかった。まあ、少佐が譲歩することなんてまずないのだけれど。それでも、いくらわたしひとりのほうがいいという理論をぶつけたとしても、少佐は考えを変えないのがはっきりした。

「わかりました。で、少佐の提案は？」

「さっきも言ったとおり、ふたり一緒に行く。きみがマイラの親戚のふりをするというのは、生かしておいてもいいな」

「で、あなたはわたしと……どんな関係？」

「賢いきみが決めてくれ、ミス・マクドネル」それは紛《まが》うことなき挑戦だった。

「わかった。あなたはわたしの夫という設定にしましょう」

少佐をからかったのだけど、彼の表情は変わらなかった。「きみは結婚指輪をしていないじゃないか」

そんなことに気づくなんて、少佐らしい。

「じゃあ、恋人ね」

少佐がきまり悪い思いをしているのを、わたしは必要以上に楽しんでいた。とはいえ、男女が一緒にあれこれたずねてまわるなら、カップルを装うのがいちばん簡単なのだ。それ以外だと、人の注意を引いてしまう可能性がある。ということで、少佐には慣れてもらうしかない。

少佐が自動車を使って注意を引くのをいやがったので、わたしたちは地下鉄で移動した。駅からミス・フィールズの住所までの道すがら、少佐は今回の任務の目的を説明した。ミス・フィールズの下宿へ行き、できるだけの情報を入手し、可能であれば彼女の部屋を検《あらた》めさせてもらえないかやってみる。

「ほんとうにわたしひとりで行くのはだめ？」目的地に近づいたので歩みをゆっくりにする。下宿屋は、古びたヴィクトリア朝風の大きな建物だった。古びてはいても、こざっぱりとして見苦しくなかった。

少佐はわたしに目を向けすらしなかった。「そうだ」

わたしは吐息をついた。「わかったわ。だったら、わたしにぞっこんのふりをしてちょうだい」

少佐に返事をする間をあたえず、下宿屋の玄関への階段を急いで上がった。ノックすると、少しして溌剌《はつらつ》とした若い女性がドアを開けてくれた。

「こんにちは」表情を重々しいものに作る。「マイラ・フィールズの件でお話があるのですけど、どなたにお会いすればいいでしょうか？」

「さあ……」女性はさらに少しドアを開けて少佐に気を取られ、わたしの存在を思い出して続けた。「マイラ・フィールズなんて人は知りませんけど。引っ越してきたばかりなんです。

談話室に行ってもらえたら、大家のミセス・ペインをお連れします」

「ありがとうございます」

彼女はわたしたちが入れるようドアを押さえてくれ、そのあと玄関ホールそばの大きな談話室へ案内してくれた。開いた窓のそばに置かれたソファには、若いカップルが座っていた。男性のほうは海軍の軍服を着た若者で、わたしたちが入ってくるのを見て立ち上がった。

「この人たち、ミセス・Pに話があるんですって」ドアを開けてくれた女性が言った。「談話室を出てくれる、スージー?」それだけ言うと、スージーが返事をする間もなく部屋を出ていった。ミセス・ペインを探しにいったのだろう。

「追い出すことになってごめんなさいね」わたしは言った。「でも、緊急の話なので」

「別にいいけど」スージーと呼ばれた女性の口調は、いくぶん無愛想だった。

彼女はむっとしていたけれど、軍服を着た若者はうなずいて彼女の腕を取った。「散歩してこようよ、スーズ」談話室でのふたりきりの時間を諦めなくてはならなくなった件をどう思っているにせよ、海軍だろうが陸軍だろうが将校の前で口論するつもりはなさそうだった。

スージーと恋人が談話室を出るのと入れちがいで、女性が入ってきた。

女性の髪はプラチナブロンドで、根もとが白くなっており、化粧は目のまわりでにじんでいた。紙巻き煙草《たばこ》を指にはさんでおり、長く苦しんでいるような表情をしていた。

「あたしに話があるんですって?」大家が言った。

ミセス・ペインの目がラムゼイ少佐をとらえると、無意識のうちに片手が上がって髪をなでつけた。非の打ちどころのない少佐を前にして、自分も少しは身なりを整えたいという衝動に駆られる気持ちがわたしにはよくわかった。

「悪いけど、ご夫婦の下宿は受けつけてないんですよ。独身の女性だけでね。通りの向かいのミセス・タリーならご夫婦も受け入れてますよ。短期のみだけど。ほんとうに小さな宿だから、長期に利用したいんなら無理ですけどね」

「部屋を探しにきたんじゃないんです」わたしは言った。「エリザベス・ドナルドソンと言います。マイラ・フィールズのことでこちらにうかがいました」

大家が眉間《みけん》にしわを寄せた。「マイラはいま留守だけど」

「知ってます」やさしい口調で言った。

「あら、じゃあ彼女がどこにいるかご存じ？　ここ何日か彼女を見てなくて。部屋代を踏み倒して逃げたんじゃないかと思いはじめてたところ」

わたしは悲しげに息を吸いこんだ。「それよりも悪い事態なんです。マイラは……」勇気をふり絞るふりだったのだけれど、慰《なぐさ》めるように少佐から背中に手を当てられて驚いた。

「無理しなくていいよ」少佐はわたしに言ってから、ミセス・ペインに向きなおった。「残念ですが、マイラ・フィールズは亡くなりました」

ミセス・ペインが胸に手を当てて息を呑んだ。「どういうこと？」

「テムズ川で溺《おぼ》れ死んだのです」少佐の手はあいかわらずわたしの背中に置かれている。

「信じられない」ミセス・ペインが小声で言った。「かわいそうなマイラ。いったいなにがあったんですか?」

「まだわかっていません」少佐が答える。「あなたからなにかうかがえるのではないかと思っていたのですが」

ミセス・ペインは、気持ちを落ち着けるように煙草を吸った。「なにを言えばいいのか。下宿人をひとり失って悲しいのはたしかだわね。うちの女の子たちを家族みたいに感じてるから」

「マイラはこちらに長いんですか?」わたしはたずねた。

「六カ月くらいかしらね」ミセス・ペインが答える。

「未払いの家賃があれば清算して、部屋の私物を片づけます」ラムゼイ少佐がなめらかに言った。

ミセス・ペインが眉間にかすかにしわを寄せた。「ジョンとは話しました?」

「ジョンってだれですか?」わたしだ。

こちらを見たミセス・ペインの顔に、かすかに驚きが浮かんでいた。「ジョン・プリチャードよ。マイラの恋人の」

「ああ、手紙に書かれてましたわ」わたしは言った。「おつき合いしてる人がいるって。でも、会ったことはないんです。わたしはケント州に住んでいるので。こちらへは着いたばかりで」

ミセス・ペインがうなずいた。「だれかがジョンに知らせないと」

「どうすれば彼に連絡が取れるかご存じですか?」少佐が言った。

大家は首を横にふる。「はっきり言うと、ここにはおおぜいの男性が出入りしてるんですよ。談話室だけですけどね。女の子たちがお客と会えるのは談話室だけって規則なんで。それでも、出入りが激しくてね。マイラはいつも、ここをパディントン駅って呼んでたわね」

ミセス・ペインはとりとめもないことをしゃべっていたと気づき、申し訳なさそうな笑みを浮かべたあと話題を戻した。

「ジョンはたいてい水曜日に来てましたね。電話番号を置いていってくれれば、彼が来たら連絡しますけど」

「直接会って話したほうがいいと思うんです」わたしは悲しげに言った。「マ……マイラのお友だちかだれかで、彼の連絡先を知っていそうな人はいませんか?」

ミセス・ペインはまた煙草を吸って考えた。「シンディとジェインと話してみたらどうかしら。ふたりとも、ここでマイラといちばん親しかったから」

「そのふたりはいまいますか?」

「シンディはいるかもしれないわね。ジェインは、工場のシフトからまだ帰ってきてないんじゃないかしら。たしかめてきましょうか……」

「ありがとうございます」わたしは礼を言った。

大家のミセス・ペインが談話室を出ていくと、わたしは少佐をふり向いた。顔を見合わせただけで、ことばは交わさない。ここがパディントン駅ならば、計画を続けるのが重要だ。

「この世にお別れする直前まで……マイラがこんなすばらしいところで暮らせていてよかったわ」

「泣かないで、きみ」少佐は反射的にそう言ったけれど、わたしを見てもいなかった。なにかに気を取られていたのだ。

少佐の視線を追って、部屋の反対側に目をやった。

炉棚に置かれた時計に気づいたのは、そのときだった。

13

スーティ・スマイスの描写どおりで、まちがえようがなかった。どっしりした木製で、凝《こ》った彫りが施され、文字盤が珍しいピンクだった。なかでも興味深いのは、一分も見ていれば正確に動いていないとわかることだった。正確どころか、まったく動いていないみたいだった。炉棚に飾られているのには、ほかの理由があるにちがいなかった。

そちらに向かおうとしたとき、近づいてくる足音が聞こえた。すぐに、がっしりした長身でつやめく赤毛の若い女性を連れたミセス・ペインが戻ってきた。赤毛の女性の視線がまっすぐ少佐をとらえたのを見て、彼女の相手は彼に任せようと決める。わたしよりも少佐のほうが運に恵まれるだろうと感じたのだ。

「ごきげんよう。私の婚約者はミス・フィールズのいとこなんです」少佐はわたしを身ぶりで示して紹介した。彼自身は名乗らなかったのに気づく。「悲しい報せですが、ミス・フィールズは亡くなりました」

シンディの顔にショックがよぎった。それから目に涙がこみ上げた。「ほんとうですか?」

少佐がうなずく。「残念ながら」

「そんな！」

「ほら、ほら」ミセス・ペインが反射的にことばをかける。「お座んなさいな、シンディ。ハンカチを探してくるわ」

少佐がポケットからハンカチを出し、泣いているシンディに渡した。シンディは椅子にへたりこみ、ハンカチで涙を拭《ぬぐ》った。

少佐がわたしのそばに来て手を取ったので、驚いた。そのとき、冷たい金属が手に触れた。ハンカチを出したそのポケットから、巻き鍵も出したのだ。では、少佐も手先を使うことにそれほど抵抗はないわけだ。ちゃんと学習しているじゃない。

「紅茶でも飲みましょうかね」ミセス・ペインが言った。談話室を逃げ出したそうに見えた。

「それほどお手間でなければ、ありがたいですわ」わたしは言った。

「手間なんて、全然。すぐに用意しますね」

ミセス・ペインが出ていったので、談話室に残ったのはわたしたちとシンディだけになった。彼女はあいかわらず少佐のハンカチで涙を拭いている。

「彼女を連れ出して」口の動きで少佐に伝えた。

少佐が小さくうなずいた。

「さぞやショックだったでしょうね、ミス……」

「プリンスです。シンディ・プリンス」

「マイラを知っていた私たち全員にとって、つらいことです。婚約者には落ち着きを取り戻す時間が必要みたいです。ミセス・ペインがお茶の用意をしてくれているあいだ、あなたにミス・フィールズの部屋を見せていただけたら、なにが必要か判断できると思うのです。そのあと、みんなで紅茶をいただくのはどうでしょう」

そう言って少佐は彼女ににっこりした。めったに微笑まない少佐だったので、わたしはくらっとした。わたしですらそうだったのだから、シンディに抵抗できるはずもなかった。

「そうですね」少し洟《はな》をすすったものの、彼女は気持ちを落ち着けた。「ええ、彼女の部屋をお見せできます」不意に、一瞬前ほど悲しげではなくなった。

シンディは立ち上がり、少佐を連れて談話室を出かかった。「きみは大丈夫、ダーリン？」彼が顔だけめぐらせてたずねた。

「ええ、大丈夫よ。気持ちを落ち着ける時間が必要なだけ」

ふたりが談話室を出たとたん、わたしは炉棚へ急いだ。変わったところはないかと文字盤を調べたけれど、これといっておかしな点はなかった。時計が動いていない、という事実を別にして。

文字盤をおおうガラスのカバーを開け、少佐からこっそり渡された巻き鍵を挿しこんでひねった。小さくカチリという音がした。その感触ならよく知っていた。装置が解除されたのだ。

時計をやさしく反対に向けると、背面が少し開いているのが見えた。いっぱいまで開くと、なかにフィルムが一本入っていた。

ひとけがないことをたしかめ、フィルムを出して検めた。メモなどはついていない。このフィルムを持ち帰るべきだろうか。ううん、もとの場所に戻しておいたほうがよさそう。フィルムを炉棚時計のなかに戻して裏蓋《うらぶた》を閉じ、巻き鍵で錠をかけたとき、フィルムはだれのために入れてあったのだろうと考えた。マイラだろうか？　だったら、そこに入れたのはだれ？　ミセス・ペインの話だと、ここは四六時中人の出入りがあるらしい。こっそり入ってきてフィルムを炉棚時計に隠すのは、どれくらいむずかしいだろう？　そんなにむずかしくはないはず。

廊下で足音がしたので、ソファに戻って腰を下ろした。

ミセス・ペインが紅茶のセットをトレイに載せて戻ってきて、談話室を見まわした。

「シンディはあなたの恋人と駆け落ちでもしたのかしら？」

「彼をマイラの部屋に案内してくれたんです。わたしはひとりになって気持ちを落ち着かせる必要があったので」

ミセス・ペインはうなずいた。「ふたりとも、気が利くわね。でもね、あたしだったらシンディには注意しとくわね。あの子は仕事が速いから。言ってる意味、わかる？」

わたしは小さく笑った。「心配はしていません」

ミセス・ペインは肩をすくめた。まるで、ひどい経験をして学ぶしかないと思っているみたいに。そして、トレイをテーブルへ運んだ。

「お砂糖とミルクは？」

「お砂糖を少しだけ入れてもらえます？」いつもはシロップみたいに甘くするのだけれど、大家さんに配給の砂糖を犠牲にしてほしいとは頼めなかった。

「もちろんよ」ミセス・ペインはスプーンに山盛り入れてくれた。「ミルクは？」

「いえ、けっこうです」

彼女はわたしの分を渡してくれ、それから自分の分に砂糖とミルクを入れた。そして、向かい側に座った。

「あなたとマイラは仲がよかったの？　彼女からいとこの話を聞いたおぼえがなくて」

返事を考えながら紅茶を少し飲んだ。マイラ・フィールズはロンドンに親戚がいないかもしれないけれど、友人にどんな話をしていたかわからなかった。話がぶれないように慎重にいかねば。

「正確にはいとこではないんです」わたしは言った。「子どものころ、母親同士が親しかったので、おたがいにいとこと呼ぶようになったんです。その後もずっと仲よくしていたんですけど、なかなか会えなくて。特に戦争がはじまってからは。そうしたら……」ことば尻を濁《にご》し、涙まで浮かべてみせた。

ミセス・ペインが同情に満ちた声を出し、紅茶を飲んだ。「戦争のせいで、だれもが望みどおりにできなくなったわね。マイラとなかなか会えなかったのは、あなたのせいじゃありませんよ」

わたしはうなずき、涙を拭った。「最近の彼女がどんな風だったかを……聞かせていただければ、マイラを近くに感じられるかもしれません」

ミセス・ペインがまた紅茶を飲んだ。「そうね、さっきも言ったけど、ここの女の子たちはたいてい、それぞれ好きなようにしているの。彼女たちが出入りする姿を見るくらいかしらね」

「マイラはどこかで働いていたんでしょうか？　最近もらった手紙には、なにも書いてなかったと思うんですけど」

「たしか工場で秘書をしていたんじゃなかったかしら。おおっぴらには言えないんだけど」

「ええ、そうですね」

近づいてくる足音と話し声がして、少佐とシンディが談話室に戻ってきた。彼女が見るからに光り輝いているようすから、少佐のほうはうまくいったのだとわかった。

シンディに一挙手一投足を見られながら、少佐は興味深いものを見つけられただろうか。

紅茶を飲んだあと、一緒にマイラの部屋へ行って手早く検められるかもしれない。

「やっぱりジョンがここに来るまで待つべきだと思うわ」ミセス・ペインが言った。「マイラの部屋を片づけるのには恋人の彼がいたほうがいいでしょう」

わたしは少佐をちらりと見た。「そうかもしれませんね。ただ、少しでも……」

「出なおそう、ダーリン」少佐が言った。「くたくたに疲れているじゃないか」

では、少佐はここを出たがっているのね。なにか情報を入手したのかもしれない。

わたしはうなずいた。「そうね、少し疲れたみたい」

「紅茶は飲んでいかれないんですか、グレイ少佐？」シンディが期待をこめて言う。

少佐はシンディにグレイと名乗ったわけね？　わたしたちの任務の性質にぴったりだ。

「ありがとう、だが遠慮しておくよ。エリザベスを家まで送っていかなければならないからね」

わたしは紅茶を飲み干して、カップをテーブルの受け皿に置いた。「いろいろとご親切にしていただいて、ありがとうございました、ミセス・ペイン」

「マイラのことはほんとうに残念でした。あたしたちみんなにとっても、たいせつな人でした」

「マイラがどうかしたの？」顔を上げると、戸口に若い女性がいた。汚れたつなぎの作業服を着ていて、ブロンドの髪は頭のてっぺんでスカーフで結んでいた。

「ざ……残念だけど、マイラは亡くなったのよ」ミセス・ペインが答えた。

若い女性はまっ青になったけれど、シンディよりも強いらしく、すぐさま気を取りなおした。「どうして？」

この女性は、ミセス・ペインが先ほど口にしたマイラ・フィールズのもうひとりの親友のジェインだろう。

「お……溺れたんです」悲しい口調でわたしは言った。

ジェインの視線がわたしに向いた。「あなたはだれ？」

「失礼な態度はやめて、ジェイン」シンディだ。「彼女はマイラのいとこよ。それと、彼女の婚約者のグレイ少佐」

ジェインがわたしから少佐へと視線を移し、またわたしを見た。「ジェイン・ケリーよ。それっていつの話？」

「それについては、いまのところ判明していません」少佐が答えた。「彼女はテムズ川で見つかったんです」

ジェインが小さく悪態をついて、談話室に入ってきた。「こんなときは紅茶じゃ弱すぎるでしょ、ミセス・P。せめてシェリー酒くらい出さなきゃ」

ミセス・ペインはなにも言わずに顔をしかめた。ジェインは自分の分の紅茶を注いで腰を下ろした。「わかってることを教えて」

この件について尋問されるとは予想もしていなかった。だって、わたしたちがここへ来たのは質問をするためで、質問に答えるためじゃないから。

少佐はジェインの態度に少しも面食《めんく》らっていないようだった。まあ、わたしの相手をするのに慣れているからかも。

「五日前にテムズ川で発見されました」少佐が答えた。

「わたしたちは今日ケント州から来たばかりなんです」わたしがつけくわえる。「ゆうべ、マイラが亡くなったという報せを受けて、今朝やっとこちらに」

「あなたに知らせたのはだれ？」鋭い青い目をわたしに向けてきた。

ジェインはずけずけしたもの言いで相手を萎縮《いしゅく》させるのに慣れているらしかったけれど、エリー・マクドネルはそう簡単に萎縮しないのだ。

「警察です」わたしは控えめに微笑んだ。「あなたは警察に負けないくらい、あれこれ訊くんですね」

ジェインは目をぱちくりしたものの、すぐさま立てなおした。「警察はまだここへ来てないけど。あなたたちのほうが先に来たなんて、びっくりだわ。たっぷり五日もあったのに」

「警察もじきに来るでしょう」ラムゼイ少佐がなめらかに割りこんだ。「私の知るところだと、身元が判明したばかりのようですよ」

「身分証明書がなかったってことよね」ジェイン・ケリーが言う。「だったら、強盗に遭ったにちがいないわ」

「彼女がいなくなっても心配しなかったのですか？」少佐だ。

ジェインは頭をふった。「帰ってこなかったとき、どうしたのかなとは思ったけど、ひょっとしたら……」ちらりとミセス・ペインを見る。「ジョンのところに行ってるのかもしれないと思ったのよ」

「あなたが最後に会ったとき、マイラは彼と出かけたのですか?」少佐がたずねた。

ジェインがためらう。

「大丈夫ですよ。彼を困らせようというのではないのです。マイラになにがあったのかを突き止めたいと思っているだけです」

「ジョンが殺したんじゃないと思うわ」シンディが口をはさんだ。「彼、マイラに夢中だったもの」

ジェインはポケットからシガレット・ケースを取り出し、一本をくわえてから少佐とわたしに勧めた。どちらからも断られると、ケースをポケットに戻して自分の煙草に火をつけた。明らかになにか言おうとしているときの前触れだった。彼女がついにそれを口にした。「マイラとジョンは喧嘩したんだと思う」

「嘘!」シンディがあえいだ。「そんな話、マイラから聞いてないわ」

ジェインは彼女にちらりと目をやった。「彼女、だれにも言ってなかったのよ。でも、彼との電話で声をひそめて言い争ってるのを聞いちゃったんだ。そのあとマイラは泣きながら部屋に逃げこんだのよ」

「それはいつのことですか?」少佐がたずねる。

ジェインが警戒し出したのが、その顔つきからわかった。

「彼女を質問攻めにしないであげて、ダーリン」わたしは口をはさんだ。「ジェインにとってもショックな報せだったのだから」

こちらを見た少佐は、わたしの言わんとしていることに気づいたようだった。「ああ、そうだね。申し訳ない、ミス・ケリー」

ジェインは煙草を持った手をふった。「いいんです。わたしはか弱いタイプじゃないから。マイラがいなくなってさみしいのはたしかなんだけど、戦争中だから人が死ぬことにいやでも慣れてしまうしね」

シンディがはっと息を呑んだ。「なんてひどいことを言うのよ」

ジェインは肩をすくめた。「でも、ほんとうのことよ。そうですよね、少佐? たいていの人なら正気を失うようなものをたくさん見てきたんでしょうね」

「人の死ならそれなりに見てきました」少佐が淡々と返事をする。

「質問に答えると、最後に見た夜、彼女は電話を受けた。泣きながら部屋に駆けこんで、少ししてわたしがここで蓄音機を聴いていたら、ドアの前を通った。どこへ行くのと声をかけたら、ちょっと外に行くって言った。戻ってこなかったとき、ジョンと……仲なおりしたんだと思った」

「ジョンと連絡を取る方法はご存じ?」わたしはたずねた。「か……彼がほかの人から聞かされる前に、なにがあったのか直接話したいと思って」

ジェインは首を横にふった。「彼がどこに住んでるか知らないし、マイラがどこかに住所を書き留めたとも思えない。彼女、いつだってちゃんと書き留めない人だったから」

「それをよくからかったりしたわ」シンディが悲しそうに言う。「ぜったいにメモを取らないの。ちゃんと頭のなかに入ってるって言ってね。たしかにそうだった」最後のところで声が割れ、少佐から渡されたハンカチをポケットから出して涙を拭った。

「電話帳で探せば見つかるかもしれないわね」ミセス・ペインが話に入ってくる。「まあ、ジョン・プリチャードなんて数人はいるでしょうけど」

「それ以外にジョンに会える場所をご存じの方はいません?」

ジェインは頭をふった。「いないと思う。彼女、ほかの下宿人とはあんまりしゃべらなかったから。ここで仲がよかったのは、シンディとわたしだけ」

ラムゼイ少佐がうなずいて立ち上がった。「時間を割いてくれてありがとうございました。そろそろおいとまします」

わたしも立ち上がり、少佐のそばへ行った。

「なにか思い出したら、ラムズゲート・ホテルに電話をいただけますか? 番号は電話帳に載っていますので」少佐が言うのを聞いて、電話があった場合に備えて応答する人間が配置されていることを願ったけれど、少佐は常に準備万端だとこれまでに学んでいた。

「もちろんですよ」ミセス・ペインが応じた。「知らせにきてくださって、ありがとうございました」

ここでわたしたちは下宿屋をあとにした。

「炉棚時計のなかにフィルムが一本あったわ」外に出るとわたしは言った。

下宿屋からだれかに見られているかもしれなかったので、腕を組んで歩いていた。

「では、おそらくマイラ・フィールズは炉棚時計を集荷場所として使っていたのだろう」

「わたしもそう思いました。彼女の部屋は探れました？」

「いや。ミス・プリンスがそばをうろついていたから、チャンスがなかった。ミス・ケリーを満足させるために、キンブルを警察官として下宿屋に行かせよう。彼がマイラの部屋を探れるかもしれない」

「ふたりきりのとき、シンディから情報を聞き出せなかったの？」

「有益なものはなにも。だが、ジェイン・ケリーは見かけ以上になにか知っているな」

わたしはうなずいた。「だから、あんなにいろいろ質問してきたのだと思う。マイラ・フィールズがかかわっていた活動について、なにか知ってるはず」

「あるいは、さっき言ってた以上にジョン・プリチャードについて知っているか。彼女はじきに下宿屋をこっそり抜け出して、仲間に知らせにいくだろう。下宿屋を張りこもう」

通りを先まで見てみたけれど、ふたりで身を隠して待てるいい場所はあまりなかった。

「日が落ちてから外にいたら、注意を引いてしまうわ」

「通りの向かいに夫婦者に部屋を貸している女性がいる、とミセス・ペインは言っていなかったか？」

わたしは少佐を見た。彼がなにを言おうとしているかわかった。

「結婚指輪をしていませんけど」少佐に思い出させた。

「だったら、手をポケットに入れておけばいい」

「怪しまれるのがオチだわ。あなたみたいな将校が、わたしみたいな女を宿に連れていったりしない。すてきなホテルに部屋を取れるのが明らかだから、ぜったいに怪しまれる」

「それなら、説得力を持たせるだけだ」少佐はそう言ってわたしの腕を取った。「行くぞ、ミセス・グレイ」

14

少佐と一緒にミセス・タリーの宿へ入り、周囲に目を走らせた。そこは、ごくふつうの簡素な宿だった。カーペットはすり切れ、壁の塗装は少しばかり色褪《いろあ》せていた。でも、清潔だった。磨かれてつやが出ている手すり子や、レモンのつや出し剤と蜜蠟の香りには、さすがのネイシーだって文句は言えないだろう。

少佐がなにを考えているかと、顔をちらりと見てみる。これまでこういう場所に泊まったことなどなさそうだ。遊びに行くのなら、宿泊はサヴォイとかリッツだろう。おじさんが伯爵だから、あちこちの領地にある屋敷に泊まっていたかもしれない。一般人と一緒にそこらへんのホテルに泊まるのではなく。

それについて思わず冗談を言いそうになったけれど、少佐がそんな気分でないのが見て取れた。表情はいかめしく、決意に満ちていて、それはこれからわたしの夫のふりをしなければならないからだろうか、と訝った。

そのとき、玄関ホールそばの部屋から女性が出てきた。年配だったけれど、ラムゼイ少佐を見ると身繕《みづくろ》いをした。彼には女性をそうさせるものがあるのだ。まあ、たしかにいまは男性が少ないのだけれど、そうでなかったとしても少佐は目立っただろう。

「あら、こんにちは。ドアの開く音が聞こえたと思ったんですよ。ご用件をうかがいましょうか？」

「こんにちは」少佐が答える。「妻とふたりで部屋をお願いしたいのですが」

彼はそう言いながら、とてもロマンティックとはいえないやり方でわたしの肘《ひじ》をつかんだ。

わたしは笑顔を無理やり浮かべたまま、少佐の手をふり払うまいと懸命にこらえた。

ミセス・タリーがめざとい人なら気づいただろうけれど、彼女の意識は少佐に向けられていて、わたしには笑顔を一瞬向けただけだった。〝あなたってすごく幸運ね〟とその一瞥《いちべつ》は言っているようだった。〝とてもすてきなご主人じゃないの〟

彼女の視線がそれると、わたしは目玉をぐるりとまわした。

「ご用意できるお部屋はふた部屋あります」ミセス・タリーが言った。「駅に近い立地なので、いまは忙しいんですよ。奥さんたちが休暇のご主人とここで落ち合うので」

「便利ですよね」わたしはにっこりした。

「こちらの宿帳にご記入いただけますか？」

「もちろんです」少佐の口調は感じがよかったけれど、わたしの腕のつかみ方は正反対だった。

「空いているふた部屋は、どちらも正面側なんです」ミセス・タリーは申し訳なさそうだ。

「庭に面したお部屋ほどプライバシーが保てなくて」

「その部屋でけっこうです」ラムゼイ少佐は言った。

いまのところ、すべて完璧に運んでいた。正面側の部屋からなら、下宿屋を見張っていられる。

「そうね」少佐のためにこのお芝居にちょっとした誘惑要素を入れてやるつもりだった。「ふたりきりになれるなんて、ものすごく久しぶりだもの。どんなにプライバシーを保ちにくいお部屋だってかまわないわ」

少佐に気まずい思いをさせてやろうと思ったのに、わたしのことばは挑戦と受け止められてしまったみたいだった。肘から離した手を腰にまわされ、そばに引き寄せられた。たしかになめらかな動作ではあったけれど、まったく少佐らしくないふるまいだったので、わたしは虚を突かれた。少佐の体の横にどすんとぶつかってしまい、漏れそうになったうめき声をこらえなければならなかった。

すると、長らく妻と離ればなれだった夫らしい、完璧にホットな表情を浮かべて少佐がわたしを見た。

一瞬でそんな表情を作れるなんて、かなり驚きだった。わたしが考えていたよりもうんといい役者のようだった。人を欺《あざむ》くことにとても長《た》けているから、情報活動におけるこの仕事を彼は任されているのだ、ということをときどき忘れてしまう。

わたしたちのロマンスで心が温もったのか、ミセス・タリーがうれしそうな声を出し、少佐に鍵を渡した。「廊下の突き当たりの24号室です。すてきな夜を」

「ありがとうございます」少佐が訳知りの表情でわたしを見る。「すてきな夜になるよな？」

「もちろんよ、ダーリン」歯を食いしばって答えた。

階段を上がろうとすると、ミセス・タリーのため息が聞こえた。「なんて仲のいいご夫婦なの」


角を曲がると、少佐はすぐにわたしから手を離した。わたしは少佐をにらみつけたあと、先に立って階段を上がった。

少佐は反応を示さなかった。別に驚きもしなかったけれど。こっちが彼にいらだっているときは、少佐はいつもわたしを無視するのだから。愛情豊かな夫を感じさせるものはすべて消え、わたしと仕事をしなくてはならないときにいつも浮かべているむっとした表情に戻っていた。

二階に着き、色褪せてすり切れたカーペット敷きの廊下を進み、24号室まで行く。少佐が鍵を錠に挿しこむ。古いヴィクトリア朝の鍵だった。彼は手こずるかと期待したけれど、あっさり解錠した。

少佐がドアを押し開ける。「お先にどうぞ、ダーリン」

わたしのあとから少佐が部屋に入り、ドアを閉めて錠をかけた。

「ミセス・タリーにあんなに愛想をふりまかなくてもよかったのに」わたしは言った。

「隠密作戦において、それらしく見せることが常に重要なんだ」少佐はわたしを見もせず、窓辺へ向かいながら言った。

暗幕をめくった少佐のそばへ行き、外を見る。ミセス・ペインの下宿屋の玄関が真正面に見えた。

「ミス・ケリーはすぐに出てくると思う?」

「それはないだろう。ほかの下宿人たちに気づかれたくないはずだからな。暗くなってから、こっそり抜け出すんだろう」

暗くなるまでは、まだ二時間はあった。

部屋を見まわす。小さいけれど、建物全体と同じく清潔だった。木の床には色褪せたラグが置かれていて、部屋のほとんどを占領しているベッドがあり、衣装だんすに、とても小さな机と椅子があった。

この狭い部屋に少佐とふたりきりで長い時間を過ごすのだ、とはじめて気づいた。

そのとき、少佐がわたしをふり向いた。考えが顔に出ていたらしく、彼がベッドにちらりと目をやった。

「机の椅子を窓の近くに持ってきて、最初の見張りをする」

わたしは小さな椅子に目をやった。少佐のような体格の人用に作られたものではないのが明白だった。わたしですら、数分以上快適に座っていられないだろう。

「座り心地がよくなさそう。暗幕を開けて照明を消して。ふたりともベッドに座ればいいわ。そこから通りの反対側が見えるでしょう」

こともなげに言って、少佐を見ずに帽子を脱いだ。ベッドの両側に座るくらいで騒ぎ立てるような、上品ぶった女だと思われたくなかったのだ。

少佐は言われたとおりに暗幕を開けきった。午後遅い明るい陽光で部屋が黄色く輝いた。部屋が暑いくらいだと、そのときになって気づいた。暑い一日だったうえに、窓が閉めきられていたせいだ。

ワンピースの袖を押し上げる。暑さのなかで待つことになる。少佐は軍服姿だから、もっと暑いにちがいない。

「上着を着たままじゃなくてもいいですよ、少佐。ここにはわたししかいないし、わたしが堅苦しい人間じゃないのはあなたも知っているでしょう」

少佐は考えこんだ。「ほんとうにかまわないのか?」

「ええ」わたしがベッドの反対側へ行って腰を下ろすと、少佐が上着のサムブラウン・ベルトをゆるめた。

それからボタンをはずしはじめたので、わたしのために服を脱いでいるのではないかと不安がっているみたいに顔を背《そむ》けた。そして、そんなのはばかみたいだと思って、また彼を見た。

少佐は上着を脱いで椅子の背にかけた。上着の下は標準のカーキ色のシャツとズボン吊りとネクタイだった。

彼はネクタイをはずし、上着をかけた椅子に放った。

シャツの襟《えり》もとのボタンをはずしながら、ベッドに腰を下ろした。マットレスが大きく下がり、わたしはそちらに体が傾かないように踏ん張った。

ふたりで座ると、ベッドは見た目よりも小さく感じられた。

こんなのはばかげている。どうしてこんなにいつも少佐を意識してしまうのかわからなかった。とはいえ、ほんとうはわかっていた。少佐はどう見ても魅力的な人だ。そうでないふりをするのは無意味だ。

でも、落ち着かない気分になるのは、おたがいの世界がほんとうの意味で交差することはない、とわかっているからかもしれない。社会的地位が上の人たち――ほかにいいことばがないので、そう言っておく――と一緒でも、わたしは自分が劣っていると感じるような人間じゃない。そんな風には育てられていない。ミックおじとネイシーは愛情をたっぷり注いでくれて、自分たちはロンドンのほかの人たちと同じくらい善良だと思わせてくれた。それはなにも、まちがった行ないはけっしてしない、ということではない。それどころか、自分たちのふるまいの一部はいけないことだとちゃんとわかっていた。

自分たちの価値に自信を持っている、というだけだ。

それでも、少佐には、一緒に過ごすとなんとなく落ち着かない気分にさせられるものがある。わたしの一部は少佐に認められたがっている。別の一部は……えっと、自分の望みについて考えるのは無意味だ。

これがありのままの状況で、それを変えられないのであれば、ただ受け入れるしかない。これもミックおじの名言だ。

ちらりと少佐を見る。ヘッドボードにもたれて窓を見ていた。彼によれば、暗くなるまで見るものはないはずなのだけれど。

しばらく無言のままベッドに座って過ごした。聞こえるのは、ときおり建物がきしむ音や、遠くの町の喧噪だけだった。

「彼女、ほんとうに今夜抜け出すと思います？」わたしは訊いた。

「重要な話をするのに、下宿の廊下にある電話は使わないはずだ。万一使ったとしても、会う約束をするだけだろう。まちがいないと確信している」

少佐の言うとおりであるのを願った。そうでなければ、この部屋で長い夜を過ごすはめになるからだ。

電話といえば、帰宅が遅くなるとミックおじとネイシーに知らせる方法があればいいのに、と思う。行き先を伝えていなかったから、きっとふたりは心配するだろう。

もちろん、宿で少佐と夜を過ごしたと説明したときに、おじとネイシーの顔に浮かぶ表情を見られたら、それだけの価値がある。

三十分ほど静かに座っていた。ふたりとも、それぞれの思いに耽《ふけ》っていたのだと思う。でも、蒸し暑い部屋でじっと座っているのにうんざりしてきた。

ついにため息をつくと、わたしは体を横にした。少佐がひと晩中ヘッドボードにもたれて座っているつもりだからといって、わたしまでそんなきつい体勢でいるなんて無意味だ。

少佐がわたしを一瞥して、また窓へ視線を戻した。

「この任務を引き受けたとき、まさか金庫破りとひと晩中宿の部屋で座るはめになるとは思ってもいなかったんでしょうね」わたしは言った。

長い間があった。

「ああ」ようやく返事があった。「予想だにしていなかった」

少佐がおもしろがっているのかどうかわからなかったので、それに対して返事はせずにおいた。

「ミセス・タリーが見まわりに来たら、こんなに早く電気を消してベッドに入ったわたしたちを変だと思うかしら?」

「部屋に入ったらベッドに直行する、という印象を彼女にはあたえたと思うが」

顔が赤くなるのを感じて、わたしはいらついた。彼はわざとやったのだ。ちらっと横目で見たとき、少佐の目がほんのかすかにきらめいたから、そうとわかった。

からかい返してやろうかと思う。ときどき、堅苦しい彼をあたふたさせたくなる。でも、それは無理だとすでに学習していた。気を引こうとする女性に慣れっこになっているからかもしれない。

でも、いまはそんなことを考えている場合ではない。時間を潰さなければならず、少佐がおしゃべりしたい気分でないのなら、ほかにできることをなにか考えなければならない。

「ゲームをしましょう」わたしは言ってみた。

少佐はわたしを見もしなかった。「どんなゲームだ？」

「カード・ゲームよ」

「カードを持ち歩いているのか？」

「いいえ。でも、机の上にカードがあるわ。どうやらここに泊まるのは再会した夫婦ばかりじゃないみたいね」

少佐が顔をめぐらせてわたしを見た。断られると思っていたから、うなずきが返ってきて驚いた。「いいだろう」

少佐が机に手を伸ばしてカードを取り、わたしに渡してきた。「きみが配ってくれ」

「わたしがズルをするって心配じゃないの？」眉をくいっと上げてみせる。

「カード・ゲームならたっぷり経験があるからな、ミス・マクドネル」

「よかった。あなたを負かすのが簡単すぎたらつまらないもの。なにをしましょうか？　ポーカー？　ラミーだと、スコアを書いておく紙がないし」

「私はそれでかまわない《スート》」

「スート？　少佐がダジャレ？（トランプのマークもスートと呼ぶ）ずいぶん軽薄になってきたのね」

　少佐はにこりとすらしなかった。

　わたしはため息をつき、カードを切って配った。ズルはいっさいなしで。


　きっとそうだろうとわたしが思っていたとおり、少佐はポーカーの達人だった。その表情からは、手札がなにかを推測できるほんのかすかなヒントすら得られなかった。わたしが少佐をよく知らないからかもしれない。だって、カード・ゲームではめったに負けないいとこやフェリックスを相手にしているときは、ときどきであってもほんのかすかな表情の変化を読み取れたのだから。

「スリーカード」手札を見せる。キングが三枚揃って、鼻高々だった。

「フルハウス」少佐がシーツの上にカードを広げた。

　わたしは頭をふった。「これであなたに千ポンドの借りができたわ」ポーカーをよりおもしろくするために、途方もない金額を賭ける体裁でやっていた。

けれど、少佐はたったいま勝った大金に満足していなかった。「賭け金を上げないか?」

わたしは顔を上げて少佐を見た。

その提案をしたのがフェリックスだったなら、負けるたびに服を脱ぐといったとんでもないことを言われる心がまえをしただろう。もちろん、実際にはしないのだけれど、フェリックスはわたしを赤面させては喜ぶのだ。

でも、少佐はけっしてそんな提案をする人ではなかったので、彼の考える賭け金の上げ方はなんだろうと気になった。

「内容は?」

「次に私が勝ったら、ミス・ケリーが出てきたときに私が尾行し、きみはここに残る」

わたしをはずすために少佐がずるい方法を使うくらい、わかっているべきだった。

「それは受けられない」

「負けるのがこわいのかな?」少佐が挑んでくる。

むかつく人。わたしは挑まれるのが大嫌いだ。少佐はその作戦がうまくいくと知っている。顎《あご》をつんと上げた。「いいわよ」カードを取って切る。「それなら、わたしが勝ったら、あなたがジョン・プリチャードに話を聞きにいくときにわたしも同行する」すでにどうしたらその場にいられるかと考えていたのだ。少佐はきっかけをくれたわけだ。

少佐が考える。「わかった」

わたしは彼にカードを渡した。「配って」

少佐はカードを切ってから二枚ずつ配った（配られた手札と、共通の場に置かれたカードで役をつくるフロップ・ポーカー）。いいカードは来なかった。

少佐にカードを渡す前に、エースを二枚隠しておいてよかった。

ここまではフェアにプレイしてきたけれど、賭け金が上がって、どうしても勝つつもりだった。

少佐が一枚めをシーツの上でめくった。ジャック。次のカードもジャックだった。これでこっちは最低でもツーペアができる。少佐がめくった三枚めがエースなのを見て、わたしは興奮した。この勝負に少佐が勝てる見こみはゼロだ。こっちの手はフルハウスなのだから。

「フォールドしない（降りずに続ける の意）」わたしは言った。

少佐はカードをもう一枚めくった。

その動きはとてもなめらかだったので、危うく気づかないところだった。相手が少佐だったから、なおさらだ。

とっさに手を伸ばし、少佐の手首をつかんでひっくり返す。シャツの袖のなかにカードが一枚隠されていた。ううん、一枚じゃなくて二枚。どちらもジャックだった。

顔を上げて少佐を見る。呆れてもいたけれど、感銘を受けている部分が大きかった。「いかさまをしたわね」

「きみもだろう」

わたしはなにも言わなかった。少佐は確信しているのか、推測を口にしたのか？

「否定するのか？」少佐が食い下がる。

わたしは片方の眉をつり上げた。「当たり前でしょ。わたしに対する非難は常に否定します」

「では、行き詰まりだな」

「あなたは常に規則に従って行動するのだと思っていたけれど、少佐」

彼がわたしの目をじっと見つめてきた。「常にではない」

ふと気づくと、まだ少佐の手首をつかんだままだった。軍服のシャツの袖口はなめらかで、わたしの手首に当たっている少佐の指の背は温かかった。

少佐の表情のなにかにはっとした。ふたりのあいだに、たがいを意識する衝撃が走る。

夕暮れどきになっていた。影が部屋のなかに伸びていて、つかの間、すべてが動きを止めた。

そのとき、少佐の視線がさっと窓に向いた。「彼女が出てきた」

15

わたしは窓を見た。たしかに、ジェイン・ケリーが下宿の上がり段のところにいて、通りの左右に目を走らせていた。

わたしも少佐も、カードなど忘れてベッドからさっと立ち上がった。いまや影が部屋の奥まで伸びていて、ジェインのいるところからはわたしたちが見えるはずもなかった。月は欠けつつあったけれど、通りを歩きはじめるジェインが見えるくらいの月光はあった。

「ミス・マクドネル、きみはここで待っているんだ」少佐がそう言ったときには、わたしはすでにベッドをまわってドアを開けていた。

「わたしたち、行き詰まり状態なんでしょ、少佐」わたしは部屋を出た。

「ミス・マクドネル」少佐が呼び止める。それから、だれかに聞かれるかもしれず、独身女性がこの二時間あまり宿の部屋で自分とふたりきりだったのがわかってはいけないと気づいた。「エレクトラ」

彼を無視して階段へ向かう。暗いなか、少佐が標的を追っているあいだ、宿の部屋にじっとしているなんてごめんだった。ここまで来たのだから、いまさら置いてけぼりにされるつもりはなかった。

背後に少佐の足音を聞きつけ、階段を下りるペースを速めた。追いつかれたときには通りに出ていたかった。そうすれば、少佐は騒ぎを起こせないから。

「あら、お帰りですか？」

服が乱れ、顔がほてっているだろう状態で階段を下りきると、ミセス・タリーに声をかけられた。

上着に袖を通しながら、少佐が追いついた。階段の下にいるわたしにぶつかりそうになる。

「お食事をしにいくだけです」わたしは言った。

ミセス・タリーが顔をぱっと明るくした。「若くて愛し合っていると、お腹が空きますものね」ため息をつく。「昔を思い出すわ」

「そうですね。すぐに戻ってきます」少佐の口調は感じがよかった。けれど、わたしの腕を取ったようすに感じのよさはなかった。少し腕を引いてみたけれど、しっかりつかまれていて、放してもらおうとしたら目立ってしまいそうだった。

わたしはミセス・タリーににっこりし、少佐に腕をつかまれたままドアへと向かった。

「きみは、私が出会ったなかでもっとも頑固な人間だよ」外に出ると、少佐が落とした声で言った。

「それはおたがいさまです」小声で言い返す。「でも、どっちが上かはあとで決めましょう。

行くわよ」

少佐はいらだたしげににらんでから、わたしの手を放してジェインが向かった方向へ歩き出した。

こちらが通りに出るころには、ジェインは角を曲がってしまっているのではないかと心配したけれど、暗さが増すなかでもかろうじて前方にその姿が見えた。

通りを張りこむためにミセス・タリーの宿に部屋を取ったのは、この通りには身を隠せる場所が多くなかったからだった。ジェインを尾行しているいまも条件は同じだ。彼女が背後をふり返ったら、自分たちの姿がわからないくらい暗いことを願うしかなかった。

幸い、ジェインの頭には任務しかないらしく、だれかに尾《つ》けられているかとふり向いてたしかめたりしなかった。少佐とわたしは安全な距離をおいて後ろに続いた。

ランベスにはあまり詳しくなく、通りのほとんどがなじみのないものだった。じきにどのあたりを歩いているのか、まったくわからなくなった。少佐が方向感覚を失っていないよう祈った。軍人の彼は、わたしよりも位置を把握できているかもしれない。

尾行は三十分ほど続き、その間できるだけ木々や建物の戸口に隠れながら広い通りや細い通りを進んだ。わたしは暗がりでも自由に動けた。生まれてからこの方、それが仕事に役立つ道具のひとつだった。でも、少佐だって負けていなかった。以前、彼が暗がりのなかで猫みたいに動くと思ったけれど、通りをすばやく進む彼を見て評価が新たになった。獲物を狙う大きな豹《ひょう》を彷彿《ほうふつ》とさせた。

尾行をはじめてから、少佐は一度たりともわたしがちゃんとついてきているかとたしかめなかった。どこかの地点でわたしをまこうとしているのではなく、わたしの能力を信じている証《あかし》だと考えることにした。

ようやくジェイン・ケリーが歩みをゆるめた。少佐は姿を見られまいと、わたしを暗い戸口に押しこむようにした。けれど、思ったよりも狭い場所だったようで、少佐も隠れるにはわたしに体をぴたりとつけなければならなかった。いい気味だ。

少佐が戸口から通りに顔を覗かせた。「ここが彼女の目的地のようだ」ぼそぼそとわたしの耳もとで言う。

「これからどうします?」わたしもささやき返した。

「待つ」

すてき。サーディンズのゲーム（隠れている鬼を見つけた者が次々とそこにくわわっていき、最終的にぎゅう詰め状態になる）をふたりで延々と続けなくてはならないのね。

けれど、いくらもしないうちに少佐が離れて通りに出たので、わたしは驚いた。「ここで待っているんだ。命令だからな」

そうして少佐はいなくなった。彼のあとを追おうかと思ったけれど、それは単に命令に逆らいたいだけの反応だったたし、いまはそんなことをしている場合ではなかった。だって、校庭でするようなゲーム中にいとこからあれこれ命じられるのとはわけがちがうのだから。これは、殺人を経験している人がからんでいるかもしれない危険な状況の可能性があるのだから。

ときどきは少佐の判断に任せるべきだと認めざるをえなかった。もちろん、それを少佐に言うくらいなら死んだほうがましだけど、自分自身にはすなおになったっていいはずだ。

そういうわけで、暗い戸口で静かに待ちながら周囲を見張った。見るものはあまりなかった。通りの向かい側には煉瓦塀《れんが》があり、ジェイン・ケリーも少佐もその塀をまわって向こう側へ消えていた。

しばらくすると、影の動きをとらえた。最初は少佐が戻ってきたのかと思ったけれど、ジェイン・ケリーだと気づいた。彼女は来た道を戻っていて、その足取りは先ほどよりはゆっくりになっていた。

わたしは逡巡《しゅんじゅん》した。彼女を尾けるべきか、ここで少佐を待つべきか？

直感はジェインを尾けろと言っていたけれど、それは無謀だと気づいた。それに、来た道を戻っているのなら、すでに任務を遂行して帰るところの可能性が高い。

少佐の戻りを待って、どうするかを決めることにした。自分にしてはなかなかまっとうな考えだと思う。

ほんの少し待っただけで、少佐が戻ってきた。

「彼女、来たほうへ戻っていったわ」

少佐がうなずいた。「彼女を尾けなかったなんて驚きだよ。下宿屋までジェインときみを追わなければならないかと覚悟していた」

「無謀なまねはやめておこうと思って」ちょっぴり得意な気分だった。

「きみには仰天させられるよ、ミス・マクドネル」

わたしは渋面《じゅうめん》を向けたけれど、暗すぎておそらく少佐には見えなかっただろう。「急げば彼女に追いつけると思うけど、そうしたほうがいいかしら」

「その必要はない。彼女はだれかに会いにここへ来たのではなかった。メッセージを置きにきただけだった」

「どんなメッセージ?」

「それが問題だ、そうだろう?」

少佐は、わたしたちが戸口に隠れたときにジェイン・ケリーが向かっていた煉瓦塀のほうへと歩きはじめた。急いであとを追う。

住宅の塀かと思っていたけれど、近づいていくと青銅の銘板がつけられているのが見えた。〈モリス・メモリアル・ガーデン〉とある。

「庭園?」敷地は高い煉瓦塀でぐるりと囲まれていた。

「正門はぐるっとまわった反対側なんだが、ジェインが立ち去るのと入れちがいに作業員ふたりが現われた」

ちょうどそのとき、まるで合図を受けたかのように建物脇あたりから人声が聞こえてきた。

「この塀の修理が終わったらほっとするね」男の声がした。「もうへとへとだよ」

「パブに行くのは、ここの作業の前じゃなくて、終わってからにすべきだったな」ふたりめが言った。「この調子だと、ひと晩中かかりそうだな」

「どれだけかかろうと、仕事が終わりゃあ文句はないんだろ?」

「いいから手を動かそうぜ。急いでやれば、また一杯やる時間ができるかもしれないぞ……いや、五杯やれるかもな」

笑い声がしたあと、ふたりの声は小さくなった。どうやら修繕仕事にかかったみたいだ。

「メッセージは彼らに宛てたものだったの?」声を落として少佐にたずねた。もしそうだったなら、もう手遅れだ。どんなメッセージだったにせよ、もう回収されてしまっただろう。

少佐が頭をふる。「それなら直接渡しただろうが、ジェインは彼らと接触しなかった。ここはただの引き渡し場所なんだろう」

「じゃあ、彼女はどこにメッセージを置いていったの?」

「前もって場所を示し合わせていたんだろうな」少佐は煉瓦塀のなかに向かって顎をしゃくった。「彼女が正門からこっそり入りこむのを見た。そして、すぐに出てきた」

「裏門はあるのかしら?」

■単行本

羅刹国通信

津原泰水　四六判上製・定価1980円 Ｅ

羅を選べば、怒りが蔽う。刹を選べば、悪意が蔓延《はびこ》る。ならばわたしは、羅を選ぶわ――悪夢の中で遭遇した、少年と少女の魂の行方。鬼才の頂点となる幻の傑作、初単行本化。

ある晴れたXデイに　カシュニッツ短編傑作選

マリー・ルイーゼ・カシュニッツ／酒寄進一編訳　四六判上製・定価2310円 Ｅ

ある女性は、世界が滅亡してしまう日が気がかりでその日についての詳細な手記を執筆し……。戦後ドイツを代表する女性作家が贈る『その昔、N市では』に続く珠玉の十五編！

■創元推理文庫

プレイバック

レイモンド・チャンドラー／田口俊樹訳　定価990円 Ｅ

依頼を受けマーロウが尾行を始めた謎の女。男に強請《ゆす》られ、脅され、深夜にその男の死体があるから助けてほしいと彼にすがる女……。チャンドラーの実質的遺作を名訳で贈る。

「たしかめよう」

塀沿いに庭園の裏へまわる。なかなか大きめの庭園だったけれど、裏門はないみたいだった。庭園へ入る場所は、作業員のいる正門しかなかった。

「〝散歩している恋人たち〟を演じる手もあるわ」わたしは提案してみた。

少佐が首を横にふる。「姿を見られないほうがいいと思う」

わたしは煉瓦の塀を見上げた。庭園裏側の木々には葉が茂っていて、作業員たちから姿を隠してくれそうだ。必死で考えれば、別の侵入経路は常にある、ということを長年の錠前師仕事と泥棒稼業で学んでいた。

「わたしを持ち上げてちょうだい」

期待のこもった目で少佐をふり向く。

「ミス・マクドネル……」

「いまは正門から入れないし、わたしひとりではこの塀を乗り越えられない。身長が足りないから」

「私が先に行くべきだ」

「だめ。わたしを置いていくに決まってる」

少佐は否定しなかった。

「わたしを持ち上げて」

少佐は吐息をつき、両手を組んだ。わたしがそこに足を乗せると、少佐は軽々と煉瓦塀の上まで持ち上げた。わたしはてっぺんに座り、脚を反対側に移して濡れてひんやりした草に降り立った。

少佐は、体が大きい割にはあっさりと塀を乗り越え、わたしに続いて内側に降り立った。後ろからついてくるように身ぶりをされ、庭園を移動した。暗がりのなかでもむずかしくはなかった。灯火管制のおかげで、あちこちから明かりが届いていたときよりもいろいろと簡単になっていた。

草木が青々と茂り、しっかり手入れされた美しい場所だった。大きな薔薇《ばら》の茂みがいくつかあり、その香りが夜気に乗って漂ってきた。塀を越えたときに降り立ったのが薔薇の茂みでなくて幸いだった。服がぼろぼろになっていただろうから。

前に進む。暗がりのなかに錬鉄製のベンチがあった。別の世界だったら、月光の下でハンサムな男性とロマンティックな会話をする完璧な場所だっただろう。でも、現実の世界では、わたしは向こうずねをぶつけてしまい、危うく大声を出すところだった。

少佐はわたしに無情な顔を向け、先を急いだ。庭園のなかを縫《ぬ》う小径《こみち》は砂利敷きだったので、そこを歩けば音がするはずだった。音はたてられなかった。

周囲を見まわす。スパイが情報を置いていく場所っぽくは見えなかったけれど、だからこそそこが選ばれたのかもしれない。ランベスの中心にある適当な庭園は、人の注意を引きにくいだろう。ここは人目につきにくく、なおかつだれでも出入りできる。この庭園への人の流れは目立たない。通常の時間帯に来れば、の話だけれど。

でも、この庭園のどこに彼女はメッセージを置いていったのだろう？

「低木のなかに隠されてるのだと思います？」

少佐は周囲を見まわした。なにかを隠すのに適した場所はあまりないように思われた。秘密のメッセージを伝えたい人間は、どこに隠すだろう？

「ふた手に分かれて探そう」少佐が声を落として言った。「五分後にここに戻ってくること」

わたしはうなずいた。少佐は幻影かなにかみたいに暗がりに消えた。わたしは反対側へ向かった。

不意に水音に注意を引かれた。背の高いなにかの茂み――植物の名前をおぼえられたためしがない――をまわると、庭園の中央部に噴水池があった。

そのデザインにすぐさま注意を引かれた。噴水池のまんなかに乙女の石像が立っていて、彼女の持っている壺から水が出ていた。

マイラ・フィールズがつけていたブレスレットのカメオと似たデザインだった。

急いで噴水池に近づき、なかを覗いてみた。なかなかきれいで、乙女像の立っている大きな池は薄灰色の石造りだった。石のところどころが緑色になりかけていて、落ち葉が水面に浮かんでいた。水は透き通っている。

底にいくつか石があるのが見えたけれど、注意を引くものはなかった。隠されたメッセージもなかった。

乙女の石像を見上げる。乙女はまっすぐ前方に目を据えていて、なにかを隠しているかどうかのヒントをくれなかった。乙女は壺を傾けて持っていて、そこから自分の立っている噴水へ水を注いでいた。ひょっとしたら……。

池の縁《ふち》に立ち、壺のなかに手を入れてみる。指に触れたのは、冷たい水だけだった。ほかにはなにもなかった。

きっとここだと思ったのに。

もっと念入りに見てみる。乙女の手と壺のあいだに、狭い空間があった。そして、そこになにかが入っていた。

指を入れ、折りたたんだ紙片を取り出す。勝利感が膨《ふく》らんだ。

「なにか見つけたのか？」

勝利に酔うあまり、少佐が背後に近づいてきたのに気づいていなかった。肝《きも》の据わっていない人間だったら、飛び上がっていたところだ。

「だと思います」

自分で紙片を開いて見てみたい気持ちを抑え、少佐に渡した。協力的になろうと努力しているのを、ちゃんと評価してくれるといいのだけれど。

少佐はわたしの肘に手を当てて噴水池の縁から下りるのを手伝ってくれた。それから紙片を広げた。なかにはさらに小さな紙片が入っていた。わたしも見ようと少佐ににじり寄った。庭園はあまり明るくなかったけれど、ふたりの目は暗がりに慣れていた。

ふたつのものが見えた。小さいほうはウォータールー駅の手荷物保管所の預かり証だった。日時が刻印されていた。マイラ・フィールズが殺された日の日付だった。

預かり証を包むようにたたまれていた紙片には、走り書きがあった。〈回収して預けて〉

わたしは少佐を見上げた。「手荷物保管所にはなにが預けられていると思います？」

「さらなる数のフィルムってところだろうか」

「じゃあ、ジェイン・ケリーがスパイ組織の親玉と考えているのね」

少佐は首を横にふった。「彼女はマイラ・フィールズと一緒に誘いこまれたのだろう。別のスパイになにかを回収する指示を出したんだ」

「じゃあ、だれがこれを取りにくるの？」

「いい質問だ。この庭園を出入りする人間を見張らせよう」

そういう隠密仕事のできる仲間が少佐には複数いるのを、わたしは直接経験したから知っている。少佐がちょっとした作戦にわたしとおじを最初に引き入れたとき、その人でなしどもが逮捕を装ってわたしたちを拉致《らち》したからだ。

あと、キンブルもいる。おそらく彼がこの仕事をあたえられるのだろう。いかめしい顔つきの元警察官は、陰でこそこそ張りこむのにぴったりだ。

となると、あとはわたしたちが次になにをするかだ。

「このあとはどうします?」

少佐は腕時計を見た。「この時刻では手荷物保管所は閉まっている。朝になるのを待つしかないだろう。運がよければ、なにが預けられているかたしかめられるし、必要とあれば、メッセージを取りにここへだれかがやってくる前にこの預かり証をもとに戻せる」

「預けられているものを確認したあと、回収しにきた人間を見張り、どこへ行くか尾行するのが最善だから?」

「そのとおり」

少佐なら、この時刻でも手荷物保管所を開けさせられるにちがいないけれど、自分たちの動きにいらぬ注意を引きたくないのだろう。

「つまり、今夜わたしたちにできることはもうないのね」ちょっぴり落胆した。正直なところ、この冒険をかなり楽しんでいたのだ。

「家まで送っていこう。おじさんとミセス・ディーンが心配しているだろう」

少佐がそこまで考えていたと知って、驚いた。ふだんは相手の個人的な側面を考慮するような人ではないのだ。当然ながら、少佐は今回も正しかった。

「ええ、いまこの瞬間も、ふたりして手を揉《も》みしだいていそう。あなたと出かけるって話しておくべきだった」

「話してあったとしても、ふたりはやっぱり心配しただろう」

「危険な仕事かもしれないけれど、おじはあなたを信頼している。わたしのことも信頼してくれているけれど、あなたが気を配ってくれてるっていうのかな、それをありがたいと思うにちがいないわ」

こんなにお世辞じみたことを話すつもりはなかったのだけれど、つい言ってしまった。

少佐がわたしを見た。「感謝する、ミス・マクドネル。きみのおじさんもそう思ってくれていると知ってうれしいよ。もちろん、きみに害がおよばないよう最善を尽くすつもりだ。きみは簡単にはそうさせてくれないが」

わたしはにっと笑ってみせた。「あいにく、マクドネル家の人間は危険を求めるように生まれついているみたい」

わたしたちは庭園の塀へと戻った。少佐はなにも言わずに持ち上げてくれ、わたしは外に飛び下りた。一瞬後、少佐も塀を越えてきた。

ロンドンのどのあたりにいるのか少佐はわかっていると思ったのは正しかった。彼は確固たる足取りで西のほうへ歩き出した。わたしは彼と歩調を合わせた。

少佐はほとんどなにもしゃべらずに歩いた。今夜のできごとすべてについて考えているのだろう。このときばかりは、質問やら推測やらでうるさくするのを控えた。

ついにわたしの住む地域まで戻り、母屋の玄関前まで来た。自分のフラットへ行く前にちょっと顔を出しておきたかった。おじもネイシーも、わたしの帰りを待っているとわかっていたからだ。

母屋に入る前に、少佐をふり向いた。「明日、ウォータールー駅に一緒に行かせてくれます?」

「きみを〝行かせてあげる〟なんて選択肢はない、ミス・マクドネル。明日の朝、私が迎えにこなければ、自分で行くに決まっているからな」

わたしはにっこりした。「どうやらわたしの性格がよくわかってきたみたいね、少佐」

「前にも言ったが、頑固だからな」

そう言われて、宿を慌てて出たのを思い出した。「頑固と言えば、ミセス・タリーはわたしたちがどこへ行ったのかと気にしてるんじゃないかしら」

「私たちは二、三時間だけ部屋を必要としていたと思ってくれるさ」

あまりに当然のように言われ、顔を赤くしないようにした。たしかに少佐の言うとおりだ。数時間だけふたりきりになるための場所を探してミセス・タリーの宿を訪れた軍人と女性のカップルは、わたしたちがはじめてではないだろう。

ただ、ベッドの上に散らかしたままになったカードを見て、ミセス・タリーは困惑するにちがいない。

少佐に別れの挨拶をしようとしたとき、いきなりドアが開いた。
ふり向くと、戸口にいたのはフェリックスだった。

16

「あら。こんばんは、フェリックス」

「やあ、エリー」フェリックスの視線がわたしのそばにいる人物にさっと向けられた。「少佐」

「レイシー」少佐が返す。

気まずい沈黙があった。気まずいというのは、わたしの側の話だけど。男性ふたりはどちらもそんな気持ちを欠片《かけら》も感じていないだろう。そういう感情とは無縁なのだ。

「ちょっとした仕事をするために出かけていたの」わたしは言った。

「なるほど」フェリックスが返す。「うまくいったんだったらいいけど」

「ああ、エリー。帰ってきてくれてよかった。行き先を伝えておいてくれなくちゃ」フェリックスの背後からネイシーが近づいてきた。そして、少佐の姿を見てはたと立ち止まった。

「あら、ラムゼイ少佐。エリーがあなたと一緒だったとは知りませんでしたよ」

「そうなんです」少佐が答える。「遅くまでミス・マクドネルをお借りしてすみませんでした。重要な用事があったもので」

少佐がそう話しているときに、自分の服がしわくちゃで髪が乱れているのに気づいた。庭園の塀をよじ上り、木々のあいだを突き抜けたせいで、くしゃくしゃだった。ラムゼイ少佐はというと、いつもの非の打ちどころのない格好とはかけ離れていたし、ネクタイをつけなおす暇もなかった。うちの家族とフェリックスがまちがった推測をしないでくれるよう願った。

「お入りになりますか、少佐？」ネイシーが言った。「やかんを火にかけますよ」

「ありがとう、ミセス・ディーン。でも、けっこうです。もうおいとまします」そのあと、わたしに話しかけた。「今夜は手伝ってくれてありがとう、ミス・マクドネル。明日連絡する」

わたしはうなずいた。

少佐が玄関ドアのほうに向きなおり、ネイシーとフェリックスに挨拶した。「ごきげんよう」

「ごきげんよう」ネイシーは挨拶を返したけれど、フェリックスは小さく会釈しただけだった。それでも精一杯の礼儀を発揮したらしい。

少佐が立ち去ると、わたしはネイシーとフェリックスを母屋に押し戻した。「心配かけてごめんなさい。こんなに時間がかかるとは思ってなかったの」

客間に入ると、ミックおじが顔を上げた。おじは玄関でくり広げられた歓迎パーティには参加していなかったので、憶測に満ちたまなざしがひとり分少ないのがありがたかった。

「やっと帰ってきたんだな、エリー嬢ちゃん」おじの口調はさりげなかった。「無事でよかったよ」

「ただいま。起きて待ってなくてよかったのに」

「用があってきみのフラットに寄ったんだが、留守だったのでこっちに来てみたんだ」フェリックスが言った。「そうしたら、ネイシーもミックもきみの居場所を知らないとわかったから、ここで待たせてもらうことにしたんだよ」

わたしの一部は、三人に気にかけてもらって感動していたけれど、かすかにいらだってている一部もあった。わたしはおとななのだから、ロンドンの通りへよちよちと出てしまった幼児みたいな扱いをされたくなかった。

「こうやって帰ってきたわけだし」もうこの会話を切り上げたかった。「用ってなんだったの、フェリックス？」

「ちょっと長い話なんだ。ぼくたちはきみのフラットに行って、ネイシーとミックを休ませてあげてはどうだろう」

「寝かしつけられなければならないほど年寄りじゃないぞ」ミックおじが陽気に言った。

「あなたはそうかもしれませんけどね、あたしはもうへとへとですよ」ネイシーだ。

「わたしの帰りが遅くなったせいで、ごめんなさい」わたしはネイシーの頬にキスをした。

「大丈夫ですよ」ネイシーはウインクをして寄こした。予想していたとおり、わたしに言おうとしていた小言は、夜中の冒険に少佐が一緒だったとわかると消えた。

　ネイシーはみんなにお休みを言い、寝室に下がった。

「すべて問題なしかな?」ソファに腰を下ろしたわたしに、ミックおじがたずねた。打ち明けたい話はあるかという、おじなりのたずね方だ。いつも押しつけがましくならない程度にやさしく支えを申し出てくれて、そういうおじがわたしは大好きだ。

　うなずきを返した。「亡くなった女性の身元がわかったの」おじもフェリックスもある程度のところまですでに巻きこんでいたので、これくらいの情報を話しても少佐は怒らないとわかっていた。「それで、その女性の下宿に話を聞きにいったの。そうしたら、その女性がどういう運命をたどったかを知っているにちがいない下宿人がいたわけ」

　ちょっとでも詳細を伝えられてうれしかった。話すことが頭を整理するのに役立つのだ。常に情報を自分のなかに封じこめているラムゼイ少佐は、どういうやり方をしているのだろう。きっと頭のなかで、知っているすべてがぐるぐる渦巻《うずま》いているにちがいない。少佐には打ち明け話をする相手がいるのだろうか?

　少佐の人生に女性はいないと思う。少なくとも、打ち明け話ができる女性は。不意に、すべての情報の重みを背負いこむのはつらくないのだろうか、と気になった。

　でも、いま注意を向けなくてはならないのはフェリックスだ。彼は明らかにわたしとだけ話したがっているので、母について知るというふたりだけの秘密に関することかもしれない。

ミセス・ノリスの話がどういうものだったのか、知りたがっているのだろう。

あの会話が今日のできごとだったのを、ほとんど忘れかけていた。この数時間であまりにもたくさんのことがあったからだ。

そのあともしばらくミックおじとしゃべったあと、わたしは母屋を出ようと立ち上がった。

「フラットまで一緒に行ってくれる、フェリックス？」

「いいとも」そばのテーブルに置かれていた灰皿で煙草《たばこ》の火を揉《も》み消す。

「お休みなさい、ミックおじさん」わたしは言った。

「お休み」おじがあっさりと言う。「あんまり夜更かししないようにな」

おじをじろりとにらんだあと、フェリックスを連れて母屋を出た。

暗がりのなかに出ると、無言のまま母屋をまわってわたしのささやかなフラットへ向かった。疲れていたけれど、なぜかそわそわもしていた。今日はさまざまなできごとがあり、自分が知ったすべてをまだ理解しようとしているところだった。フェリックスがいてくれてうれしかった。気を張らずに一緒にいられるから。

「少しだけ寄っていかない？」フラットまで来ると誘った。

「もちろん」

ドアを開けると、フェリックスがあとから入ってきた。「紅茶はどう？」

「いや、いい。ネイシーとミックといるときに二杯飲んだから」

「わかった。わたしは飲むわね。やかんを火にかけてくるから、座っていて」

フェリックスがソファのほうへ行き、わたしは小さなキッチンに入ってやかんを火にかけた。容疑者を尾行する長い夜だったので、今日と明日二日分の砂糖を使う贅沢《ぜいたく》を自分に許すつもりだった。

お湯が沸くのを待つあいだ、居間に戻ってフェリックスが座っているソファの反対端に腰を下ろした。

「さてと、わたしになんの用だったの？」

「ミセス・ノリスに会いにいったあと、きみから連絡がなかったから心配になったんだ」

わたしはうなずいた。「電話するつもりだったのだけど、家に帰ってきたら少佐が待っていて。時間がなくて電話できなかったの」

「進展があったみたいでよかったよ」フェリックスの口調にはどこか無理をしているようなところがあり、わたしが少佐と夜を過ごしたのが気に入らないのだとわかった。

フェリックスは嫉妬するような人ではなかったけれど、わたしに対する気持ちは、彼に対するわたしの気持ちと同じようなものだと思っていた。ふたりのあいだはなにも定まっていないものの、長いつき合いでどちらもある種の権利みたいなものを感じていた。ことばにされないままの可能性に対して。

「ミセス・ノリスとはじっくり話せたわ」気楽とは言わないまでも、据わりのそれほど悪くない話題に戻した。

フェリックスはなにも言わず、わたしが続きを話す気になるのを待った。彼のそういうところが好きだった。いつだって、わたしが必要としているときに励まし、支えるやり方がわかるみたいだった。

「ミセス・ノリスの話では、母は父を殺した犯人に目星をつけていたらしいけれど、それを明かすとかえってとんでもないことになると言っていたらしいの」

会話のすべてと、ミセス・ノリスが母の無実を信じていたことを伝えた。

聞き終わると、フェリックスはソファにもたれて考えこんだ。「ぼくたち、これからどうする?」

わたしは〝ぼくたち〟の部分を聞き逃さなかった。フェリックスはこの件で一緒に進んでくれるつもりだ。ことばにならないほど大きな安堵を感じた。なにを知ることになろうとも、フェリックスが隣りにいてくれる。

彼の質問について考えた。答えははっきりしているように思われた。

「次は母の弁護士だったサー・ローランド・ハイゲートに会う。だって、弁護士だから母の事件の内も外も知り尽くしているわけでしょ。どんな証拠が使われて母が有罪になったのか、彼に訊けばわかると思うの」

母の友人であるクラリス・メイナードの居場所も、弁護士が知っているかもしれない。

「お母さんに不利となった証拠は裁判記録に書かれているんじゃないの?」フェリックスがたずねた。

「そうよ。少なくとも、大半が記録に残されている。でも、証拠として提示されなかったものも常に存在する。わたしが知りたいのは、そういう類《たぐい》のものなの」

「いい着眼点だと思う」フェリックスはそう言ったあと、ためらった。「でも、知りたくないことを知ってしまったらどうするんだい、エリー?」

その問いは、ずっと前から頭の隅にあった。「知りたいと思う」ありのままを言った。「どんな真実であれ、知りたいわ」

フェリックスがうなずく。「だったら、ぼくたちで探り出そう」

簡単なことのように言う。

「できると思う?」わたしはたずねた。

「当たり前だろ。あの晩についておぼえている人がぜったいにいるはずだ。大きなニュースになったからね。まだ明かされていないことがたくさんあると思う。要は、探るべき正しい場所を見つけるだけだ」

ふと、自分が困難な思いをするだけではなく、ミックおじにとってもつらいものになると気づいた。おじは弟を亡くしたのだ。わたしが過去を掘り返せば、また苦痛を味わわせるかもしれない。でも、いざとなれば、おじは理解してくれるとわかっていた。人生において、自分独自の道を進めとおじはいつだって励ましてくれた。そして、この道はとても避けられないものだ。

「じゃあ、わたしと一緒にサー・ローランドに会いにいってくれるの?」

「もちろんだよ、ラブ。たずねるまでもない」

「ありがとう、フェリックス」わたしは彼の手をぽんぽんとやった。

フェリックスが反対側の手を重ねて、ぎゅっと握った。わたしの心臓が妙な具合に跳ねた。

「あ、やかんを忘れてたわ」

わたしはキッチンへ戻って紅茶を淹れる準備をしながら、自分が感じているものがなんなのかを見きわめようとした。この不思議な〝引き〟は、今夜少佐に対しても感じた。抑えようとしても表面下に常にくすぶっている、惹かれる気持ち。

いまはフェリックスがここにいて、わたしの鼓動を速めている。わたしはどうしてしまったの?

紅茶のセットを居間に運ぶ。

それから蓄音機のところへ行った。会話をする必要もなく、ゆったり座ってすばらしい音楽を聴くのが、フェリックスとわたしの昔からのお気に入りだった。

わたしにいま必要なのはそれだと感じた。進行中のすべてから気をそらしてくれるもの。いちどきに考えるには多すぎる。

グレン・ミラーのレコードを蓄音機にセットすると、《ムーンライト・セレナーデ》が部屋に漂った。ロマンティックな曲で、周囲の世界を忘れて頬を寄せ合って踊るにはぴったりだった。

ソファのフェリックスの近くに腰を下ろし、曲が部屋を漂うなかで紅茶を味わった。この種のレコードは、いまより明るかった時代を、将来に危険が待っているのも知らずに幸せに過ごした時代を、常に思い出させた。いつもならほろ苦さを感じるのだけれど、今夜はただメロディに身を任せた。

不意に、明るく幸せな気分になった。いまは戦時中で、死と破壊に囲まれているけれど、この瞬間わたしはフェリックスと一緒で、将来になにが待っているかを知らなかった気ままな日々のような感じが少しだけした。

「なにを考えているんだい、エリー？」

フェリックスをはっと見る。思いがさまよっていたようだ。

「えっと、特には。いろいろ変わったなって考えてたのだと思う。世界がほんの数カ月前とはちがうものになってしまったなって」

「それほどでもないよ」

「そう？」

「フランスで負傷したとき、もう二度ときみとこのソファに座って蓄音機でレコードを聴くことはできないと思った。それが、いまこうしていると、世界のすべては大丈夫って気がしてくる」

「よかったわ」わたしはそっと言った。フェリックスを見ると、彼はこっちを見ていた。ふたりの目が合う。

長いあいだ、ふたりはただ見つめ合った。

「キスをしてもいいかな、エリー？」

「前は訊かなかったじゃないの」やわらかな笑みとともに言う。

「ものごとは変わったんだろう？」

「それほど変わってはいないわ」わたしはささやいた。

フェリックスが身を寄せてきて、唇《くちびる》を重ねた。

わたしの一部はそれを予期し、歓迎した。フェリックスがロンドンに戻ってきてからというもの、いろいろと募っていた。少なくともわたしの人生におけるそのひとつは、おさまるべきところにおさまったのでほっとした。

フェリックスに少し引き寄せられ、わたしは彼の首に腕をまわした。

しばらくのあいだ、音楽が周囲を漂うなかでハンサムな男性とのキスに完全に魅了された。ロマンスが、将来の約束が、感じられた。いちどきにあまりにも多くの感情が湧き起こり、すべてを整理するのは無理だった。だから、ただその瞬間に身を任せ、自分の感情を分析せずに楽しんだ。

軽くはじまったキスが、ふたりの体が近づくにつれて激しいものになっていった。フェリックスのたくましくて温かな腕に包まれ、頭がくらくらし、心臓が高鳴った。

ついに彼が少しだけ体を引き、額《ひたい》と額を合わせた。「ここでやめたほうがいい。遅くまでぼくがいたら、ミックおじさんはかんかんになるだろう」

わたしの小さな笑い声は、自分の耳にも息切れしているように聞こえた。

フェリックスはふたたびさっとキスをし、わたしを放してソファに背を戻した。彼はふたりのあいだに小さな空間を作ったけれど、キスでもたらされた雰囲気は損なわれなかった。その雰囲気は、うっとりする香水のようにいまも空中に留まってふたりの周囲を舞っているように思われた。

わたしの胸の鼓動は激しいままで、呼吸も乱れていた。

フェリックスがこちらを見ると、彼も見かけほど落ち着いてはいないのがわかった。目は誤解しようのないほど燃えていた。ばかみたいだけれど、頬が熱くなるのを感じた。

わたしになにが起きているのだろう？　だって、相手はフェリックスなのに。ずっと昔から知っている人なのに。いとこの友だちで、わたしがティーンのころからマクドネル家にしょっちゅう出入りしていた人だ。

それなのに、唐突に自分たちが新たな場所に足を踏み入れた感じがした。

「もう帰ったほうがよさそうだ、エリー」フェリックスが言った。

帰ってほしくなかったけれど、彼が正しいのはわかっていた。あまりにも多くのことが猛スピードで起きていたから、時間が必要だった。わたしはうなずいた。

フェリックスが立ち上がるのに合わせて、わたしもソファを立ち、玄関まで一緒に行った。彼はドアを開ける前にくるりとふり向き、もう一度抱きしめた。長くあとを引くキスを受け、また頭がくらくらした。

「また明日話そう」唇を離して彼が言った。

ちゃんと声が出るかどうかわからず、わたしはうなずいた。

フェリックスがドアを開けて暗い外に出た。わたしはドアを閉めて大きく吐息をついた。

今日のわたしの行ないはすべて、自分の人生をさらにややこしくしただけみたいだ。それでも、そのおかげで解決に向けて背中を押された。

スパイ組織の親玉を突き止めるのに近づいており、母についてさらに知る方向にも向かっており、おそらくはフェリックスとなんらかの関係を築く道も歩みはじめているようだ。はっきりしないのは歓迎できないけれど、新たな門出にはつきものだろう。気を長く持って、すべてはよい方向に進むと信じるしかなさそうだ。

17

夜明けにフラットのドアをがんがん叩く音で起こされた。時計を見る。朝の五時だった。フェリックスが帰っていったあと、食事と入浴をしたので、四時間も眠っていなかった。ベッドを出てランプをつけ、サテンのパジャマの上に部屋着を羽織って居間へ行った。ドアを開けたとき、まさかラムゼイ少佐がそこにいるとは予想もしていなかった。またもやしわひとつない軍服姿で、元気潑剌《はつらつ》としていた。

「おはよう」少佐にざっと見まわされ、わたしは部屋着を引き寄せた。そもそもなにも見えていなかったのだけれど。

「おはようございます」挨拶を返す。「あの……なにかよくないことでも?」

「いや。ウォータールー駅へ行くためにきみを迎えにきただけだ。どうやら……仕度《したく》が少し遅れているようだな」

「でも……まだ朝の五時ですよ」

「〇五〇〇時に迎えにくると言ったはずだが?」

「聞いてません」

「手荷物保管所は六時に開く」

もつれた髪に手櫛《てぐし》を通し、下がってドアを大きく開けた。「入ってください。着替えてきます」

少佐はなかに入り、制帽を脱いだ。

「おかけになってください」ソファを身ぶりで示す。「すぐに戻ってきます。紅茶はいかがですか?」

「ありがとう。だが、もう飲んできた」

当然だわね。彼はちゃんと眠ったのだろうか? 澄んだ目をしているように見えたけれど、わたしはそれほど少佐を知っているわけではない。

キッチンへ行ってやかんを火にかけた。それから寝室で深緑色のブラウスと黒いズボンに手早く着替えた。

髪をブラシで梳《と》かして、今日は髪が言うことを聞いてくれない日だと悟り、シニヨンにして、だれがボスなのかに気づくまでヘアピンを突き刺した。

居間に戻ると、少佐は先ほどと同じドアそばに立っていた。一刻も早く行動を起こしたいらしい。

おあいにくさま、わたしは紅茶を飲まないとだめなの。

「あともう少しですから」そう言ってキッチンへ急いだ。

「ゆっくりしてくれたまえ」その口調は皮肉っぽかった。

手早くティーポットにお湯を入れ、茶葉が開くまでできるだけ待ち、カップに注いだ。砂糖——今日の分は昨夜使ってしまったので、正確には明日の分だ——を少々入れて混ぜ、熱熱の紅茶をすすった。熱すぎたけれど、少佐がこれ以上はあまり待ってくれないだろうと思ったのだ。

口のなかを火傷《やけど》して、居間に戻った。

「いいわ。行きましょう」


どうしても紅茶を飲まなければならなかったにもかかわらず、たっぷりの余裕を持ってウォータールー駅に着いた。

早朝の時刻でも、仕事へ向かう制服姿の男性や、ぱりっとしたスーツ姿の女性が何人もいた。だれもが目的意識を持って動いていた。

新聞売り場には朝刊があり、見出しが大陸の最新ニュースを叫んでいた。花屋は香りのよい花束を売っており、カフェからはコーヒーと温かいペストリーの香りが漂ってきていた。

朝日が頭上の天窓から射しこんでいて、また暑い一日になりそうだと思いながら、ひとりで駅構内を歩いていた。

わたしひとりで手荷物を回収する許可を少佐がくれたのだ。このスパイ網に関係する大半が女性なので、わたしが回収したほうが矛盾が生じない、と考えたのだろう。

手荷物係がグルだったとしても、わたしなら場ちがいに見えずにすむ。

少佐は駅の反対側で、コーヒーを飲みながら列車を待っているふりをしていた。

預かり証を手にカウンターへ行く。このすべてがアメリカのギャング映画みたいに突然の銃撃戦になった場合に備えて、わたしの小さな一部は息を殺していた。

けれど、想像をたくましくした派手なドラマは起こらなかった。カウンター奥の女性はほとんどわたしを見もせずに預かり証を受け取り、荷物を取りにいった。わたしは、なにが出てくるのだろうと思いながら待った。

しばらくすると、係の女性が使い古されたグラッドストン・バッグを持って戻ってきた。

「お待たせしました」わたしにも、鞄《かばん》にも、まったく関心がなさそうだった。

鞄を受け取って保管料を支払った。

「ありがとう」礼を言って背を向けた。神経をとがらせて手荷物保管所をあとにしたけれど、だれもわたしを見ていなかった。ついに、コーヒーに夢中になっているように見える少佐のところまで来た。彼については、極端に想像力に乏《とぼ》しい人だとずっと思ってきたけれど、ちょっとした演技を求められるたびに、すんなり役に入りこむ能力に感銘を受けてしまった。

彼を見ても、朝の列車を待つ以上に急ぎのことなどない、とだれもが思うはずだ。

「回収した」少佐のそばまで来ると報告した。

少佐は関心もなさそうに小さくうなずいただけだった。

鞄を調べ、留め金をもてあそぶ。「錠がかかっているみたいだけど、こんなのはすぐに……」

「ここではだめだ」少佐がわたしに手を重ねて止めた。「外に出るまで待て」

わたしがうなずくと、少佐は手を離してこちらの腕を取った。ふたりでぶらぶらと駅をあとにした。

少佐が駅で鞄を開けたがらなかったのは理解できたけれど、わたしは自動車に乗ったらすぐに開けるつもりだった。マイラ・フィールズの手首についていたブレスレットをはずしたときのように、鞄の中身を教えてもらえない事態にはさせないつもりだった。

駅を出ると、待っていた自動車の後部座席にするりと乗りこんだ。

「開けていいぞ」少佐が言った。気が立っているときの少佐は礼儀正しくするのを忘れがちになるので、いまのぶっきらぼうな口調は無視することにした。

髪からヘアピンを抜いてピックの形に近づけ、錠に挿しこんだ。簡単な仕事だ。こういうタイプの鞄は高度なセキュリティ対策が施されていない。この鞄が使われたのは、たまたまだれかの手もとにあったからだろう。さんざん使われた鞄のように見えた。マイラ・フィールズのものだったのだろうか？

ほとんど聞こえないくらいのカチッという音がして留め金がはずれ、わたしは鞄を開けた。

少佐とふたりでなかを覗きこむ。

フィルムでいっぱいだった。たくさんのフィルム。一、二本というわたしの予想に反して、おそらく二十本くらいあった。マイラ・フィールズがつけていたブレスレットで使えるような小さなフィルムがあった。もっと大きくて、ふつうのサイズのカメラで使うフィルムもあった。

少佐が悪態をついた。わたし同様、少佐にとっても予想以上だったという証拠と受け止めた。

「しかもこれは、言ってみれば一回分の出荷ですからね」

「そうだな。つまり、どこかに非常に大量のフィルムが保管されていて、ナチスに届けられるのを待っているというわけだ」

それがなにを意味するか、わざわざ説明してもらう必要はなかった。ロンドンの重要な場所の詳細な写真が何百とナチスの手に渡れば、大惨事になる。

「でも、どこにあるのかしら?」

「それを突き止めないとな。速やかに」

わたしはつかの間考えこんだ。「ジェイン・ケリーを逮捕できます?」ジェインは自分をしたたかだと思っているようだけれど、少佐なら口を割らせられると確信していた。

「いや。マイラ・フィールズと同じで、彼女もただの駒だと思う。糸を引いている人間の正体は知らないのだろう」

「だったら、どうするつもり？」

少佐が考えこんだのは、ほんのつかの間だった。鞄を閉じる。「錠をかけてくれないか」

わたしは言われたとおりにした。

「ここで待っているんだ」少佐はグラッドストン・バッグを手に自動車を降りた。

なにか言う間もなく、ドアが閉じられる。ルームミラー越しにヤクブと目が合い、相身互いの表情を交わした。

数分で少佐が戻ってきた。その手にはもう鞄はなかった。

「ランベスへ行ってくれ、ヤクブ」少佐がドアを閉めながら言った。

「鞄は餌として置いておくことにしたのね」

少佐はうなずいた。「今朝、きみを迎えにいく前に連絡を受けた。昨夜、庭園に現われた者はいなかった。預かり証を見つけた場所に戻す時間はまだある」

そして、預かり証を取りにきた人物を尾行し、フィルムを回収したあとどこへ行くかをたしかめる。

フィルムでいっぱいの鞄をもとの場所に戻したのは、大胆な手段だった。共謀者――まだわたしたちの知らない人物――が鞄を入手して消えてしまうリスクがあった。でも、少佐はなにごとも軽々しく行なわない。そうするのが最善だと少佐が考えたのであれば、おそらくそれが最善なのだろう。

「キンブルに担当させる」少佐が言った。つまり、わたしは関与できないのだ。

「ジョン・プリチャードは？」マイラ・フィールズのボーイフレンドは、まだたどっていない手がかりだ。

「ミセス・ペインからラムズゲート・ホテルに電話はないが、彼の居場所を突き止めるべく部下を当たらせている」

それを聞いて、下宿屋で女性たちに質問しているときに浮かんだ疑問を思い出した。

「訊こうと思っていたのだけど、ラムズゲート・ホテルというのは？」

「私のオフィスに直接つながる電話だ。電話帳に載っているし、ミス・ブラウンはホテルの人間のふりをして出ることになっている」

わたしは思わず笑顔になっていた。「鮮やかなものだわ、少佐」

「おほめにあずかり光栄だ」


ヤクブが静かな通りで自動車を停めると、少佐がわたしをふり向いた。ここで待っていろとにべもなく言われるものと思っていたので、こう言われて驚いた。「紙片が入っていた正確な場所をおぼえているか？」

「そう思いますけど」

「だったら、一緒に来てくれ」

逆らうつもりはさらさらなかった。

自動車を降りていくつかの通りを歩くと、前夜の記憶を刺激する場所に出た。ジェイン・ケリーを尾行中に体をぴたりとくっつけて隠れた狭い戸口があり、その向かい側には少佐がわたしを持ち上げて越えさせてくれた煉瓦塀があった。

「さりげなくふるまうように」少佐はそう言ってわたしの腕を取った。その手から腕をもぎ離し、こちらから彼と腕を組んだ。さりげなくふるまうのであれば、わたしの肘《ひじ》を引っ張って連れまわすのをやめてもらわないと。

日中の庭園は美しかったけれど、月光を浴びた諜報活動の魅力に欠けていた。暑くなりつつある陽光から木々の影が守ってくれていて、鳥たちがあちこち飛びまわりながら元気にさえずっている。

わたしたちは気安いペースで小径《こみち》を歩いたけれど、手に感じる少佐の腕はこわばっていた。緊張しているというよりは、気を引き締めているのだ。獲物が回収に来る前に、書きつけと預かり証を隠せたら、少佐もさぞやほっとするだろう。

噴水池に近づくと、わたしが向こうずねをぶつけたベンチにキンブルが座っていた。彼は新聞を読んでいて、完全に無害に見えた。なんの特徴もない人に見えたので、どんな状況でも人の注意を引きそうになかった。ただし、冷酷で空虚な黒い目を覗いたら、おそろしさを感じるはずだ。

キンブルは近づいてきたわたしたちに会釈をした。「おはよう」

「ほかにだれかいるか?」少佐がたずねる。

「あっちの隅にカップルがひと組いる。だが、彼らはじゃまにならないだろう」

少佐は書きつけと新たな預かり証をポケットから出し、わたしに渡してきた。「やってくれ」

わたしはうなずいて噴水池に近づき、縁《ふち》に立った。紙片を乙女の手と壺のあいだにある隙間にすべりこませ、前夜気づいたときと同じように、紙片の角が少しだけ見えるようにした。

そのあと縁から飛び下りた。「このあとは?」

「ここを立ち去る」少佐は言った。「きみを家まで送っていき……」

少佐の声が小さくなっていき、体がこわばった。キンブルの視線が庭園の正面へと動く。

そのとき、わたしの耳にもそれが聞こえた。砂利敷きの小径を歩く足音だ。

だれかがこっちに向かっている。

18

少佐がわたしを茂みの背後に押しやり、キンブルはベンチを立って新聞を小脇にはさみ、音もたてずに緑のなかへと消えていった。

すべてがあまりにもすばやく起きたので、息をする間もなかった。

そのとき、近づいてくる人物が見えた。

男性だったので驚いた。ジェイン・ケリーが書きつけを残した相手は女性だとわたしたちは考えていたのだ。その男性はかなりの長身で青白く、ブロンドの髪は白く見えるほど薄い色合いだった。

ひょっとしたら、この男性は書きつけを取りにきたのではないかもしれない。けれど、その考えを即座に捨てた。男性の態度はこそこそしていて、ゆっくりと周囲を見まわしているそのようすから、庭園で静かな朝の散歩をしているのではないとわかる。あんなにあからさまに怪しい動きをするなんて、彼はどう見ても腕のいいスパイではなかった。

わたしたちはじっとしていた。少佐があまりにも近くにいるので、うなじに彼の温かな息がかかった。

男性は噴水池に近づき、乙女の像をしばし見上げた。あたかも画廊でとても興味深い彫刻を鑑賞しているかのように。それから、手を伸ばし、乙女の手と壺のあいだの隙間から紙片を取り出した。

男性はそれを読みもせずにすばやくポケットにしまい、くるりと向きを変えて来た方向へ戻っていった。今度は少しばかり急ぎ足で。

わたしたちはそのままもうしばらく静かにしていたけれど、やがて少佐がわたしから少し離れた。「もう行った」

「彼を尾行しなくていいんですか?」

「それはキンブルに任せてある」

反論したい気持ちを押しやる。反論なんてしてもむだだからだ。それに、優秀なキンブルならちゃんとこなしてくれるだろうと認めるしかなかった。

「じゃあ、わたしたちはこれからどうするの?」少佐を見上げてたずねた。

「考えているところだ」

突然、少佐がすごく近くにいたままだったのに気づく。彼の顔は周囲の葉の影でまだらになっていた。いまのことばは軽薄な意味ではなかったのに、似たような瞬間につい そうなってしまうように、いまもぴりぴりと意識してしまうのを感じた。人目につかない場所にいる男女だということを、思い出させられたりしたくないのに。

あなた、ほんの何時間か前にはフェリックスにものすごく熱心にキスをしていたじゃないの、エリー・マクドネル。そんな思いが浮かんで顔が赤くなったので、少佐から視線をはずして陽光のなかに戻った。

「ミス・フィールズの男友だちのミスター・プリチャードに会いにいってみようと思う」

「居場所がわかったんですか？」

少佐はうなずいた。「きみが噴水池に書きつけを戻しているときに、キンブルから住所を聞いた」

「わたしは聞いてないわ！」

「きみに話していないことはたくさんある、ミス・マクドネル」

それくらいわかっていた。それでも、はっきりそう言われてむっとした。わざわざことばにしなくたっていいでしょうに。

「わたしは同行する権利を手に入れたわ。だって、あなたのいかさまを見破ったんですもの」

「ポーカーはまたやらないとな」

「楽しみにしているわ、少佐」

少佐が入手した住所まで、ヤクブが連れていってくれた。

この件については、少しばかり不安な思いがあるのを認めざるをえない。マイラ・フィールズとその活動について探り出すためには、彼女を愛していた男性に死を伝えなくてはならないからだ。

当然ながら、ミスター・プリチャードがすでに知っている可能性もあり、なんだったら彼がその死を招いた当の人物かもしれない。そちらの可能性も同じくらい気を重くしてくれた。「彼にも偽名を使うの？」自動車を降りながらたずねた。「下宿屋でした話も？」

少佐がうなずいた。「そうだ。ここだ」

ポケットからなにかを取り出した少佐が、それを渡してきた。

わたしは手のなかのものを見た。ダイヤモンドの指輪だった。エメラルドカットを施されたとても大きな本物のダイヤモンドで、指輪本体はゴールドだ。「どこでこれを？」つかの間、少佐がムッシュー・ラフルールの店に戻って買ったのかと、愚《おろ》かにも思ってしまった。

「そのへんにあったものだ」思い出した。わたしと出会う前、少佐はジョスリン・アボットという美人の社交界の名士と婚約していたといううわさがあったのだ。婚約は解消されたけれど、少佐はいまだにミス・アボットに想いが残っているという印象を受けた。この指輪は彼女のために買ったものだったのだろうか？　穿鑿《せんさく》するつもりは当然なかったけれど、すごく興味があった。

こういう細かい点を少佐がおぼえていたことについては、心からの驚きはなかった。少佐は徹底的にやる人だから。それでも、少佐がほかの女性のために用意した豪華なダイヤモンドの指輪をはめるのは、ちょっとばかり妙な感じがした。

「あの……もう少しだけお値段の張らないもののほうがよくありません?」ぜったいに少佐の高価な私物をなくしたりしませんように。もしそんなことになったら、質に入れたと思われるに決まっている。

「ちゃんと気をつけてくれると信じている」少佐が言った。

指輪をはめてみた。ぴったりだった。つかの間、プロポーズをされた女性ならだれもがすることをした。手を顔の前に掲げ、光がダイヤモンドに反射するようすにうっとりしたのだ。

「問題ないか?」

わたしはうなずいた。「すばらしいわ」

ドアまで行き、少佐がノックをした。少しすると、若い男性が出てきた。長身でブロンドで、薄青色の目と高い鼻の持ち主だ。

「ミスター・プリチャードですか?」ラムゼイ少佐がたずねた。

若い男性はわたしたちを見て驚いているみたいだったけれど、警戒しているようすはなかった。「そうですけど?」

「私はグレイ少佐で、こちらは婚約者のミス・エリザベス・ドナルドソンです。少しだけおじゃましてもかまわないでしょうか?」

男性は不思議そうだったが、礼儀から断れないようだった。「もちろんです」

ドアを大きく開けてもらい、小さな客間に通された。使い古した快適そうな調度類が少しだけ置かれた、清潔な部屋だった。

「おかけください」彼がソファを示す。わたしが座ると、少佐が隣りに腰を下ろした。ミスター・プリチャードは、ソファの向かい側に置かれた刺繍《ししゅう》の色褪《いろあ》せた椅子に座った。

「さて、どんなご用件でしょう、少佐?」

「ミス・フィールズのことでどなたかから連絡はありましたか?」

ミスター・プリチャードの顔に心配の気持ちが浮かんだのを、わたしははじめて目にした。

「いいえ。どうしてですか? なにかあったんですか?」

「残念ですが、ミス・フィールズは亡くなりました」

少佐が不躾《ぶしつけ》な言い方をしたのはミスター・プリチャードの反応をうかがうためなのはわかっていたけれど、それでも彼の顔をよぎったショックを見てかわいそうになった。ミスター・プリチャードの目に涙がこみ上げてきた。

「お気の毒です」わたしはそっと言った。「まさかこんな報《しら》せを受けるとは思ってもいらっしゃらなかったでしょうね」

「な……なにがあったんですか?」ミスター・プリチャードが言う。その声ににじんだ悲しみは生々しかった。感情をなんとか抑えこんでいるようだったけれど、それはおそらく少佐の前だからだろう。

「先週の金曜日にテムズ川で発見されました」少佐が答える。

ミスター・プリチャードは悲しみをこらえきれなくなり、両手に顔を埋《うず》めてすすり泣きはじめた。

少佐を見ると、まるで心を動かされていないようだったので、わたしはソファを立ってミスター・プリチャードのそばへ行った。彼の肩に手を置く。「ご愁傷さまです」

「ほ……ほんとうに……マイラなんですか？」

「残念ですけど」

ミスター・プリチャードはしばらく肩を揺らして泣き、それから懸命に落ち着きを取り戻した。ポケットからハンカチを出して顔を拭《ぬぐ》う。「すみません」

「謝らないで」わたしはそっと言った。「おそろしい報せだとわかっています。あなたにこんなことを伝えなくてはならなくて、ごめんなさい」

「でも……あなたはだれです？」ミスター・プリチャードが顔を上げてわたしを見た。

「マイラのいとこみたいな存在です」こんなときに嘘をつかなくてはならないのがいやだった。

嘘に気づいたとしても、彼のそぶりからはわからなかった。ミスター・プリチャードは洟《はな》をすすり、ハンカチで鼻を拭った。「すごくすてきな女性でした」

「ミス・フィールズと最後にことばを交わしたのはいつですか？」少佐がたずねた。

わたしはミスター・プリチャードの肩越しに少佐をにらんだ。あんな尋問口調では、うまくいくはずもない。

けれど、ミスター・プリチャードはそれに気づくような精神状態ではなかったようだ。

「金曜日です。ぼ……ぼくたち、喧嘩をして。彼女はデートしてほしがったけど、ぼくは薬屋で遅番に入っていたんです。職場は忙しいんですよ。いつも、彼女とは水曜日にデートしてたんです。マイラは、ひとりで出かけるか、デートしてくれる別の相手を見つけるって言って。ああ、マイラ」

「彼女はあなたに愛されているのをわかっていました」わたしは言った。ほんとうかどうかはわからなかったけれど、慰《なぐさ》めのことばを言う必要に駆られたのだ。「口喧嘩をしたからって、彼女の気持ちは変わりませんよ」

ミスター・プリチャードが頭をふる。「ほんとうにばかみたいな喧嘩だったんです。ときどきそういう喧嘩になって、一週間も口をきかないこともあって、でもそのうち頭を冷ますのが常だったんで、今度もそうだと……マイラがまちがいに気づいてくれるのを待っていたんです。それなのに……」彼がまっ青な顔をいきなり上げてわたしを見た。「彼女は……まさか……?」

マイラ・フィールズがテムズ川に身を投げたのかどうか、彼はことばにできなかった。

「いいえ」わたしは彼の意を汲んで言った。「おそろしい事故だったんです」

安堵の表情をさっと浮かべ、ミスター・プリチャードはうち沈んだようすでうなずいた。

「私たちは、どうしてそんなことになったのかを調べています」少佐だ。「なにがあったのか、婚約者が知りたがっていまして」

少佐が婚約者と言うのを耳にするのは、不思議な気分だった。声になんの愛情もこもっていないのだからなおさらだ。少佐はこの役を演じるにあたってあまり努力をしていなかった。

ミスター・プリチャードがうなずき、気力を奮い立たせた。「ええ。わかります。ぼくも同じです。なにがあったのかを知りたいです」

「わたしたちみんな、そう願っているわ」最後にもう一度彼の肩をぎゅっとつかみ、少佐の隣りに戻った。

「どうしてぼくのことを知ったんですか?」ミスター・プリチャードがいきなりたずねた。

「マイラの下宿へ行ったんです」わたしは答えた。「そこで、ミセス・ペインからあなたの名前を教わりました」

「ああ。なるほど」ミスター・プリチャードは上の空の声になり、遠くを見ているような表情になった。悲しみで感覚が麻痺《まひ》しはじめたようだ。彼をそっとしておいてあげたかったけれど、少佐はまだ終わりにする気がないようだった。

「彼女がどこでこれを手に入れたか、ご存じですか?」少佐がポケットから例のブレスレットを取り出した。まさかそんな質問をするとは予想だにしていなかったけれど、極力驚きを隠した。

ミスター・プリチャードはブレスレットに目をやったけれど、手に取ろうとはしなかった。

「最近になってそれをつけるようになりました。友だちからもらったと言っていました。それが……それが喧嘩の原因のひとつでした。ぼくは、彼女が上司からもらったのだと思ったんです。マイラは否定しようとしてましたけど、その上司は彼女に気があったんです」

「その上司とは？」少佐がたずねた。

わたしは少佐の腕に手を伸ばしたけれど、同時に少佐が腕を動かしたので、彼の脚に触れる形になった。少佐の太腿《ふともも》を軽く叩いてごまかした。「ゲイブリエル、かわいそうなミスター・プリチャードを質問攻めにしてはだめよ」

少佐がわたしの手に手を重ね、少しだけきつく握った。愛情を示すふりが下手くそだった。

「そうだね、ダーリン。だが、ミスター・プリチャードもわれわれと同じくらい、なにがあったかを突き止めたがっていると思うんだ」

少佐とわたしを見くらべるうちに、ミスター・プリチャードのまなざしが鋭くなった。

「ひょっとして……彼女はだれかに危害をくわえられたと考えているんですか？」

「そう思う根拠でもあるのですか？」と少佐。

かすかなためらいがあった。「よ……よくわかりません。彼女は最近気がかりなことがあるみたいで、気もそぞろでした。彼女の新しい仕事は、どこか胡散《うさん》臭くて気に入らなかったんです」

「新しい仕事とは？」少佐が訊いた。

「わかりません。マイラは戦争関連だって言ってましたけど、細かい話は聞き出せませんでした。彼女には上司がいるんですが、その男性はメトロポリタン銀行の行員じゃないかとぼくは思ってます。マイラは銀行じゃなくて工場で働いてたんですが、しょっちゅう彼と一緒にいました。彼女は、上司とちょっとした仕事をしてるんだって言ってましたけど。ぼくはその上司が彼女に惹かれているって思ったから、それで喧嘩になったんです。マイラは大金を稼いでました。多すぎるほどに。宝石やら新しい服やらが増えて。高級品ばかりが」

マイラがなにをしていたのか、ミスター・プリチャードはほんとうにわからないくらい世間知らずなのだろうか？　それとも、彼も仲間で、知らないふりをしているだけ？　もしそうだったら、芝居のすごくうまい役者だ。ミスター・プリチャードは打ちのめされていると信じきれた。

「その上司の名前は知っていますか？」少佐がたずねた。

ミスター・プリチャードは首を横にふった。「一部しかわかりません。マイラは上司をビルと呼んでいました。でも、上司の話はほとんどしませんでした。ぼくの機嫌が悪くなるってわかってたんでしょう」

少佐がなにか言いかけたけれど、わたしはまた彼の脚を押した。しばらく無言のままでいると、わたしが思ったとおり、ジョン・プリチャードがまた口を開いた。

「い……一度マイラを尾《つ》けたんです。彼女は上司のビルに会いにいきました」

「そうなんですか?」わたしはようやく少佐の手から自分の手を引き抜いた。

「マイラが銀行に行くと、彼が出てきました。ふたりは通りの向かい側にあるレストランへ行ったんです。たしか、〈ピエトロ〉という名前だったと思います」

「そのあとは?」続きがあるはずだ。なければミスター・プリチャードがこんな話をはじめたはずがない。

「ぼ……ぼくも店に入りました。ふたりを見張れるように、帽子を目深《まぶか》にかぶってこっそりと」

「ふたりがなにをしているか、知る必要があったんですね」わたしは励ますように言った。

ミスター・プリチャードがうなずく。

少佐はわたしの隣りでじっと静かにしていた。頭の回転が速い人なので、いまなにか言えばわたしとミスター・プリチャードのあいだにできた仲間意識を壊してしまうと理解したらしい。

「ふ……ふたりを観察しました。赤毛のウェイトレスがふたりを知っているみたいだったので、しょっちゅうそのレストランに行ってたんだと思います。ウェイトレスが離れると、マイラが上司に紙袋を渡しました。彼はそれを持って店を出ました」

紙袋の中身はフィルムだったのだろうか？

「そのビルという男の外見は？」

「すぐにわかりますよ」ミスター・プリチャードが言った。「すごく背が高くて、幽霊みたいに青白いから。白髪頭だし」

わたしと少佐の目が合った。その描写は、庭園で見かけた男性そのものだった。

「もしそのビルという人物から連絡があったら、私たちに知らせてもらえますか？」少佐が言った。「ラムズゲート・ホテルにいます。番号は電話帳に載っています」

「わかりました。ぼくにできることがあれば協力します。か……彼女の葬儀はどうなるんでしょう？」

「担当者からあなたに連絡してもらいます」少佐が答える。「婚約者と私はケント州に住んでいます。ロンドンで葬儀の手配をしてくれる人はいますか？」

「ああ、はい。それはぼくが。マイラにはあまり家族がいなくて」続くことばを言うとき、彼は少佐ではなくわたしの目を見ていた。「知らせてくれてありがとうございました。どうか……彼女になにがあったのかを突き止めてください」

わたしはミスター・プリチャードの目を見つめながら、真実を口にした。「最善を尽くします」

そのあと、わたしたちは辞去した。ミスター・プリチャードには、マイラの訃報を受け止めるひとりの時間が必要なのだとわかった。知らない人間を前にして、悲しみを吐き出すのはむずかしい。その知らない人間が、同情心の欠片もない少佐となればなおさらだ。

「ミスター・プリチャードにずいぶんきびしかったですね」外に出るとわたしは言った。

「どこが？」少佐はこっちを見もしなかったし、わたしの返事もどうでもいいような口調だった。

「あんな風にいきなり訃報を告げるだなんて」

「さっさと言ってしまったほうがいいんだ。むだに引き延ばしてもしょうがない」

「そうかもしれないけれど、やっぱり彼がかわいそうに思えるわ」

「反応が大げさすぎるとは思わなかったか？」

純粋に人間らしい感情も少佐にとっては疑わしいものらしいとわかり、いらだちの息を吐いた。「彼はマイラを愛していたのよ、少佐。それくらいは理解できるでしょう？」

「たぶん」

少佐が失ったものを思って泣くタイプでないのはわかっていた。元婚約者の指輪を、イミテーションみたいにわたしに渡してきたのだから。でも、わたしはミスター・プリチャードの悲しみを胡散臭いとは思わなかった。彼は心から悲しんでいるように思われた。

「もし芝居だったなら、ミスター・プリチャードは嘘がすごくうまいことになるわ」

「真実に近づかれすぎていると思って、とっさに芝居を打つのは、ありがちだ」

「たしかにそうね」そうは言ったものの、どうして少佐がそこまでミスター・プリチャードを疑うのかわからなかった。たしかに、これがよくある殺人事件であるならば、ボーイフレンドを疑うだろう。嫉妬してミス・フィールズを尾行したと認めたわけだし。でも、この状況には〝よくある〟ことなどひとつもなかった。

「それに」自動車まで戻り、少佐がわたしのためにドアを開けてくれた。「それだけじゃないんだ」

「どういうこと?」

「ジョン・プリチャードは薬屋で働いている。つまり、毒物を手に入れられる立場にいるわけだ」

そう言われても、ミスター・プリチャードがマイラ・フィールズを殺したとはやはり思えなかったけれど、その点について少佐と口論するつもりはなかった。すぐにわかるだろう。確信があった。答えに近づいているという感触があったのだ。

「このあとはどうするんですか?」わたしのあとから自動車に乗りこんできた少佐に訊いた。

「私たちの冒険にまだうんざりしていないのかな? かなり早い時刻にベッドから引きずり出したが」

「あなたのほうがわたしより休んでないでしょ。というか、あなたは眠らないんじゃないのかしら、少佐。陽光の下でそんなに元気そうじゃなかったら、吸血鬼かと思うところよ」

ほんのかすかな笑みが一瞬だけ浮かんだ。「飛び飛びで少しずつ眠っている」

「じゃあ、結局あなたは人間なのね」

少佐がわたしを見つめた。「人間らしすぎるくらいにね、ミス・マクドネル」

まただ。たがいを意識する瞬間。

先に目をそらしたのはわたしだった。

「ミス・マクドネルの家まで頼む、ヤクブ」少佐が言う。

「だめよ！　ヤクブ、メトロポリタン銀行へ行ってくれる？」

ヤクブは少佐を見た。彼はわたしのことばに従いたがっていたけれど、指示を出すのは少佐だ。

「カフェで情報を得られる可能性はほとんどない」わたしの考えをあっさり読み取って言う。

「それでも、やってみることはできるでしょ？　カフェに行ってちょこっと質問したって害はないわ」

少佐は吐息をつき、つかの間少し遠くに目をやって考えた。きっとだめだと言われると思っていたので、少佐からうなずきが返ってきて驚いた。「いいだろう。カフェに行こう」

いくらもしないうちに到着した。ヤクブが通りの先に自動車を停め、少佐とわたしはカフェに入った。

店内に入るとき、どこに座るのがいいかとさっと周囲に目を走らせた。ふたり組の客と話している赤毛のウェイトレスがいたので、そちらのほうへ向かった。少佐は制帽を小脇にはさんでついてきた。

ブース席に身をすべりこませると、少佐が向かいに腰を下ろした。ジョン・プリチャードの言っていたウェイトレスが勤務中で、彼女からなにか聞き出せるかもしれないと思ったら興奮したけれど、懸命に気を落ち着けた。少佐は完全にくつろいでいるように見えた。ほんとうにコーヒーを飲みに立ち寄っただけみたいだ。

少し待つと、ふたりの男性の注文を取り終えたウェイトレスがわたしたちのテーブルに来た。彼女は少佐を見たけれど、わたしにも笑顔を向けたのはさすがだった。

「ご夫婦にはなにをお持ちしましょうか?」ウェイトレスが言った。

「紅茶をお願いします」彼女の推測は聞き流したほうがいいだろう。

「私はコーヒーを頼む」少佐が言った。

「お飲み物だけでよろしいですか?」

少佐がわたしを見た。わたしは考えた。政府がここの支払いをしてくれるのだろうか?

「じゃあ、ターキーのサンドイッチをいただきます」

「私はけっこう」

ウェイトレスが立ち去ると、少佐に話しかけた。「運がよかったみたいね」ひそめた声で言った。

「彼女が例の赤毛ならな」

言われてみればそうだ。でも、この小さなカフェに赤毛のウェイトレスが何人働いているだろう？

たしかめる方法はただひとつ。

例のウェイトレスがトレイを手にこちらに向かってきたので、わたしは声を大きくして少佐に言った。

「ここでビルとばったり会えるかと思ったけど、彼の昼食休憩はこの時間じゃなかったのかもしれないわね。この時間帯って銀行はいつも忙しいから」

ウェイトレスは紅茶のセットをわたしの前に、湯気の立つコーヒーを少佐の前に置いた。

「ビル・モンデールのことですか？」

「ええ」わたしは明るく言った。「彼をご存じ？」

ウェイトレスはうなずいた。「ほとんど毎日昼食をとりにきますよ。でも、お客さんのおっしゃったように、いまごろ来ることはないですね。いつももっと早い時間帯に来るんですけど、今日は顔を出しませんでしたよ」

「あの人、ときどき恋人と一緒に来るでしょう？　黒っぽい髪のきれいな人と？」

「マイラですか？　ええ、ときどきふたりで昼食にここへ来ますけど、ここ数日彼女を見てませんね。まあ、彼女はビルの恋人じゃないと思いますけど」

ちらっと少佐を見てから、ウェイトレスに注意を戻した。「あら、ほんとう？　じゃあ、わたしの勘ちがいだったのかしら」

「ビルがマイラといちゃついてるところは見たことないですけど。ふたりはただ店に来て、コーヒーを飲むか簡単な食事をして、出ていくだけですよ」

すべて辻褄《つじつま》が合った。ビル・モンデールはここでマイラ・フィールズと会っていた。彼がマイラから荷物を受け取るところをジョン・プリチャードが目撃している。ビルとマイラはこっそり逢い引きしていたのではなかった。スパイ活動をしていたのだ。

「じゃあ、なにか仕事がらみで会っていたのかもしれないですね」もっと情報を引き出したくて言ってみた。

テーブルの下で少佐に足をつつかれて察した。少佐が正しいと渋々認める。やりすぎはよくない。

「さあ、どうでしょうね」ウェイトレスが言った。「ふたりの話をあまり聞いていないので。そんな時間はないんですよ。でも、いつもチップをたっぷり置いていってくれます」

ウェイトレスが別の客のところへ行き、わたしはターキーのサンドイッチを食べた。おいしかった。そのときになって、自分がどれほど空腹だったかに気づいた。

「半分食べません、少佐？」

「いや、けっこう」

わたしはテーブルに身を乗り出し、声を落とした。「すべて合致しますよね？　ビル・モンデールはスパイ組織を動かしている。女の子たちはここで彼にフィルムを届ける」

「可能性はあるな」少佐はどっちつかずに言い、コーヒーを飲んだ。

わたしはまたひと口サンドイッチを食べ、咀嚼《そしゃく》しながら考えた。「でも、ウォータールー駅に預けられたグラッドストン・バッグに入っていたフィルムは？　どうしてここで落ち合って渡さなかったのかしら？」

「あれは組織の別のグループが集めたフィルムだったのかもしれない。複数のグループが活動しているようだしな」

「じゃあ、下宿屋に出入りするスパイは、炉棚時計にフィルムを隠す。で、マイラがそれをビル・モンデールに届ける。別のグループは集めたフィルムをウォータールー駅の手荷物保管所に預ける」

「それなら、どうしてジェイン・ケリーが預かり証を持っていたんだ？」

わたしは考えこんだ。「別の組織のリーダーがジェインだとか？」

「そうかもしれない」少佐はそう言ったものの、納得したようには聞こえなかった。

それにもめげずに、わたしは自説を展開した。「すべて順調だったのに、マイラがモンデールとしょっちゅう会っているせいで、ジョン・プリチャードが彼女と喧嘩をするようになった。マイラはモンデールに、ミスター・プリチャードが怪しみはじめていると言ったか、もう写真を撮るのはやめにしたいと言ったにちがいない。だから、ビル・モンデールはマイラを殺したのよ」

すべてがぴたりとおさまる。少なくとも、ある意味では。でも、パズルのピースをまちがった場所に押しこんだという、納得のいかない気持ちもあった。必死でがんばればピースをはめられるけれど、できあがった絵が正しくないのだ。

「モンデールの件はキンブルに伝える」少佐が言った。「その前に、きみを家まで送っていこう。この先数時間はたいしてなにも起こらないだろう」

わたしは少佐を凝視《ぎょうし》し、ひとりで手がかりを追うために彼が嘘をついているのではないか、見きわめようとした。当然ながら、判断はつかなかった。

少佐に無理やり約束させるのもむだだった。都合が悪ければ、少佐は約束など無視するだけだからだ。ここまでわたしをかかわらせてくれたのだから、最後までかかわらせてくれると信じるしかなかった。

わたしがサンドイッチを食べ終わると、少佐がテーブルにお金を置いた。少佐の自腹なのか政府持ちなのかと訝《いぶか》ったけれど、たいしたちがいはないと結論づける。どちらもたっぷり持ち合わせているのだから。

ヤクブの運転でわたしのフラットまで戻り、自動車が停まると少佐が降りてぐるっとまわり、わたしの側のドアを開けてくれた。

「では、明日の朝、あなたのオフィスへ行けばいい？」自動車を降りながらたずねる。

「きみを止められるとは思えない」冗談を言っているのかと思ったけれど、たぶんちがうだろう。

「ようやく理解しはじめてくれたみたいでよかったわ、少佐。じゃ、明日の朝いちばんで」

フラットに向かって歩き出したわたしは、はっと立ち止まって自動車をふり返った。

「待って。指輪を返さなきゃ」指からはずそうとする。

「持っていればいい。この先も婚約者のふりをしてもらう可能性があるかもしれない」

少佐の口調はその可能性を少しも楽しみにしていないみたいだったので、わたしはにっこりした。「だとしても、こんな価値のある指輪を宝石泥棒の手もとに置いておくのは危険じゃないかしら」

「その指輪にどんな価値があったにせよ、とっくの昔になくなった」

あけすけなことばに不意打ちを食らった。当意即妙の切り返しを予想して身がまえていたのだ。だから、なんと言えばいいかわからず、うなずくだけにした。

「では、また明日の朝、ミス・マクドネル」

19

フラットに落ち着いて、紅茶を淹れた。カフェで飲んだだけでは足りなかったのだ。そこに、ノックがあった。

ドアを開けると、フェリックスがいた。

「ごきげんよう、美人さん」フェリックスが百合の花束を差し出す。わたしの好きな花だ。

「フェリックス、なんてすてきなの！」花束のなかに顔を埋める。多くの土地が食用の作物を育てるのに使われているせいで、花は以前より贅沢なものになっていた。「ありがとう。きれいな花束ね」

花束を持ってなかに戻ると、フェリックスも入ってきてドアを閉めた。彼とだと、ことばを交わさなくても息の合った動きができるのが気に入っていた。ゆうべのこともあったけれど、少しも気まずい感じがなかったのでほっとした。

「紅茶を飲む？」花を水に入れてやろうとキッチンへ向かう。

「いや、けっこうだよ」

ガラスもののほとんどは、爆撃に備えて地下の石炭貯蔵庫に保管してしまっていたけれど、ちょうどいい大きさの空き缶があった。そこに水を入れ、花束を挿した。

空き缶に生けた花束を居間に持っていくと、フェリックスがすでにソファでくつろいでいた。

ソファ前のテーブルに間に合わせの花瓶を置き、花の向きを調えた。

「これ、どうしたの?」フェリックスがわたしの手を取り、指輪をためつすがめつした。

なくさないようにしまっておくつもりだったのに、紅茶を淹れているあいだに忘れてしまった。なぜだかわからないけれど、指輪をしているところを見つかって顔が赤くなった。

「隠れ蓑《みの》の一部なのよ」

フェリックスが両の眉《まゆ》をくいっと上げた。「これは本物のダイヤモンドだよ」

わたしはうなずいた。「ラムゼイ少佐は中途半端なことをしない人だから」

「そうなのか?」フェリックスはまだわたしの手を放していない。

わたしは笑顔を向けた。「そんなしかめ面をしないで、フェリックス」

「エリー……」軽く手を引っ張って引き寄せられ、わたしはソファの彼の隣りに座った。

「ゆうべのことだけど……」

フェリックスを見つめる。なにを言うつもりだろう。あれはまちがいだった、とか?

「ええ」

「か……かまわなかったかな? その……いやじゃなかった?」

フェリックスがことばに詰まるところなど、これまで見たことがなかった。思わず微笑《ほほえ》んでしまった。「もちろんよ。いやどころか、うれしかったわ」

目が合い、いつものフェリックスに戻ったのがすぐにわかった。彼らしいいたずらっぽさと、それよりも温もりのあるなにかもちらりと浮かぶ。「そう言ってもらえてほっとしたよ」

フェリックスが自由なほうの手をわたしのウエストに置き、顔を近づけてきてキスをした。短いキスだったけれど、ゆうべの長いキスよりも慎重なものだった。今日は月光もグレン・ミラーもなかった。

「このキスのためだけに来たと言いたいのは山々なんだけど、隠れた動機があったんだ」

「すなおでよろしい」わたしはそうからかった。ソファに背を預けて、フェリックスとのあいだに距離を空ける。

彼がなにも宣言しなかったので、ほっとした。ふたりの関係にはまだ名前をつけたくなかった。どっちつかずな状態を楽しんでいたからではない。自分の人生に複雑でない気楽なものがあるのがうれしかったのだ。死に結びつかないなにかがあるのが。

上の世代の人たちからは、結婚の約束もしていない男性とのキスを楽しむのはふしだらだ、と思われるかもしれない。でも、わたしの世代の女の子の多くは、兵士たちにキス以上のことをしているし、フェリックスとのあいだにある楽しみを後悔していない。いま以上先に進むつもりではないけれど。

わたしは分析したくない気持ちの分析に忙しかったため、フェリックスのことばに気づくのに時間がかかった。

「サー・ローランドの住所がわかって、電話をして会う約束を取りつけたんだ」

わたしは彼を凝視した。「ほんとうなの?」

「怒ってる?」

「そんなはず、ないでしょ」そんなことをしてくれるなんて、やさしい人だ。わたしのなかにためらいがあるとすれば、それは自分がなにに足を突っこもうとしているのかがよくわかっていないせいだった。母の事件を調べるようになって、坂を駆け下りているみたいな感じがしていた。止まることができず、いちばん下に着いたらなにが起きるか予測がつかない。

「いつの約束?」

フェリックスが腕時計をちらりと見た。「一時間後だ。きみの予定が空いていることに賭けたんだ」


ケンジントンにあるサー・ローランド・ハイゲートの家は美しい赤煉瓦《れんが》の町屋敷で、前庭はきちんと手入れされていて、窓辺のプランターでは花が咲いていた。

サー・ローランドは裕福な家の生まれなのか、法曹界での活躍で裕福になったのか、どちらなのだろう。母の事件を担当して裕福になったというのはない。うちはそもそも金持ちではなかったのだから。

金庫破りは、人が思うほど儲《もう》からないのだ。

つかの間、ふたりして町屋敷を見上げながら、どんな答えが待っているのだろうと考えた。

「いいかい？」フェリックスが言った。

大きく息を吸いこんで、うなずいた。「なんとか」

ふたりで一緒に玄関まで行き、ライオンの顔の形をしたノッカーでわたしがドアをノックした。

この瞬間をずっと前から思い描いてきた。ティーンエイジのときに母についての真実を知り、見つけられる記事すべてを読んで以来、いつの日かサー・ローランドを探し出すだろうと感じたのだった。彼は、新聞が描写するところの〝熱のこもった弁護〟をした。母にふさわしい以上の弁護をする彼について中傷の声が少なからず上がった。母が若くて美人だったからだろう。

けれど、サー・ローランドは女性の魅力に影響されるようなタイプの男性ではなかった。粒子の粗い写真の険しい表情や、法廷で母の隣りに立つ彼の身ぶりから、当時のわたしにすらそれは明白だった。サー・ローランド・ハイゲートは、女性に夢中になっている男性ではなかった。使命を帯びた人だった。彼の最終目的は売名と、むずかしい裁判に勝訴したときに浴びる喝采だとずっと思ってきたけれど、ミセス・ノリスの話を聞いて、彼をちがう目で見るようになった。サー・ローランドは母を助けようとしてくれたのだ。今度はわたしを助けてくれるかもしれない。

だれかが出てくるのを待っていると、すごく不安な気持ちになり、フェリックスがいてくれてことばにならないほどうれしくなった。フェリックスはすぐそばにいて、肉体的にも精神的にも支えてくれていると感じられた。

メイドがドアを開け、わたしをちらっと見たあとフェリックスに向かって言った。「どちらさまですか？」

「サー・ローランド・ハイゲートにお目にかかる約束をしています」わたしが言うと、メイドは渋々こちらを見た。ここはフェリックスに任せたほうがよかったのかもしれない。

わたしがしゃべっているあいだ、メイドはわたしを見定めようとしているみたいだったので、黒っぽい色のスーツと帽子というきちんとした格好をしてきてよかったと思った。

「お名前は？」

「フェリックス・レイシーです」彼が名乗った。フェリックスは約束を彼の名前で取りつけたのだ。

メイドがドアを大きく開けた。「客間へどうぞ。サー・ローランドを呼んでまいります」

わたしたちはメイドについてなかに入った。裕福な法廷弁護士の家はこんな感じだろうと想像するような、上品で厳粛な印象の家だった。大理石がたっぷり使われていた。

なのだろう。

でも、客間は心地のいい部屋だった。妻がいたら使いそうな装飾的なものがなかったし、見栄えよりも快適さを重視する基準で調度類が選ばれていたから、サー・ローランドは独身

「あなたのお名前はうかがってませんよね、ミス」客間に入るとき、メイドに言われた。

わたしは躊躇《ちゅうちょ》した。「差し支えなければ、サー・ローランドにお目にかかったときに名乗ります」

メイドは差し支えあるとばかりの表情だったけれど、いまさら屋敷から蹴《け》り出すわけにもいかないと思ったのだろう。それに、サー・ローランドはこれまでも予期せぬ来客を迎えているはずだ。

彼はすでに引退の身ではあるけれど、いまだに助言を求める流れ者や裕福な犯罪者がときどき現われるのだろう。刑法の世界における有名人でいる厄介な側面だ。

メイドが客間を出ていき、わたしはフェリックスに目を向けた。「きっと大丈夫だよ、エリー」彼が、安心させてほしがっているわたしの気持ちを察して言った。

わたしはうなずいた。フェリックスが正しいことを願う。母の事件を真剣に調べるのを避けてきた理由のひとつは、なにを見つけることになるのかがこわかったからだと思う。サー・ローランドの話がどんなものになるのか、不安だった。ミセス・ノリスがまちがっていたら？　サー・ローランドは母の無実を信じたのではなく、有罪を確信していたのに母を懸

命に弁護していたのだったら？

それでも、できるかぎりの真実をすべて突き止めなければ、わたしの一部は落ち着けないとわかっていた。その真実がたとえどんなものであろうとも。

わたしとフェリックスは革のソファに腰を下ろした。彼は、わたしがその存在を近くに感じられると同時に、圧迫感を抱かないような絶妙な位置取りをした。フェリックスはほんとうにわたしをよくわかってくれている。

少しするとドアが開き、男性が客間に入ってきた。わたしたちは立ち上がった。

見るからに法廷弁護士という感じだった。長身で、気品があり、貴族的な顔立ちのなかで目などの造作が鋭い。髪は、法廷でいつもつけていた伝統的なかつらと同じく白くなっていたけれど、姿勢はいまもしゃんとしていた。物腰はほとんど軍人だった。当時から歳月が経っているのにいまだに溌剌《はつらつ》としている彼を見て、対決をおそれた検事もおおぜいいたのだろうと思う。

「おはよう」サー・ローランドが言った。

「おはようございます、サー・ローランド。エリー・マクドネルと申します。マーゴ・マクドネルの娘です」

灰色の太い眉の片方が、ほんのかすかに持ち上がった。

「おかけください、ミス・マクドネル、ミスター……」彼がフェリックスを見た。

「彼はフェリックス・レイシーです」わたしは言った。

「なるほど。約束の相手のミスター・レイシーですな」咎《とが》める色のある口調だった。

「重要なことをお伝えせずにすみませんでした、サー・ローランド」フェリックスだ。「でも、エリーの名前を出す前に彼女に相談する必要があったので」

「きみは事務弁護士なのかな?」

「とんでもありません」

「親しい友人です」わたしが割りこんだ。「わたしの過去をすべて知っている数少ない人のひとりなんです」

サー・ローランドはうなずき、座るよう身ぶりで示した。彼自身は暖炉前に置かれた二脚のひとつに腰かけた。

「ご用件をうかがいましょうか、ミス・マクドネル?」

そのことばにちょっとどきっとした。自分がここへ来た理由をうまく説明できそうになかった。わたしがここへ来たのは、母の事件には新聞に載っていた以上のものがあるとたしかめたかったからなのだろうか?

順を追って話そうと決める。「母の事件についてはおぼえていらっしゃると思います」

サー・ローランドの表情は判別しがたかった。「よくおぼえているとも」

「い……いくつか質問があるというか。いえ、ただなんでもいいから話していただきたいのかもしれません。母についても、父が亡くなった夜になにがあったかも、よく知らないのです。ずっと気になっていたところ、最近になって母が無実だったと示すような情報を入手しまして」

サー・ローランドがなにか言う前に、ドアのところで物音がした。メイドがお茶のトレイを運んできたのだった。紅茶が注がれるあいだ、会話は中断した。サー・ローランドはパイプをくゆらせ、煙が彼の顔の周囲でうねった。鋭い黒っぽい目の上のぼさぼさの眉が下がる。サー・ローランドはなにを考えているのだろう。母の事件を思い出しているのだろうか。二十四年以上経っているけれど、あんなにセンセーショナルな事件だったのだから、いかに長く弁護士をしてきた有名なサー・ローランドとはいえ、部分的に頭に残っているにちがいない。

ようやくメイドが立ち去ると、サー・ローランドは話をする前に紅茶を飲んだ。フェリックスとわたしは無言のまま待った。わたしはティーカップを手にしたけれど、口にはしなかった。フェリックスは断った。

ようやくサー・ローランドが話しはじめた。「きみのお母さんの事件は、長年にわたってよく思い出したよ。世間の意見とは異なるが、有名な事件だから担当したわけではない。ゴシップ屋は私がきみのお母さんにぞっこんだったからと言うだろうが、それもちがう」

そっけない口調で、なんの感情もにじんでいなかった。依頼人と恋に落ちるような男性ではない、というのはわかった。

「きみのお母さんはたしかにかなりの美人だった」サー・ローランドが続ける。「それがあったから、彼女の裁判に引きつけられる人が多かった。若くて美しい女性が残酷な犯罪で裁判にかけられると、新聞が存在するかぎりの昔から人々の関心を引いてきた。たしかに、私はもともとの弁護士ではなく、事件が衆目を集めるようになってから担当することになった。だが、私が弁護を引き受けたのは、彼女が美人だったからではない。ふつうではない詳細が多くあって興味を抱いたからだ」

サー・ローランドの声は低くて張りがあり、長いスピーチをするのにぴったりだった。法廷で依頼人の弁護をしている姿がありありと浮かんだ。ううん、弁護ではない。彼は練りに練った周到な論拠を展開し、慎重に錬磨した事実の小径を判事や陪審員に歩ませるのだ。

ぎょっとする思いが頭に浮かんだ。この人が母の無実を証明できなかったのなら、結局のところ母は有罪だったのかもしれない、と。

「事件についてはあまり知らないと言ってたね。知っていることは?」サー・ローランドがたずねた。

「当時の新聞記事で読んだ内容だけです。うちのキッチンで父が肉切り包丁で殺されているのをおじが発見したこと。その少しあとに、血まみれで呆然と通りを歩いていた母が見つかったこと。新聞で騒ぎ立てられた忌まわしいあれこれ。うちの家族はそれについて話しません」

サー・ローランドがわたしをしげしげと見た。「私の記憶が正しければ、きみはお父さんが亡くなっているのを見つけたおじさんに引き取られたんだったね？」

わたしはうなずいた。「おじにはずっとすごく親切にしてもらってきました。それ以上は望めないくらい。子どものころに最低限の事情をおじから聞きましたけど、うちではそれについては話さないんです。おじにとってはつらいことなのだと思います」

「そうだね」サー・ローランドが言った。「彼にとってはたやすいことではなかっただろう。きみのお母さんが夫を殺したというのも信じなかったくらいだから」

「でも、母は凶器をふりまわしたみたいに父の血を浴びていて、手に切り傷もあったんですよね」自分の家族の物語を落ち着いて口にする自分が奇妙に感じられた。まるで邪悪なおとぎ話、ほかの人にふりかかった話みたいだ。でも、殺されたのはわたしの父親で、その犯人とされたのはわたしの母親だった。

サー・ローランドがうなずく。「そこがお母さんに不利に働いた。それと、お父さんの遺体が発見されるおそらく一時間ほど前に、荒らげた声を近所の人が聞いた、というのも」

「でも、母はやってないと主張しましたよね。父の遺体を発見し、刺さっていた肉切り包丁を抜くときに手を切ってしまったんだって」

「そうだ。きみのお母さんはそう言った」

「あなたはそれを信じました?」こわくてずっとたずねられなかった質問だけど、ポロリと口から出ていた。まるで、長く待ちすぎてこれ以上こらえているのは無理とばかりに。

サー・ローランドの顔を探っていると、客間の空気が意味をはらんで重くなった気がした。つかの間、その問いについて考える法廷弁護士の眉間《みけん》にしわが寄った。それから、黒っぽい目でまっすぐにわたしを見た。「いや、信じなかった」

いま聞いたことばの意味するところ――母は有罪だった――を理解する間もなく、サー・ローランドが続けた。

「ちゃんと補足させてほしい。私は、彼女がきみのお父さんを殺したと信じてはいない」

あっという間に肩の重い荷が取りのぞかれたように感じた。

サー・ローランドからなにを聞かされるかわからないなりに、最悪を想定していたのだと気づいた。母は有罪だとわかっていたけれど、それが仕事だから弁護をしたのだ、と言われるのを覚悟していたのだ。

いまのわたしには希望の大波が押し寄せていた。舞い上がらんばかりだ。しばし息もできないほどだった。

フェリックスが黙ってわたしの手を握った。

「だが、彼女の話は信じなかった」サー・ローランドが続けた。「最初から、それでは辻褄が合わなかったのだ。きみのお母さんの話だと、夫が死んでいるのを発見し、遺体から肉切り包丁を抜き、恐怖のあまり闇雲に外へ逃げ、そこから自分が発見されるまでの記憶がひとつもないということだった。なにかを隠していたのは明白だ」

「でも、母はなにを隠していたんでしょう？」わたしはたずねた。

「私もそれがわかればと思うよ。当時、きみの家族は犯罪との関連があった」いまだに関連があるというような言い方を慎重に避けていた。「きみのお母さんはだれかをおそれていたか、かばっていたのではないかと私は考えた。だが、どれだけすべての真実を語るよう促しても、彼女は頑《かたく》なに自分の話にしがみついた。私はできるかぎりのことをした。だが結局、無実を証明するには証拠が強力すぎた。彼女の服についた血、手の傷」

そんな場面を思い描きたくなかった。血まみれで倒れている父を発見したときに母が感じたものを想像などしたくなかった。夫を失い、夫殺しの犯人として裁判にかけられるなんて、どんな気持ちだったのだろう？　想像もできなかった。

「きみのお母さんは特別な女性だった」サー・ローランドは続けた。「裁判の終わりまでずっとこわがっていなかった。私は冷酷きわまりない犯罪者を弁護してきたが、判決が出たときに手を貸してもらわないと立ち上がれない者もいた。だが、きみのお母さんはちがった。最後まで変わらなかった。揺らがなかった」

命と引き換えにしても守るべき秘密とはどんなものだろうと思ったけれど、なにも思い浮かばなかった。

「母がなにを隠しているか、まったく見当もつかなかったんですか?」

サー・ローランドはうなずいた。「どんな秘密だったにせよ、きみのお母さんは墓場まで持っていった。死刑執行が猶予されて、大きな安堵を感じたよ」

「でも、母は結局スペイン風邪で命を落としました」

「そうだね。残念ながら」

「ほかにお話しいただけることはありませんか?」フェリックスが訊いた。「別の容疑者を示すような手がかりとか?」

サー・ローランドは考えこんだ。「四半世紀前の事件だし、そのあとも数多くの裁判があった。私の記憶力も以前ほどよくない。これ以上の話となると、記録を確認する必要があるな」

「エリーは、母親と同時期に服役していたミセス・ノリスに会ったんですが、そのときに、クラリス・メイナードという女性がなにか知っているかもしれない、と聞いたらしいのです」フェリックスは食い下がった。

「クラリス・メイナードか」サー・ローランドが考えこむように名前をくり返した。「ああ、おぼえているよ。しょっちゅう面会に来ていた。きみのお母さんが彼女に打ち明けた可能性はなくもないと思う」

「その女性はロンドンに住んでいるんでしょうか?」

「裁判のあと、実家に帰ったのではなかったかな。たしか、リンカンシャーだったか。もっと話せることがあればよかったのだが。電話番号を置いていってくれれば、ファイルをたしかめておくよ。なにか思い出したら、きっと連絡する」

「いろいろとありがとうございました、サー・ローランド。とても助かりました」

別れの挨拶を交わし、フェリックスに腕を取られて玄関に向かおうとした。

「ミス・マクドネル」

呼び止められて、ふり向いた。

「こう言っては失礼かもしれないが」サー・ローランドがわたしの顔を見ながら言った。

「きみはお母さんにとてもよく似ているよ」

ミセス・ノリスからそう言われたときと同じように、うれしさで顔が少し赤くなった。

「ありがとうございます」小さな声で礼を言った。

「探している答えが見つかるよう祈っているよ」

サー・ローランドの家を出たフェリックスとわたしは、しばらくのあいだ無言で歩いた。考えることが山ほどあった。聞き知った内容の重みを感じたけれど、同時にとても久しぶりに心が軽くなったとも感じた。この軽さは、ひょっとしたら母の身になにがあったかを知って以来かもしれない。

次にすべきは、リンカンシャーのクラリス・メイナードの居場所を突き止めることだ。ひょっとしたら、彼女ならもっと多くを教えてくれるかもしれない。ひょっとしたら、母が守りきった秘密がなんだったかを知っているかもしれない。

答えはまだだけれど、近づいてはいる。それが感じられた。

いまとなっては、母が無実だったということを疑う余地なく確信していた。あとはそれを証明する方法を見つけるだけだ。

20

翌朝、少佐のオフィスへ向かいながら、サー・ローランドから聞いた話をまだあれこれ考えていた。

この展開でわかったことをラムゼイ少佐はどう思うだろう？　新たに入手した情報を少佐と分かち合いたいという奇妙な衝動があるのに気づいたけれど、それがどこから来たものかわからなかった。少佐は励ましのことばをかけてくれそうもないのに。

一度、母の事件について少佐と話をしたことがあった。会う前から、少佐はわたしの背景について知っていたけれど、それに言及したのは、裁判記録に目を通したが陪審員が有罪以外の結論を出せたはずがない、と伝えるためだった。

それなら、わたしは躊躇してもおかしくないはずだ。少佐は抜け目がなく、すぐに反対するような人だけど、公平で知的な人でもある。ただ、状況的事実のみに基づいて判断するだろう。でも、母の事件にはそれ以上のものがあるのだ。

サー・ローランドが心から母の無実を信じていたのがわかったいま、少佐はわたしが突き止めたことを知りたいのではないかと思った。

オフィスに招じ入れてくれたとき、コンスタンスはにこにこ顔で挨拶してくれた。

「少佐がわたしを待っていると思うのだけど」

「ええ。ちょうど届いた書類を持っていくところなので、ご一緒しますね」

コンスタンスが先に立って少佐の執務室へ行き、ドアをノックした。

「入れ」

ドアを押し開ける前にコンスタンスが表情の明るさを少しだけ落としたのにわたしは気づいた。「ミス・マクドネルがいらっしゃいました、サー。それと、届いた書類をお持ちしました」

「ありがとう、ミス・ブラウン。入りたまえ、ミス・マクドネル」

こちらが執務室に入ったときに少佐は机から立ち、わたしがこの部屋の〝いつもの〟場所と考えるようになりつつある椅子を身ぶりで示した。コンスタンスは机の端に書類を置いて、部屋を出ていきかけた。

「ドアを閉めていってくれたまえ、ミス・ブラウン」

「イエス、サー」

コンスタンスが執務室を出てドアを閉めると、わたしは心がまえをして少佐を見た。ドアを閉めるようコンスタンスに命じた少佐の口調から、なにかよくないことが起こったと察したのだ。

「なにがあったんですか？」少佐の物腰のかすかな変化を察知し、なにかがおかしいとわかるのはなぜか、改めて考えたりしなかった。

少佐がいかめしい顔を上げてわたしを見た。「今朝、テムズ川でジェイン・ケリーの死体が発見された」

わたしはあんぐりと口を開けてしまったみたいだ。予想だにしていなかった展開だけれど、考えてみたらそれほど驚くべきではないのかもしれなかった。

ミセス・ペインの下宿の談話室で話をしたとき、ジェインは自信たっぷりで有能に見えた。簡単に罠にはめられるような人には思われなかった。でも、ひょっとしたら彼女は自分を過信したのかもしれない。マイラ・フィールズを殺した犯人が、ふたたび凶行におよんだのは明らかだ。犯人はビル・モンデールなのだろうか？

「ジェインも毒物で殺されたの？」わたしはたずねた。

「そうだ」

スパイ組織の親玉は、手駒のスパイたちを急速に始末していっているようだ。品物を届けたので、用ずみになったのかもしれない。用ずみになった彼女たちは、お荷物でしかない。

悲しい話だ。若い女の子たちが敵のために働いていたなんて、もちろん言語道断だ。わたしの全身が嫌悪を催《もよお》している。けれど、彼女たちは利用され、残酷に殺された。凶行がくり返される前に犯人を突き止められるよう願った。

「昨日、きみに電話をした」その口調になんとなく非難めいたものを感じ、即座にむっとした。いつでも少佐の指示に従えるよう、じっと待っていろとでも？　わたしにだって人生があるんですけど。

「フェリックスと出かけていたの」少佐がフェリックスを気に入っていないのに、どうしてそんなことを言ったのかわからなかった。ううん、ちがうわね。少佐がフェリックスを気に入っていないから、そう言ったのだ。

「追いかけているスパイの一味を捕まえるまで、ロマンスはお預けにしてもらえないだろうか」冷ややかな口調だった。

「母の弁護士さんに会いにいったんです」自分の過去を追求するのは犯罪ではない。母は有罪だとラムゼイ少佐が信じていたとしても、母についてもっと知るのをわたしが諦める理由はない。

少佐が椅子に背を預けた。「サー・ローランド・ハイゲートか」

少佐のすぐれた記憶力をぜったいに侮ってはならないと思い出させられた。

「そうです」

「サー・ローランドはなんと言っていた？」そう訊かれて、わたしは少し驚いた。少佐のことだから、この話題をさっと払いのけると思っていたのだ。

「母の無実を信じたと言ってました」

少佐はそれについて考えこむようすを見せた。「サー・ローランドは有能な法廷弁護士だった。私だったら彼の意見を軽々しくはとらえない」

わたしは少佐を凝視した。励まされているのだろうか？

「彼からどんな助言をされた？」わたしがなにも言わずにいると、少佐がたずねてきた。

「最近、母のお友だちの存在を知りました。その友人がいそうな場所をサー・ローランドは教えてくれました。母の無実を証明するのに役立つことを知っているかもしれないと」少し間をおいてから続ける。「そのお友だちを捜し出すべきだと思います？」

少佐の返事がどちらだろうと、あまりちがいはなかった。クラリス・メイナードを見つけ出そうと、すでに心を決めていた。それでも、少佐はなんと言うだろうと興味があった。理由はわからないけれど、彼の意見を重んじるようになりはじめていた。

「そうしても害はないと思う」とうとう少佐が答えた。「もちろん、期待しすぎるのはよくないが。これだけの歳月が経っているのだから、なにかを証明するのは非常にむずかしいとわかっているだろう」

「ええ。でも、やるだけやってみたいんです」

つかの間の沈黙。

それから、少佐が口を開いた。「訊いてもいいだろうか？」

わたしは彼を見た。少佐がいまみたいな礼儀正しい口調でわたしに話しかけるなんて珍しかった。きっと、上流社会の女性に対しては、押しつけがましくならないよう慎重にことばを選んでいるのだろうけれど。

「もちろん」

「なぜこだわる？」

わたしは眉根を寄せた。「どういう意味ですか？」

「きみのお母さんが有罪か無実かに、なぜこだわる？　過去は変えられないし、いま真実を知ったところでなにも変わらないだろう」

つかの間、怒りの大波に襲われたけれど、少佐のものの見方は自分とはちがうのだと気づいた。彼は、人生を白か黒かで見ている。たしかに少佐の言ったとおりなのだけれど、それは彼が感情の要素を排除しているからだ。少佐は感情に左右されるような人ではないから、感情を看過する。完璧な少佐に欠点があるとすれば、これがそうだ。

「真実が重要だとは思わないの？」

少佐は長いあいだ無言だった。「お母さんが有罪だったとわかったら、きみは傷つく。無実だとわかったら、もっと傷つく」彼がわたしと目を合わせてきた。「きみが傷つくのを見たくはないんだ、ミス・マクドネル」

目を瞬《またた》いた。少佐からそんなことを言われるとは予想だにしていなかったので、ことばを失った。

「ご親切にどうも、少佐」やっとそう言った。「でも、どうしても知りたいんです」

少佐は短くうなずいた。「もちろん、その気持ちは理解できる」

ノックの音がした。

「入れ」

コンスタンスが顔を覗かせた。「ミスター・キンブルが来ました、サー」

少佐がなにか言う間もなく、コンスタンスの背後からキンブルが現われて部屋に入ってきた。

「ミスター・キンブル……」コンスタンスは言いかけたけれど、行っていいと少佐から身ぶりで指示されると、招かれざる客の背後でドアを閉めた。

キンブルはわたしの隣りの椅子にのんびり向かって腰を下ろした。わたしがこれまで会った少佐の部下のなかで、その厳格な態度や規律の正しさをまったくなんとも思っていないのは、キンブルただひとりだった。彼はまた、わたしが会ったなかでいちばん感情のない人でもあった。国王陛下が突然この部屋に入ってきたとしても、まったく感銘を受けないだろうと思う。

少佐はキンブルに挨拶をせず、ただ報告を待った。

キンブルはわたしに向かって小さく会釈した。「彼女にはもう伝えたのか？」

「まだだ」少佐の返事だ。「昨日わかったことを彼女に話してくれ」

「庭園から例の男を尾行した。男は列車の駅で荷物を受け出したあと、銀行へ行った。そこが職場だ。男の名前はウィリアム・モンデール」

「やっぱりわたしたちが思ったとおりだったのね」わたしは言った。

「そのようだ」少佐が答える。

「モンデールは受け取ったものを貸金庫に入れた」キンブルが続ける。いまのは予想していなかった。貸金庫は通常、金庫室のなかにあり、当然ながら列車の駅の手荷物保管所よりも遙かに近づきにくい。フィルムを手に入れておかなかったのは、賢明ではなかったかもしれない。

「たしかなんですか?」わたしは訊いてみた。

「ああ。昨日職場の女性に、彼の貸金庫になにかを入れておいてほしいと言っているのを耳にした」

わたしは少佐に目をやった。「銀行の支店長に事情を話すのはどうです? 金庫室に入らなければならない理由を話せば……」

「モンデールが支店長だ」キンブルが言った。

「そんな」

少しのあいだ沈黙が落ちた。わたしは選択肢を考えた。「でも、あなたが追っていると知られるのは、ほんとうにまずいのかしら?」ついにそう言った。「だって、フィルムを押収したら、スパイ組織はその活動がバレたとどのみち気づくでしょう」

「おだやかな池に石を投げるという古い格言みたいなものだな」少佐だ。「波紋は広がる。できるだけ波を立てたくない。だれがフィルムを取ったのかも、その理由も、知られないに越したことはない」

「秘密裏にやる必要がある」キンブルも同意した。

そのとき、ふたりがなにを言っているかに気づき、思わず笑みが広がった。「それなら、おふたりさん、わたしたちは銀行強盗を働くしかないわね」

21

わたしはラムゼイ少佐と一緒に下見に出かけた。

メトロポリタン銀行は、飾り柱と音が反響する丸天井のある荘厳な建物だった。人々は、病院にいるかのように声をひそめてしゃべった。ううん、教会にいるかのように、と言ったほうがぴったりかも。人はお金を崇拝しがちだから。

窓口係に近づく少佐についていく。しゃべるのは彼に任せることで話は決まっていた。ここはわたしよりも少佐の世界だから。マクドネル家は銀行とほとんど縁《えん》がない。どれほど簡単に侵入できるか知っているからだ。

少佐は、わたしに婚約者のふりを続けるよう無愛想に言った。

「指輪はつけたままでいるように。婚約者の茶番を続ける必要があるかもしれないからな」

「甘くささやくあなたが大好きよ、ダーリン」わたしは言い返した。

こんな芝居をはじめたのを少佐は後悔しはじめているだろうと思ったけれど、計画が順調に進んでいるこのときにやめるのは無意味だった。

「ご用件をうかがいます」窓口係はわたしを無視して少佐だけを見て、愛想よく言った。

「支店長と話がしたいのだが」なに食わぬ顔で一石二鳥を実行する計画だ。モンデールの人となりを見定めると同時に、金庫室を見せてもらうのだ。だから、今日の少佐は横柄《おうへい》な態度を見せている。部下たちなら慌てて気をつけの姿勢を取っているところだろう。

窓口係の女性は、萎縮《いしゅく》すると同時に興味をそそられているように見えた。

「かしこまりました、サー。お客さまがお見えだと伝えてまいります。あの……その……どなたがお見えだと申し伝えればよろしいでしょうか?」

「ラムゼイ少佐だ。支店長は私のおじのオーヴァーブルック伯爵を知っているかもしれない」

「そうでしたか、少佐」窓口係はあからさまに感銘を受けていた。「少々お待ちいただけますか。すぐに戻ってまいります」

待っているあいだ、わたしはロビーを少しうろつき、銀行内の配置を頭に入れていった。銀行強盗は、言うまでもなく、マクドネル家にはかかわりのないものだ。銃を使うような犯罪に関係した経験は一度もない。それに、夜陰に乗じて銀行を襲う件に関しては、そういった注意を自分たちに向けられたいと思ったためしがない。そう、犯罪者人生において、マクドネル家は華々しさに憧れたことなどないのだ。

でも、たとえここみたいに大きな銀行での仕事でも、わたしは心配していなかった。標的が大きければ大きいほど、倒れる衝撃も大きい、とミックおじはいつも言っている。

少佐に注意を戻したとき、ウィリアム・モンデールがオフィスを出て急いでこちらに向かってきた。モンデールのことはモリス・メモリアル・ガーデンの茂み越しにちらっと見ただけだったけれど、背が高くて色白な外見はまちがえようがなかった。今日の彼は濃紺のピンストライプのスーツ姿で、粋《いき》なネクタイと合わせたハンカチを胸ポケットに挿していて、ゴールドの眼鏡をかけている。庭園に書きつけを取りにきたときはそわそわと落ち着きがなかったけれど、銀行という自分の領域では自信たっぷりだった。

「おはようございます。私にご用がおありとうかがいましたが?」窓口係と同じく、モンデールもわたしをほとんど見なかった。この銀行で働く人たちは、だれが裕福でだれがそうでないかを見分ける直感にすぐれている。

「ラムゼイ少佐です。おじは、あなたもご存じかもしれませんが、オーヴァーブルック伯爵です」

「ああ……ええ」モンデールの返事だ。

少佐がそばのわたしを示した。「こちらは婚約者のミス・ドナルドソンです」

モンデールがようやくわたしを見た。「はじめまして、マダム」

「はじめまして」いつもより洗練された話し方をする。

「彼女にオーヴァーブルック家の宝石をいくつか贈るつもりでいる」少佐が続けた。「ロンドンは安全とはいえないから、贈り物はきちんとした場所に保管させたいと思っている。こちらの金庫室を確認させてもらいたい」

少佐にキスしたい気分だった。あまりになめらかで自信たっぷりの言い方だったので、モンデールは目を瞬《またた》きもしなかった。「もちろんです、サー。どうぞこちらへ」

さすが少佐だ。あの司令官然とした偉そうな態度が功を奏する場合もあるのね。

ウィリアム・モンデールはロビーからエレベーターへとわたしたちを案内した。エレベーターに乗り、地階へ向かう。

「金庫室の階のセキュリティは万全なのがおわかりになるでしょう」モンデールは、いつもしているにちがいないスピーチをはじめた。「金庫室のドアは頑丈な鋼鉄製です。言うまでもありませんが、夜間は施錠されます」

だから、安心してここにフィルムを保管できたのだろう。

そのあとは、モンデールの客寄せ口上の音量を小さくし、周囲に意識を集中した。エレベーターが開くと、そこは小ぶりのホールだ。目の前の鋼鉄製ドアのところには警備員が立っている。警備員は支店長のモンデールに会釈して、彼が鍵を錠に挿しこんでドアを開け、わたしたちをなかに通しても黙ったままだった。

そこは金庫室へ続く短い通路だった。金庫室のドアは開いていて、モンデールの話では日中はそうしてあるそうだ。あまりじろじろとドアを見るわけにはいかなかったけれど、四枚タンブラー錠のようだった。

「そして、貸金庫がこちらです」わたしたちを金庫室へと案内する。それほど大きな部屋ではなく、三人で入ると狭苦しく感じられたけれど、公正を期すならば、少佐はいつだってかなりの空間を占有するみたいなのだ。

金庫室の三方に床から天井まで箱が並んでいた。上部の箱は小さめで、床に向かうに従って大きくなっていた。小さい箱は私書箱くらいで、大きい箱は深い引き出しか小さめの戸棚くらいのサイズだ。

「どれくらいのサイズの箱がご入り用か、おわかりになりますか？」モンデールがたずねた。

「大きめの箱になると思う」

「わたしを甘やかしすぎだわ、ダーリン」わたしは喉を鳴らすような声で言った。

少佐とモンデールは箱のサイズについてことばを交わし、わたしは金庫室のドアをもっとよく見ようとにじり寄った。標準的なドアだった。四枚タンブラー錠はたしかに厄介だけれど、それほど大きな問題ではなかった。わたしは心配していなかった。

男性ふたりは握手で話を終えたので、わたしは少佐のもとへ戻って腕を組んだ。

「宝石を保管しておくのにぴったりの場所だと思うわ」婚約者と彼の家のお金に夢中の女らしい声を精一杯出した。

モンデールはわたしにこわばった笑みを向けてきた。ナチスのためにスパイ活動をしているくせに、ずいぶん偉そうだこと。彼はわたしたちを引き連れて通路を戻り、鋼鉄のドアをくぐり、警備員の前を通り、エレベーターに乗った。

五分もしないうちに、わたしたちは銀行の建物を出ていた。

「できるか？」入り口の階段を下りながら、前触れもなく少佐がたずねてきた。

「いいえ。少なくとも、かぎられた時間内には無理だと思う。でも、ミックおじならできるわ」

「わかった。ほかには？」

「警報装置を無効化する人が必要」

「心当たりがあると思っていいんだろうな？」

「コルムをこっちへ呼び寄せられると思います？」いとこはトーキーに配置されているけれど、前回の任務では急な呼び出しで協力してもらえた。

「その仕事では彼が最適なのか？」

「そうでなければ、コルムを推薦したりしません」

「だったら、彼を仲間に入れる手配をしよう」

家族だからという理由でコルムを引き入れようとしているのではないと、少佐には確認する必要があったのはわかっていた。でも、いとこのコルムはほんとうにその仕事に最適の人物なのだ。

「モンデールをどう思いました？」わたしは訊いてみた。

「見かけより頭がいいと思う」

驚いて少佐を見た。「どんな風に？」

「わからない。モンデールは隠そうとしていたが、警戒している感じがした」

「勿体《もったい》をつけてただけじゃないかしら」

「そう願おう。おじさんは家にいるかな？」

「いると思います」

「では、彼と話をしよう」


「銀行強盗だって？」わたしたちから詳細を聞いたミックおじの目がきらめいた。

「正確にはちがいます」少佐が返す。「盗るのはフィルムだけです」

「がっかりだな」ミックおじはわたしにウインクを寄こした。

少佐は笑顔を見せなかった。うちの違法行為の話になると、ユーモアを解さなくなるのだ。

「ここまでの規模は経験がないわよね」ミックおじが興奮して夢中になりすぎるといけないので、釘《くぎ》を刺した。

「ああ、エリー嬢ちゃん、野心を持たなくちゃだめじゃないか」おじの目のきらめきには見おぼえがあった。危険に飛びこみたがっている。そのスリルがたまらないのだ。

少佐もそれに気づき、認めるようにうなずいた。

「言えてます」ラムゼイ少佐が言う。

わたしはおじと少佐を交互に見た。こんなにかけ離れていながら、こんなに似ているところのある人は、ロンドンにはまずいないだろう。ふたりとも、大胆不敵なところがあり、とんでもなく不利な状況をものともせずに目標を達成するのが好きだ。少佐は冒険心をきっちり抑えこんでいるけれど、ぜったいにそこにあると大金を賭けたっていい。

「実行はいつ?」わたしはたずねた。

「きみのいとこが明日トーキーからこっちに来る手はずになった。状況を彼に説明したら、日曜日に実行する」

明後日だ。予想していた以上に早い。銀行強盗の計画は何カ月もかけるのが通常だ。気軽に行なうものではない。もちろん、戦時のせいでなにもかもが変わった。悠長に計画を練っている時間はなかった。いつスパイ組織の親玉がフィルムを受け取ってドイツへ持ち帰るかわからなかった。そうなったら、フィルムはロンドンに最大の損害をあたえるために使われてしまう。

「時間があまりないな」ミックおじがわたしの思いを口にした。「だが、状況を把握するのにそれ以上はかからずにすむと思う」

「そうするしかないんです」ラムゼイ少佐が返す。「ぎりぎりの勝負じゃないかと。ドイツのスパイがいつフィルムを入手するかわからないので」

「それなら、今夜から準備をはじめたほうがよさそうだ」ミックおじが言った。「コルムは頭の回転が速い。苦もなく状況を把握するだろう」

「夕食をとっていってくださいな、少佐」ネイシーが言う。「アイリッシュ・シチュー（羊肉や牛肉とじゃが芋や玉葱などを煮こんだもの）を作ってるんですよ」

少佐は断るだろうとかなり確信があったのに、うなずいたので驚いた。「ありがとうございます、ミセス・ディーン。楽しみです」


夕食をすませると、居間で銀行強盗を計画した。

少佐は上着を脱ぎ、火のついていない暖炉の前に置かれた椅子にコーヒーのカップを持って座った。ミックおじはパイプをくゆらせていた。夕食後にくわわったキンブルは居間の隅に陣取り、陰のなかに溶けこんでいたけれど、ときどきことばを発して存在をわたしたちに思い出させた。

ネイシーはソファでわたしの横に座り、隙間時間によくやっているように兵隊さんたちのために靴下を編んでいたけれど、どうも集中できないみたいで編み目を飛ばしてばかりいた。合法的でない仕事についての話には、ネイシーはいつもなら参加しない。彼女はなんでもわかっていて、わたしたちがよからぬことを企んでいるのも鋭く察知する。でも、詳しい話は知りたがらず、わたしたちもそれが最善だと思っていた。

今回は、違法な活動を少佐が公式に許可したため、こういう話につきものの道義的な心配をせずに計画のスリルを楽しめるようになったわけだ。だから、銀行内の配置やセキュリティ・システムの種類についてわたしたちが話し合うのをうっとりと聞いていた。

夕食が終わった時点で少佐はキンブルに電話をし、彼と胡散《うさん》臭い部下に夜間の銀行の状況について突き止めるよう命じた。キンブルはその任務を部下にやらせたらしく、銀行の設計図の青写真とセキュリティ・システムの設置文書を持ってやってきた。どうやってそれを入手したのか、だれもたずねなかった。

「モンデールについてはどうだ？」銀行について話し合うなかで少佐が訊いた。「ずっと見張っているんだろうな？」

「昨日と同じように、仕事を終えると帰宅した」キンブルが答える。「部下は自宅まで尾行したあと、銀行に戻った。部下は警備員の動きも監視している。夜間は警備員はひとりだけで、周囲を巡回してる」

「警備員をなんとかしないとな」少佐だ。

「ただ追い払うわけにはいかないの？」そんな風に考えるわたしは世間知らずかもしれないけれど、軍服姿の少佐が圧倒的な威力を発揮してくれそうに思われた。

「われわれは夜間に銀行に入る許可を得ていると言ったところで、信じてもらえないだろう」少佐が言った。

「じゃあ、どうするの？」

「キンブルに任せる」

「警備員を殺すのはだめ！」考える間もなく、ことばが口から出ていた。

「殺しはしない」キンブルだ。「もちろん、短期的には殺したほうが簡単だが、犯行後に注目を集めすぎる」

ネイシーが目をぱちくりするのが見えた。

わたしはキンブルのことばを信じることにし、気の毒な警備員がわたしたちのじゃまになるというだけで、ぞっとするような運命に苦しまずにすむよう祈った。

「おれは部下たちと銀行の外側を担当する」キンブルが言った。「こっちの心配はいいから、あんたたちは侵入して金庫室をやっつけてくれ」

「警報装置はコルムが問題なく解除してくれるだろう。そうすれば、横のドアから簡単に入れる」ミックおじだ。

「そうね。なかに入ると、ここに階段があるわ」わたしは青写真のある場所を示した。「エレベーターを使うよりいい」指で階段をたどり、小ぶりのホールを鋼鉄のドアのところまで進む。そこに警備員が配置されていた。

「このドアを通る必要がある。それから金庫室に入る」

「簡単じゃなさそうだな」ミックおじの声は明るい。いまのは悪い報《しら》せではないのだ。おじにとって挑戦は生き甲斐だから。

「あたえられた時間内にできそうですか?」少佐がたずねる。

「どれくらいの時間を使えるか、聞いてないのだが」

「できるかぎり時間をかけずにやり遂げる必要があります」少佐が正しいとわかっていた。警報装置を無効化して、警備員を静かにさせるのは可能だけれど、銀行内に留まる時間が長くなればなるほど、捕まる危険は指数関数的に上昇する。

リスクの高い仕事になるだろう。危険な仕事になる可能性もある。まずい展開になった場合、少佐がうまく言い繕《つくろ》ってくれるだろうと思う。でも、そうなるとおそらくスパイを逃してしまうわけで、そんなリスクは冒せなかった。

「気を揉《も》むんじゃないよ、エリー嬢ちゃん」ミックおじはわたしの頭のなかを読んだらしい。

「常に成功してきたじゃないか? 常にではなくとも、たいていは。私たちが成功しなかったときは、ここにいる少佐のせいだったしな」

「どれくらいの時間が必要ですか?」少佐がたずねた。

ミックおじは少佐に目をやった。「わからない。できるだけすばやくやるつもりだ」

「予測もつかないんですか?」少佐は食い下がった。

「芸術家に作品が完成するまでの時間を訊くか?」キンブルが部屋の隅から口をはさんだ。

ミックおじがにやついた。「ざっとそんなところだな。実際に錠に触れるまでは、解錠にどれくらいかかるか正確に把握するのは無理だ」

ラムゼイ少佐は喜んでいるようには見えなかった。少佐は秩序と手順を重んじる人なのだ。

「建物の内部に長くはいられない」

「一時間くらいだろうか。長くて二時間かな」ミックおじが言った。「四枚タンブラー錠は厄介だから」

わたしはふとあることを思いついた。「メリウェザー・ヘイスティングスを仲間に入れるのはどうかしら」

「なるほど」ミックおじが言う。「いい考えだと思う！」

「メリウェザー・ヘイスティングスとは？」少佐だ。

メリウェザー・ヘイスティングスは、ミックおじの昔の仲間だ。彼がどんな人かを説明するのはむずかしい。〝なんでも屋〟ということばが適切だろう。まあ、おそらくそのなんでも屋仕事の九十パーセントは違法なものだろうけれど。

この場にいちばんふさわしい説明は、爆発物のプロ、だろう。

「彼なら金庫室を爆破できるわ」

少佐がブロンドの眉《まゆ》の片方を、わかるかわからないかくらいに上げた。

ネイシーはぎょっとした声を小さくあげたものの、なにも言わなかった。どうやら黙りこむほどのショックだったらしい。すごいことだ。

「悪くない」キンブルが言った。「それなら出入りが手早くできる」

ミックおじがうなずく。「金庫破りの腕は国内一だと自負しているが、私の手を使うよりもダイナマイトを使うほうが仕事が速いな」

少佐はこの案を検討しているようだったので、わたしは驚いた。即座に却下されるとばかり思っていたのだ。

「そのメリウェザーという男を信頼していますか？」ついに少佐がミックおじにたずねた。

「命を懸けられるくらい」

「わかりました」少佐のことばを聞いて、わたしはさらに驚いた。「彼を仲間に入れよう」

22

翌朝、わたしはミックおじと一緒にメリウェザー・ヘイスティングスを訪ねた。メリウェザーとはわたしたちだけで話すのがいいだろう、と少佐も同意していた。

「手を貸してくれると思う?」メリウェザーの住むフラットの玄関に向かいながら、おじにたずねた。

「喜ぶんじゃないかな」おじの返事だ。「すでに片目を国のために捧げていて、もう片方だって差し出すつもりがあると、いつも言ってたからな。メリウェザーならぴったりだよ」

ノックをするとドアが引き開けられ、そこにメリウェザー・ヘイスティングスがいた。別の時代だったなら、彼は海賊だったかもしれない。長いあごひげを生やし、ぼさぼさの黒髪には白いものが交じっていたし、片目には眼帯までつけていた。その目を失ったのは、剣で戦ったときではなく、第一次世界大戦時だったのだけど。

「ミックじゃないか!」メリウェザーは言い、おじと握手をした。「ずいぶん久しぶりだな」それから、わたしへと視線を移した。「まさか、この女性はおれのちっちゃなエリーなのか?」

「お久しぶりです、メリウェザー」

「エリー、ラブ」彼はわたしのそばへ来て抱きしめた。煙草《たばこ》とラム酒に火薬のにおいが混じっていて、どきりとした。彼はわたしの腕をつかんだまま少し体を離し、全身を眺めた。「会うたびにきれいになっていくな。もうダンナはいるのかな?」

わたしは笑顔を浮かべた。「まだです」

「まあ、時間はたっぷりあるからな。この人しかいないと思える相手と出会うまで、待つべきだというのがおれの持論だ。慌てる必要はないよ。何度も失敗してるおれからのアドバイスだ」

メリウェザーがにやりとし、わたしは笑った。

荒くれ者っぽい彼がどうして好きなのか、よくわからない。ほんとうならメリウェザーはおそれるべき存在だ。きちんとした女性だったら、たぶんおそれるだろう。見かけもふるまいも恐怖心を呼び起こすものなのだから。

でも、わたしに対してはずっと礼儀正しく接してくれた。おとなになりつつあるときも、ミックおじの友人の多くがちょっかいを出してきたのに、メリウェザーだけはちがった。彼は、ミックおじと同じく自分もわたしのおじであるかのように接してくれた。

おそらくはそのせいで、わたしはメリウェザーを慕っているのだろう。とはいえ、きちんと接してくれた人が全員信頼に足る人とはかぎらないのだけれど。それについては、うんと幼いころからよくわかっていた。ミックおじによれば、わたしの人を見る目はだれにも負けないくらい鋭いらしく、おかげで長年うまく生きてこられた。

「みんなは元気かな？」フラットのなかへとわたしたちを招じ入れながら、メリウェザーが言った。「おれの彼女はもう別の男を見つけたか？」

メリウェザーは昔から、ネイシーにこれでもかというくらいちょっかいを出していた。ネイシーはぷりぷりして文句を言ってたけれど、まんざらでもないみたいだった。

「あなたがネイシーを気にかけてたって伝えておくわね」わたしは言った。

「そうしてくれ。近いうちに、また彼女を夢中にさせるべく会いにいくって言っといてくれ。ボーイズはどうしてる？」

わたしのいとこたちについて、手短に状況を説明した。トビーのことを聞くと、メリウェザーは眉根を寄せた。

「じきに報せが入るさ。どこも混乱してる影響だろう。トビーはタフな男だから大丈夫だ」

わたしはうなずいた。たいていの人が同じことを言った。いとこがどうなったかわかっていない状況では、希望に満ちた楽天的なことしか言えないから。

「だが、今日来たのは別の話があったからなんだ」ミックおじが話題を変える。

メリウェザーは、わたしがよくおぼえている笑顔になった。「だろうと思ったよ。座ってくれ。じっくり話そう」

メリウェザーがわたしのために椅子を引き寄せてくれ、ミックおじがそばの椅子に座った。彼が海賊を彷彿《ほうふつ》させるならば、内装も船室といっても通りそうだった。家具類は黒っぽい木製で、簡素でがっしりしたものだった。

「なにか飲むかね、ミック？　ラブ？」メリウェザーがたずねた。

ふたりとも断ると、彼は肩をすくめた。「こっちは勝手にやらせてもらうよ」手に取ったボトルから直接長々と飲んだ。

そのあと、ボトルは手に持ったまま、わたしたちの向かい側にメリウェザーは腰を下ろした。

「おれはなにをすればいい？　ここへ来たってことは、繊細な技術で解決するよりも吹き飛ばすほうを選んだってことで、それはつまり、大仕事ってことなんだろ？」

「今回の仕事では、天使の側に立っているんだ」ミックおじが言った。

メリウェザーがぼさぼさの眉を両方ともつり上げた。「そうなのか？」

すべてを話していいと少佐の許可をもらっていた。「軍情報部に協力してるの。国家の重大事なのよ」わたしは言った。

メリウェザー・ヘイスティングスはしばしわたしたちを凝視《ぎょうし》したあと、頭をのけぞらせて笑った。そして、椅子から立ち上がった。「だったら、なにを待ってるんだ？」

三人揃って少佐のオフィスへ行った。得意げなメリウェザーを紹介されても、コンスタンスは目を瞬きもせず、さすがだった。

「少佐がお待ちだと思います」彼女が言ったのは、それだけだった。

コンスタンスのことが気になった。少佐と同じ世界の住人なのだろうか？　それとも、わたしのほうに近い世界の住人？　いつの日か、ゆっくり話さなければ。

コンスタンスに連れられて少佐の執務室へ行くと、〝入れ〟と言われた。

メリウェザーが入室するときのラムゼイ少佐をわたしは見ていた。少佐の表情はまったく変わらなかったけれど、わたしをふり向いたときに片方の眉をほんの少しつり上げた。

この件が終わったら、きっと少佐からなにか言われるのだろう。

「メリウェザー、こちらはラムゼイ少佐よ。わたしたちの指揮官みたいなもの」わたしは言った。

「第十九師団ロンドン連隊のメリウェザー・ヘイスティングス軍曹であります。なんなりとお申しつけを」気取った敬礼をしながら言う。

「よく来てくれた、軍曹」少佐が返す。「ミスター・マクドネルから聞いたのだが、あなたは今回の仕事にうってつけだとか」

「そう思います、サー」

「言うまでもないが、銀行から金品は盗まない。だが、協力の謝礼をする許可は得ている」

「不正な報酬が得られない場合、まっとうな報酬を受けることに問題はありません」メリウェザーが朗《ほが》らかに言った。

少佐がこちらをちらりと見てきたので、わたしは笑みをこらえた。かわいそうなラムゼイ少佐は、わたしたちと運命をともにする道を選んだとき、なにに足を突っこんだのかまるでわかっていなかったのだ。

「それで、金庫室はすぐに開けられるのだな？」

「ミックから聞いたかぎりじゃ、単純な仕事ですね。さして時間もかけずに開けられるはずです。若干のニトログリセリンと雷管があれば大丈夫。簡単なもんです」

爆発物について軽く話すメリウェザーに、少佐は楽々とついてきた。「どれくらいの音がする？」

「音のしない爆発はありません、少佐。ですが、金庫室は地下にあるので、それほどの注意を引かずにすむと思います」

「どんなものが必要だろうか？　明日までに用意しよう」

メリウェザーは首を横にふった。「自前のものがあります、少佐。ご心配なく」

少佐はしばし考えこんだけれど、メリウェザーが自前のニトログリセリンをストックしているという事実をどう感じたにせよ、それについてはなにも言わず、うなずいただけだった。

「わかった。チームへようこそ」

メリウェザーがわたしにウインクを寄こした。

少佐はメリウェザーに視線を据えたままだった。「当然わかっていると思うが、この仕事はその性質上、危険なものだ」

「危険の可能性がない仕事なんてやる価値もないというのが、おれの昔からの信条でしてね」メリウェザーがにやりとする。砲撃音と剣のぶつかり合う音がするなか、海賊船の甲板に立っている彼の姿がわたしの頭に浮かんだ。メリウェザーは危険を楽しむ人、戦いを楽しむ人だ。場合によっては、人を殺すことだって楽しむかもしれない、という思いを完全にふり払えなかった。

落ち着いた外面の下に、危険のにおいがした。メリウェザーは陽気で愛想がよく、いつだって冗談に笑っていた。でも、怒らせてはいけない人だという感覚が常にあった。個人的には、メリウェザー・ヘイスティングスとまずい関係になった人を知らない。でも、彼を見てあとずさる人なら何人も目にしてきた。

メリウェザーに関するうわさもあった。先の大戦で国に雇われた暗殺者として、さまざまな場所で活動していたと。彼もラムゼイ少佐と同じ軍人だったけれど、ふたりは全然ちがった。メリウェザーは堅苦しい軍服を着て上官に敬礼するのに満足を感じるような人じゃなかった。でも、砂漠にいる彼だとか、ナイフを手にぬかるんだ塹壕《ざんごう》を苦労して歩く彼なら思い浮かべられた。彼はまちがった時代に生まれた戦士だ、と思っている。

ラムゼイ少佐もそれに気づいたのだと思う。風変わりな外見にもかかわらず、メリウェザーに仲間でありプロであるという敬意を持って、ともに計画を練ったからだ。

「設計図をもとに、侵入と脱出に最適な手段と、銀行への出入り可能なルートを考えはじめている」ラムゼイ少佐が机に向かって顎《あご》をしゃくる。机の上はすべて片づけられ、銀行の設計図と周辺地域の地図が載っているだけだった。みんながそこに近寄って、少佐のつけた見やすい印を注視した。「どう思う？」

続く約一時間、男性陣はインクのようにまっ黒なコーヒーを飲み、わたしはコンスタンスが出してくれた紅茶を飲みながら、あらゆる角度から設計図を調べた。周辺地域の地図も確認し、敵と遭遇した場合に備えてさまざまなルートを決めた。三人の男性――それに、女性もひとり――は断固とした意見を持っているというのに、驚くほど反論がなかった。共通の目的で心がひとつになっていて、その目的がちょっとした異論にまさっていたのだ。

少佐が、自分の意見と同じくらい重要とばかりにミックおじやメリウェザーの意見を聞き入れるのを目にして、彼がさらに好きになった。堅苦しかったり偉そうだったりするときもあるものの、他人の経験の価値にはちゃんと気づける人だった。

少佐を見ながらそんな風に考えていると、机の反対側で彼が顔を上げ、ふたりの目が合った。思わず目をそらしそうになったけれど、小さく微笑《ほほえ》んだ。少佐も口角を上げて応えてくれると、その衝撃を腹部に食らった。まるで電気にビリビリと体を貫かれたみたいだった。

わたしったら、なんてばかなの。

「……ここはどうだろう？」ミックおじの声がした。

問いかけに注意を払っていなかったと気づき、おじが地図上で指している場所に目をやった。

「申し訳ないが、もう一度言ってもらえますか？」少佐が言った。

「ここも選択肢になるんじゃないだろうか？」ミックおじはある地域に沿って指でなぞった。

「柵がなければの話だが」

「キンブルならわかるでしょう」少佐が答える。「今日彼は下調べをしていて、明日われわれと合流する手はずになっています」

「コルムは？」わたしは落ち着きを取り戻してたずねた。

「今日中に彼をこちらに来させることはできなかった」ラムゼイ少佐が言った。「彼は明日の朝いちばんで到着する予定だ」

「では、いまできるのはここまでか」ミックおじだ。「あとはコルムの担当だから」

少佐がうなずく。「かまわなければ、明日の一三〇〇時にあなたの家で集合しようと思う、ミスター・マクドネル。そこで、銀行へ向かう時刻になるまで計画を再確認する」

それを聞いて、わたしはちょっとした興奮をおぼえた。あと二十四時間ちょっとで、わたしたちは銀行に侵入するのだ。

少佐がわたしたちを見送ってくれた。すでに午後遅い時刻になっていて、太陽は地平線に向かって傾きつつあった。帰宅したら、ネイシーが夕食を用意して待っていてくれるだろう。

「お目にかかれて光栄でした、少佐」メリウェザーが言った。「任務を楽しみにしています」

少佐はうなずいた。「では、明日また、ヘイスティングス軍曹」

「また明日、少佐」ミックおじが笑顔で言った。「ちょっと待ってくれ、メリウェザー。ブロックの端まで一緒に行こう」

おじはメリウェザーを追いかけていってしまい、わたしはラムゼイ少佐とふたりきりで残された。それがおじの狙いだったのだろう。

わたしは少佐をふり向いた。

「きみにはほんとうに興味深い友人がたくさんいるんだな、ミス・マクドネル」少佐が言う。

「ミックおじのポーカー・ゲームに来るべきよ。勝負をやりなおしてもらいますからね」

ミックおじが開催するポーカーの夕べに顔を出した少佐を想像してみようとする。おじは長年にわたってポーカーの夕べを催《もよお》していて、その参加者にはイングランドで指折りの成功した犯罪者もいた。

でも、彼らはそれだけの存在ではなかった。複雑で興味深い人たちで、犯罪者人生に引きこまれた理由もさまざまだった。純粋に儲《もう》けのためだった人。刺激や挑戦を求めてやっている人。自分が受けたと思っている不正を正すという妙な方法を選んだ人。

長年のあいだに学んだことのひとつに、本の中身は表紙で判断できない、というものがある。人は見かけどおりであることがめったにない。少佐でさえ、出会った当初に受けた印象とはかけ離れていた。軍服を着た厳格で堅苦しい人だからといって、その下に大胆で、冒険を渇望する性格が隠れていないということにはならない。結局のところ、少佐はポーカー・ゲームでもそれほど場ちがいではないのかもしれない。

このすべてが終わったときにでも。

わたしは顔を上げて少佐を見た。「ほんとうになし遂げられるって思います？」

「われわれ以上にチャンスのある者はいないと思う」

わたしはうなずいた。いまのことばで充分だった。「それなら、また明日、少佐」

「ああ。また明日、ミス・マクドネル」

わたしはミックおじに追いつき、一緒に地下鉄に乗って帰路についた。どちらもあまりしゃべらなかった。ふたりとも、今日のできごとをふり返り、明日の計画に思いを馳せていたからだ。

家にたどり着いたとき、それが聞こえた。血も凍る音が。

空襲警報だ。そして、その向こうから、低いブーンという音。飛行機の近づいてくる音だ。ドイツ軍がやってくる。

23

つかの間、信じられない思いでその場に立ち尽くしていた。これって現実？　ある意味では、いつ空襲を受けてもおかしくないとわたしたちは考えていた。でも、同時に、それを信じたくなくて、大陸での戦争の悲惨さはイングランドにはやってこないと必死で思いこむようにしていた。

空を見上げると、遠くに光が見えた。また別の光も。さらに別の光。爆撃機だと気づく。空が爆撃機でいっぱいだった。

とうとう現実になってしまった。何カ月も覚悟しつつおそれていた瞬間が、ついにやってきてしまった。ドイツ軍はやってくるのではない。もう来ていた。

妙に現実離れした感じだった。ハインケルやドルニエのエンジン音がどんどん近づいてくるのを聞きながら、自分たちの恐怖のすべてがいきなり現実になって呆然として凍りついた。すると、遠くでシューッという変な音がしたあとに轟音《ごうおん》がして、閃光が続いた。

爆弾が落とされているのだ。

「エリー。地下室へ行かなければ」ミックおじの声がして、霧のなかにいたわたしを現実に引き戻した。

おじはわたしの腕をつかみ、庭を横切りはじめた。ずっとわたしを導いてくれたおじの冷静さを感じて、心強かった。爆撃を受けて命を脅《おびや》かされているいまですら、おじはいつものミックおじだった。どんなに切迫した状況に置かれても、けっして慌てたり血迷ったりしないのだ。

玄関の前にネイシーがいた。彼女も南のほうに目を向けていた。「とうとう来たのね」諦め口調だった。

「準備はできてるさ」ミックおじの口調はいつもと変わらず元気だった。「地下室へ行こう」

最後にもう一度見上げると、着弾のたびに空がくり返し明るくなった。わたしは顔を背《そむ》け、おじについて家のなかへ入り、キッチンから地下室へと木の階段を下りた。

多くのロンドンっ子が、地中に埋めるなまこ板の小屋タイプのアンダーソン防空シェルター（サー・ジョン・アンダーソンが内務大臣だった第二次世界大戦初期に用いられた家庭用シェルター）を供給されるか自分で購入するかしていたけれど、幸いうちには壁が煉瓦《れんが》の地下室があった。ミックおじは砂嚢《さのう》と横桁《よこげた》の追加で地下室を補強していたけれど、そういうものが結果的に不要になるよう願っていた。結局、必要なときが来てしまったらしい。

地下室のひんやりと湿った空気のなかにいると、爆弾が落とされる音はそれほど大きく聞こえなかったけれど、それでも聞こえることに変わりはなく、おまけに地面が揺れて遠くの衝撃が感じられた。

長いあいだ、だれもなにも言わなかった。ネイシーは小声で祈りを捧げたけれど、わたしの祈りはごちゃごちゃすぎて声にならなかった。フェリックスを思った。無事に自宅に戻ったか、避難できる場所が見つかっていてほしい。ラムゼイ少佐のことも考えた。友人や近所の人のことも。大好きなロンドンの美しい建物すべてを思った。

なにも起こりそうになかった何カ月かのまやかし戦争（大規模な交戦がなかった第二次世界大戦初期を指す）のあと、母国が攻撃を受けている。いまや交戦地帯で暮らしているのだ。とても信じられなかった。でも、人というのは、悪いことは自分から遠く離れたところに留まって、爆撃を受ける場所に住んでいるのは自分以外の人間だ、と思いたがるものなのかもしれない。

ポーランドは破壊された。デンマーク、ノルウェー、ベルギー、それにフランスは侵略された。今度敵と対峙《たいじ》するのはイングランドの番だ。

どきりとする思いだった。気の滅入る思いでもあった。

でも、恐怖と不安に苛《さいな》まれながらも、歯を食いしばり、背筋をまっすぐに伸ばした。やれるものなら、やってみればいい。わたしたちがどれほど強固にできているか思い知らせてやる。

爆撃がどれくらい続いたのか、よくわからない。すべてがぼんやりしてしまったみたいなのだ。天井が崩れてくるのをいまかいまかと待つのは、奇妙な感覚だった。

おそろしかったけれど、安堵にも似た諦めも感じてまごついた。長らくおそれていたことがついに起きて、待ち時間が終わって喜びに近いものを感じるというあれだ。

爆撃が少しのあいだやみ、やっと終わったのかと思った。

敵機はもう去った？　損害はどれくらい出たのだろう？　命を落とした人はどれくらいいた？　ほんの一瞬のあいだに、さまざまな思いが頭をよぎった。

「終わったの？」ミックおじにたずねた。

おじの表情はいかめしかった。「ちがうだろう。まだ地下室を出ないほうがいいと思う」

すると、空襲警報がまた鳴り出した。敵機が戻ってくるのだ。


わたしたちはあまり眠れなかった。ロンドン中の人間がほとんど眠れなかったと思う。敵機は轟《とどろ》きをあげながら死の積み荷を落としていき、爆撃は延々と続くように思われた。何時間も爆撃機の音、爆弾が落とされるときの血も凍るような音が聞こえ、周囲の地面が揺れた。ドイツ軍を撃退すべく最善を尽くしている、英国空軍《RAF》の戦闘機と高射砲の音も聞こえた。それでも、敵機は蚊《か》の大群のようにロンドン上空のあらゆる場所を埋め尽くすように感じられた。

吐き気を催し、全身が緊張でこわばった。ドイツ軍が侵略してきたら容赦なく戦うと自分に言い聞かせてきたけれど、恐怖を感じているという事実を認めざるをえなかった。

コルムとトビーを、そしてフェリックスを送り出したとき、戦争の現実を感じた。この先どうなるかと戦々恐々としているときに、戦争の現実を感じた。トビーが行方知れずになったと知ったとき、戦争の現実を感じた。なにもかもが、自分たちの直面しているものを、将来がはらんでいる危険を、思い出させた。

でも、どれを取っても、そこらじゅうに爆弾が落とされているこの状況とはちがった。爆弾が爆発し、通りのあちこちで炎が上がっているこの状況とは。戦争は、遠くの戦場で起きているものではなかった。ここで起きているものだった。

ミックおじは——少なくとも外見上は——いつもどおりに落ち着いていた。長いあいだ隣りに座り、わたしが小さかったころしてくれたみたいに肩を抱いてくれた。「大丈夫だよ。永遠には続かないんだから」

懸命におじを信じようとした。

「なにか口に入れましょう」ネイシーは、災難に直面した人の世話を焼かずにはいられないのだ。母親のような本能に突き動かされ、キッチンを通って地下室に入るときに、夕食にと準備していたパンとロースト・チキンを持ってきていた。

「ナイフを持ってくるのを思いつけばよかったんだけど、なしでなんとかするしかないわね」そう言って、ネイシーはパンを塊《かたまり》からちぎって手際よくサンドイッチを作った。

「ここに食料を保管しておかないとな」地下室を見まわしながら、おじが言う。「最低でも缶詰はいるか。水も」

いまこの地下室は箱詰めされたものや、華奢《きゃしゃ》な家具でいっぱいだった。壊れ物の大半はここに運んでいたけれど、自分たちのための準備はしていなかった。地下室で寝なければならない日など、ほんとうに来るとは思っていなかったからかもしれない。

サンドイッチを手渡されたけれど、食欲はなかった。それでも、ネイシーに気をつかって何口か食べた。ミックおじも同じようにした。サンドイッチは胃のなかで塊になったみたいに感じられた。

「ブランケットが何枚かあってよかったですよ」ネイシーは、夏の暑い日に地下室に下ろしてあった冬用の暖かいブランケットを一枚引っ張り出した。それでわたしの肩を包んだ。肩に触れた手はすぐに離さず、安心をあたえるようにぎゅっと力をこめてきた。お返しにネイシーの手に自分の手を重ね、わたしも力をこめて握った。

あと一時間ほどで夜明けというころ、とうとう少しだけうつらうつらしたみたいで、われながら驚いた。目が覚めたのは、神経を張り詰めさせていた、ほとんど鳴りやまなかったさまざまな轟音が、小さくなっていったからだった。

寝起きのぼんやりした状態で起き上がった。

「もう終わりそうだな」ミックおじが言った。

みんなで耳を澄ましたけれど、静かなものだった。

ようやく空襲警報解除のサイレンが聞こえた。

わたしはミックおじを見た。

「もう行った?」ついにそう口にした。自分の耳にもしわがれて聞こえて、喉がからからなのに不意に気づく。

「そうみたいだな」ミックおじは腕時計を見た。「そろそろ朝だ。あいつらはフランスに戻っていったんだろう」

「はっきりさせる方法はただひとつですよ」ネイシーが立ち上がり、階段に向かった。

ネイシーを止めるべきかしらと迷った。でも、いつかは隠れ場所から出なくてはならないとわかっていた。

わたしとおじは、ネイシーについて階段を上った。家がなくなっているのではないかと半ばおそれたけれど、地下室の真上に爆弾が落ちたなら、音が聞こえていたはずだ、と頭の冷静な部分ではわかっていた。地下室に隠れていても爆撃の音と衝撃は伝わったけれど、すぐそばに爆弾が落ちたとは思わなかった。音の大きさからして、ヘンドンには一発も落ちなかっただろうと思う。

それでも、慌てて地下室に入る直前とまったく変わっていない家を目にして、安堵した。被害を受けずにすんだのだ。

けれど、わたしたちほど運に恵まれなかった人たちがたくさんいるとわかっていた。この何時間かで、何人のロンドンっ子が亡くなったのだろう？　家を失った人、自動車を失った人、生活の手段を失った人は？

損害の大きさは想像しがたく、実際に起きたことを頭が理解しきれていなかった。空襲のあいだ、わたしは落ち着いていたのに、終わったいまになって両手が震え出し、脚に力が入らなくなった。

わたしたちはなにも言わずに家のなかを玄関へと向かった。ミックおじがドアを開け、みんなで外に出た。炎が上がっているせいで、空はオレンジという奇妙な色に染まっていた。ゼウスの怒りのせいでオリュンポスの山から吹き出す炎のようだった。

テムズ川のほうに目をやると、渦巻《うずま》く煙が空に向かって壁のように立ち上っていた。町の半分が燃えているみたいに見えた。巨大な灰色の雲に呑みこまれてしまう気がした。

何人が命を落としたのだろう？　友人たちは大丈夫だろうか？　フェリックスは？　少佐は？　雨あられと降ってきた爆弾のせいで、たいせつな人たちがどうなったか、考えたくはなかった。

つかの間、その場に立ち尽くす。

ミックおじがわたしの体に腕をまわしてきた。「この嵐を乗り越えるぞ、エリー嬢ちゃん」

わたしはうなずいた。

三人でしばしその場に佇《たたず》んで渦巻く煙を見つめ、なにが起きたのかを理解しようとし、次はなにをすればいいのかを判断しようと努めた。

「エリー！」不意に声がした。声のしたほうを見ると、急いでこちらに向かっているフェリックスだった。

「フェリックス！」ポーチを駆け下りて彼に向かって走った。

「エリー。よかった」フェリックスがわたしの前まで来て、抱きしめてくれた。「きみが心配だった」

「わたしたちは大丈夫」彼にしがみつき、体にまわされたその腕の感触を堪能した。つかの間、顔を彼の首もとに埋めた。フェリックスが無事でほんとうにうれしかった。

「もう安全だと思ってすぐに来たんだけど、まともに歩けなかったよ」

わたしはうなずいた。「かなりの損害が出ているにちがいないわ」

「ああ。相当だ。あちこちでビルが倒壊してて、ガラスなんかの破片が散らばっている。あと、イースト・エンドが燃えてる。あんなのは見たことがないよ。町全体がめちゃくちゃだ」

そうだろうと思ってはいたけれど、フェリックスのことばでそれが裏づけられてしまい、気分が悪くなった。

ミックおじとネイシーがこちらに来たので、フェリックスから身を引いたけれど、彼はわたしにまわした腕をほどかなかった。

みんなでイースト・エンドのほうを見た。

この場所からでも、破壊の状況がわかった。いまも炎が上がっていて、黒い煙が朝の空に立ち上っていた。

「何人くらい亡くなったの？」周囲の惨状を見まわす。

「まだ正確な数字は出ていないけど、どこの病院も怪我人であふれてるから、霊安室におさまりきらなくなるのも時間の問題だろうな……すまない、ラブ。いまのは言うべきじゃなかった」

「でも、ほんとうのことだわ」この先、瓦礫《がれき》の下からどれだけの死体が掘り出されるのか。これからどうすればいい？　頭に最初に浮かんだのが、それだった。

「さて」ネイシーの声が沈黙を破った。「そろそろ取りかからないと」

わたしは彼女を見た。

「そうだな」ミックおじの返事だ。「助けを必要としている人たちがいるんだから」

不意に霧が晴れて、世界はふたたびはっきりした姿になった。ぼうっと立って嘆き悲しんでいてもしょうがない。役に立たなくては。助けを必要としている人たちがいるのなら、できるだけ早く彼らを助けにいこう。

「なにをすればいい？」わたしは訊いた。

「あたしは食べ物と魔法瓶に入れた紅茶を用意しますよ」ネイシーが言った。「エリー、あなたは包帯と、あたしが手作りした軟膏《なんこう》を取ってきてちょうだい」

「きみは私と一緒に来てくれ」ミックおじがフェリックスに言った。「シャベルとツルハシを取ってこよう。人を掘り出さないとならないだろうからな」

わたしたちは新たな目的意識を持って動きはじめた。すべきことをする覚悟ができていた。体を流れるアイルランド人の気性とともに、イングランドへの愛国心が膨れ上がった。今回は大きな打撃を受けたかもしれないけれど、打ち負かされはしない。それどころか、これまで以上に激しく戦うだろう。

24

イースト・エンドでもっとも被害の大きかった地域の周辺から取りかかった。通りには割れたガラスや瓦礫が散乱していて、歩きにくかった。完全に崩壊した建物があるかと思えば、倒れるものかと踏ん張っているみたいに壁だけが残っている建物もあった。まるで戦場だった。そう思ってすぐ、たしかに戦場なのだと気づいた。

これが戦争であり、その結果なのだ。

ドイツ軍は明らかに波止場や工場を攻撃目標にしており、炎はまだ赤々と燃えていて近づけなかった。敵は、攻撃目標を見つけるのにマイラ・フィールズの写真を必要としなかった。かつて巨大な倉庫群があったところには、いまは炎の壁があるだけで、煙は息が詰まるような分厚いものだった。

いちばんひどい場所には近づけなかったけれど、その周辺地域で暮らしている人たちを少し助けられた。ほかにも被害具合を調べている人たちがたくさんいた。呆然としている人たちもいれば、断固たる決意を抱いた表情をしている人たちもいた。そのどちらの気持ちも、わたし自身が昨夜以来感じているのと同じものだった。

子どもたちもいて、泣いていたり、ショックで青白い顔をしてじっとしていたり、両親が瓦礫から救えるものを探しているあいだ静かに遊んでいたりと、さまざまだった。

ひとりの男性が、自宅だったとおぼしき瓦礫のところから笑顔を向けてきた。「これでおれたちが降参すると思ってるなら、ドイツ兵はびっくり仰天するだろうな」

通りの向かいにいる男性が、同じような内容をもっと強烈なことばで言った。

通り沿いはずっと、もの静かに状況を受け入れ、すべきことをしている人たちであふれていた。青白い諦めの顔をした人たちがいる一方で、揺るぎない決意とともに立ちなおった表情の人たちもいた。

自分の国とそこに住む人々が誇らしかった。戦争はイングランドまで到達したけれど、わたしたちはそう簡単に破壊されはしない。

ネイシーは救急箱を持ってきており、火傷《やけど》に自家製軟膏を塗ったり包帯を巻いたりするのに三人の騒々しい子どもたちを育てた経験が役立っていた。

ミックおじとフェリックスは、瓦礫をどけたり掘り返したりした。わたしはおじたちとネイシーを交互に手伝い、子どもたちを元気づけるためにゲームまでした。

お腹が空いて家に戻ったのは、午後の早い時刻だった。全員が泥や埃《ほこり》にまみれていて、血にもまみれていた。

できることはやった。充分にはほど遠かったけれど、それでも少しは役に立てたと思う。

「やかんを火にかけるわね」家に入りながらぼんやりと言った。

ミックおじが顎に手をやる。「私は酒がいいな。フェリックス、きみは？」

フェリックスはうなずいた。「ダブルでお願いします」

彼はおじと一緒に居間へ行ったので、わたしはキッチンに入った。ネイシーがあとをついてきた。

「大丈夫なの？」彼女が訊く。

わたしはうなずき、やかんを火にかけた。「なんだか現実とは思えなくて」

「これで最後とは思えませんしね。でも、これまでしてきたように、この難題だって乗り越えますよ。あたしたちは逆境に強いんですから」

「あなたって最高よ、ネイシー」わたしは彼女をハグした。「しかも、正しい。あんな空襲程度じゃわたしたちは負かされない」

ネイシーはせわしなく動きまわって食事を作り、わたしは沸かしたお湯をポットに注いで居間に運んだ。

ミックおじとフェリックスは、ふたりともグラスを手にしていた。

「きみも飲むかい、エリー？」フェリックスが言った。

わたしは首を横にふった。感覚を鈍《にぶ》らせたい気持ちはあったけれど、いま飲みはじめてしまったら、泥酔するまで止められないのではないかと不安だった。

ノックの音がした。

「あたしが出ますよ」ネイシーがキッチンから出てきて、玄関に向かった。

少しして、ラムゼイ少佐が戸口に現われた。

一日中、頭の隅で安否を気づかっていたのに、少佐の姿を目にするのは予想外だった。空襲から間もないこの時点で、少佐がここに来るなんて思ってもいなかった。

昨日練った計画のすべてが、頭から抜け落ちていた。あれは別の世界のことだったみたいに感じられた。

少佐はひと目わたしたちを見て、ちらりと顔をしかめた。「みなさん、大丈夫ですか？」

わたしはうなずいた。自分たちがどんなありさまかに気づく。服は煤《すす》や埃で黒く汚れているうえ、あちこちが破れていた。「助けの必要な人たちに手を貸していたの」

いつもは非の打ちどころのない少佐の軍服も汚れていた。今日彼はどこにいて、なにを目にしたのだろう。おそらく、わたしたちよりもひどい経験をしたにちがいない。昨晩もたらされた死を思って、身震いが出た。

「お宅は無事でした？」わたしは訊いた。

「ああ」

「酒はどうですか、少佐？」ミックおじだ。

「ありがとう、でもけっこうです」

少佐がわたしたちの安否を確認にきてくれたことに心が揺さぶられた。今日はもっとだいじな仕事があっただろうに。とはいえ、少佐のことだから、ここへ来たのは安否確認以外にも理由があったにちがいない。

居間を見まわす少佐の目がフェリックスのところで一瞬止まり、それからわたしに戻ってきた。

「ミス・マクドネル、話ができるだろうか？　外で？」少佐は言った。

そう言われて驚いたけれど、顔には出さなかった。「もちろんだわ」

フェリックスに見られるのを感じたけれど、彼と目を合わせなかった。

少佐とわたしは断りを言って家の外に出た。煙のにおいがまだ強く、被害がいちばん大きかった方角に思わず目を向けていた。

「空襲は避けられない運命だったんでしょうね」わたしは言った。

「これまで敵機が来なかったのが不思議なくらいだ」

「おそろしかったわ。爆弾がいつ自分たちの上に落ちてくるかと思いながら、地下室にこもっているのは」

「ほんとうに大丈夫なのかい？」

少佐を見ると、探るようなまなざしを向けられていた。いまみたいな気づかいを少佐から向けられることはまずないので、思わず気持ちが揺さぶられて涙がこみ上げそうになった。

歯を食いしばって涙をこらえ、なんとかこわばった笑みを浮かべてうなずいた。「わたしなら大丈夫。今朝の多くの人たちよりうんと幸運だもの」

少佐は値踏みするように家を見た。「地下室の準備を増強しておいたほうがいい。やつらはまた来る」

わたしははっと少佐をふり向いた。確信に満ちたおだやかな口調を聞いて、恐怖に見舞われた。言うまでもなく、わたしだって頭の隅でそうなるだろうと思っていたけれど、軍人である少佐の口から聞くとなぜかもっと衝撃的だった。「すぐに?」

「おそらく今夜にも」

戦慄が体を駆けめぐった。「そんなに早く?」

「戦略的にはそうするのが最善だからだ。敵は破壊の上に破壊を重ねる。われわれの士気を奪おうとする」少佐の声は重苦しかったけれど、その下にあるのは諦めの気持ちではなく鋼《はがね》の意志だった。

わたしの内なる頑固さが大きくうねり、気力が高まった。ひと晩耐え抜いたのだ。ふた晩だって耐え抜ける。ドイツ軍がなにをしてきたって、それ以上のものに耐えてみせる。

「外で話したかったのは、レイシーがどこまで知っているかわからなかったからなんだ。われわれの計画を彼に話したか?」

つかの間、少佐がなんの話をしているのか理解できずにいた。自分たちの住む町をめちゃくちゃにされた以上に重要なことなどあるとは思えなかった。でも、世界は前に進むしかなく、おそろしい昨夜の体験から得たものがあるとすれば、それはドイツ軍を止めるために全力を尽くさなければならない、ということだった。

「いいえ、なにも話していません。あ……あなたはいまも計画を実行に移すべきだと考えているのね」

「ほかに選択肢はないと思う」

わたしはゆっくりとうなずいた。少佐の言うとおりだ。あのフィルムがドイツ側に渡ってしまう前に奪取しなくてはならない。ドイツに勝たせるわけにはいかない。こんな目に遭わされたのだから、なおさらだ。

「銀行の建物は空襲を逃れたの？」

「ああ。今朝、キンブルが現場へ行ってたしかめてきた」

また別の思いが浮かんだ。もっとずっと前に考えておくべきことだった。「コルムは？」

「きみのいとこについては、なんの情報も入ってきていない。前にも話したとおり、彼は今朝到着する予定だったが、敵機の襲来を目にしてトーキーに戻ったのかもしれない。あるいは、空襲がはじまったときに町はずれで足止めを食らったたか」

ふたりの頭にあることを、少佐は口にしなかった。コルムが空襲に巻きこまれた可能性があることを。でも、ミックおじがよく言っているように、取り越し苦労をしても仕方ない。

コルムがすぐにも到着するのを待つしかないのだ。

「もしコルムが合流できなかったら、警報装置はどうするつもり?」わたしはたずねた。

「空襲がはじまった段階で銀行の警報装置が鳴ったとしても、不思議はないのではないだろうか」

今夜もまた空襲があるだろうと、確信を持って語る少佐はとても落ち着いていた。彼がまちがっていることをわたしは全身全霊で願った。

「それなら、フェリックスを仲間に入れるべきだわ。コルムが間に合わなかった場合、フェリックスがいれば見張り人員になれる」

「いいだろう」少佐があっさり同意したので驚いたけれど、背に腹はかえられない、ということなのかもしれない。

わたしたちはなかに戻った。部屋に入ると、紅茶とサンドイッチからみんなが顔を上げた。少佐はなにも言わなかったので、最新の状況を伝えるのはわたしの役目なのだと気づく。最初にミックおじに話す。「今夜計画を実行するわ」

おじはうなずいた。驚いたようすはない。驚くどころか、予想どおりだったみたいだ。次いで、期待に満ちた目でこちらを見ているフェリックスを見る。「わたしたち、今夜銀行を襲うの」

フェリックスの唇《くちびる》にほんのかすかな笑みが浮かんだ。「それだけ? なにかわくわくするようなことをするつもりなんだと思ってたのにな」

「手伝ってくれない？」

　フェリックスはちらりと少佐を見てから、視線をわたしに戻した。「ぼくの任務は終わったんじゃなかったのかな？」

「なにもかもがあっという間に起きたの」内緒にしていた言い訳を口にする。いくつものピースがあれよあれよとはまっていったのは嘘ではなかった。「貸金庫のなかにどうしても取り出さなければならないものがあるのよ」

「それなら、ぼくはなにをすればいいのか教えてくれ」

　わたしは笑顔になった。なにも聞かずに手伝おうとしてくれる彼への愛で胸がいっぱいになった。フェリックスも微笑み返し、つかの間、部屋にいるのはわたしたちふたりだけみたいに感じられた。

「状況を説明しよう」ラムゼイ少佐の声でわたしはわれに返った。

「コルムが遅れているの」わたしはミックおじに言った。それ以上のことが起きたのなら、あとで対処する。

「だったら、警報装置はどうするのかな？」

　わたしは躊躇《ちゅうちょ》した。「ドイツ軍は今夜また空襲をかけてくるって少佐は言うの。だから、どっちにしても警報は鳴るだろうって」

そう聞いても、ミックおじもフェリックスもわたしほどショックを受けていないようだった。そんなところだろうと、すでに予測していたのかもしれない。

「紅茶のおかわりが欲しいわ」いきなり言った。砂糖をたっぷり入れるつもりだ。今夜この身を危険にさらすのだから。計画を最終的に確認しているときに濃くて甘い紅茶を飲んでおけばよかった、と後悔しながら死にたくはなかった。

ティーポットを手に取ったとき、ドアをノックする音がした。

ネイシーが部屋から出ていき、少しすると大きな声がした。「おお！　ダーリン。会えてうれしいよ。あんたが恋しかった」

「やめてちょうだい、メリウェザー」ネイシーが返す。「ばかを言わないで」

「老いぼれメリウェザーにキスをしておくれ」

「やめなさいってば。浮ついた人ね！」

顔をまっ赤にしたネイシーが、にやにやしているメリウェザーを連れて戻ってきた。メリウェザーの白髪交じりの髪はあちこちに乱れているし、目はきらきらしていた。まるで、おそろしい空襲の夜を待ちわびているみたいだ。

「ごきげんよう、みなさん。すごい夜だったな？　あんなのはソンムの戦い（第一次世界大戦最大の会戦）以来だった。遅れてすまなかったが、通りが残骸《ざんがい》だらけでね。おや、フェリックスじゃないか！　久しぶりだな」

「どうも、メリウェザー」

「さて、全員が揃《そろ》ったところで」少佐が楽しい再会の雰囲気に水を差した。「計画の最終確認をしよう」

「金庫を爆破するときの音を気にしなくてもいいのが幸いだな」メリウェザーはにこにこしていた。再度空襲を受けることに少しもひるんでいない。彼は頭のネジがかなりゆるんでいる。けれど、この計画が成功するには、全員が正気を失う必要があるのかもしれない。

「よし、おさらいだ」ミックおじがダイニング・ルームのテーブルに紙を広げた。「日が暮れるまで約三時間だ。そして、少佐が正しければ、ドイツ軍が戻ってくるまでも同じくらいだろう。準備万端整え、もしまた空襲を受けたら、それに合わせてはじめる。爆弾が落ちてきているときに、あたりの注意を引く心配はいらないだろう」

おじのことばを聞いて、腹部が緊張でこわばった。計画を実行に移すなんて信じられない思いだったけれど、どう見てもそのようだった。

空襲の最中に銀行を襲撃するのだ。

25

少佐が予測したとおり、ドイツ軍はふたたびやってきた。

泣き妖精《バンシー》みたいな甲高《かんだか》いサイレンの音がして、うなじの毛が逆立ったけれど、それよりもおそろしかったのが、遠くから聞こえる爆撃機の轟音がどんどん大きくなっていくことだった。わたしたちの町に落とす爆弾をたっぷり抱えた爆撃機。

戦場にいる男たちは、死の脅威が常に漂っているこの感じを味わっているにちがいない、と気づく。破壊行為が迫っているとわかっているのに、それがいつ来るのかわからないのだ。今夜を生き延びられたとして、明日の夜はどうだろうか？　ドイツ軍はまたやってくる？

一日ずつ進むんだよ、エリー嬢ちゃん。ミックおじならそう言うだろう。今夜の任務にしっかり集中しなければ。銀行を襲うときに気を散らしていてはだめだ。

考えを頭の隅に押しやるのが得意で幸いだった。ミックおじと仕事をするなかで身につけた技だ。集中力が重要だ。頭に浮かぶさまざまな考えを整理し、もっとも重要なものを選ぶ能力が。必要なものを選ぶ能力。

その能力をいま発揮できる。背後でサイレンが鳴り響いていても。近づいてくる爆撃機の低いうなりが遠くに聞こえていても。

またもや炎と煙と破壊の夜になるとわかっていても。

果たさなければならない務めがあるから、集中できる。ただそれだけだ。もっとも暗いときには、やるべきことをするだけなのだ。

そして、わたしたちはこの任務を果たさなければならない。

そういうわけで、頭上で爆撃がはじまると、わたしたちは地下室で静かに警戒しつつ待った。今回はネイシーも準備ができていて、紅茶とコーヒーを入れたポットを持ってきてくれたので、わたしたちは濃くて熱い飲み物と、ネイシーからしきりに勧められたビスケットで力をつけた。

ついに少佐が腕時計に目をやってうなずいた。「よし、行こう」

計画に従って分かれて銀行へ向かった。ロンドンの通りは、静けさと混沌が奇妙に混じり合っていた。爆撃の合間にほとんど無音になる瞬間もあり、人々は次の攻撃が来るのを避難所でじっと待った。ほかの場所では、叫びながら火を消し、家財を救い、瓦礫に埋もれた人たちを助け出そうとする人たちがいた。

静かな庭で紅茶を飲みながら、自分たちには戦争の被害がおよばないと思いこんでいた日日があったなんて、信じられない思いだった。

本物の戦争がはじまるのを待っていたあの何カ月ものあいだ、ヒトラーはぜったいに脅《おど》しを実行に移しはしないとわたしたちは考えていた。あのとき、こうなることを知ってさえいれば、はかない平和をきちんと堪能できていただろうに。

フェリックスと一緒に余裕を持って銀行に着き、少佐と訪れて赤毛のウェイトレスとビル・モンデールについて話をした〈ピエトロ〉というレストランの入り口に陣取った。そこからは、侵入場所に決めていたドアがはっきりと見えた。

通りの向かいに建つ劇場の、陰になった入り口に身を潜めているメリウェザーに目をやった。なにか——小さなボールのようなもの？——を強く握り、左右の手に何度も持ち替えていた。

爆弾を扱ってきた影響が出ていて、それをお守りみたいにしているのかもしれない。メリウェザーが第一次世界大戦で出征していたのを忘れないようにしようと思う。体は無傷でも、精神的に回復の見こみがない傷を負った帰還兵を何人も知っている。

地下室での彼は問題なく見えたし、頭上でくり広げられている混沌から活力を得ている風にすら見えたけれど、ひょっとしたらそれ自体がなにかがおかしいという印なのかもしれない。

気持ちをうまくコントロールしてくれればいいのだけれど。なんといっても、彼は爆弾を扱うのだから。

ついに少佐が陰から出てきて、ミックおじを手招きするのが見えた。

暗いせいでふたりの姿はほとんど見えなかったけれど、ミックおじが錠に取りかかり、少佐は周囲に目を凝《こ》らしているのはわかった。精度の高い錠だろうと、おじにとってはなんの問題もなかった。

作業を開始して少しすると、ミックおじがドアを開け、少佐が残りのわたしたちを手招きした。フェリックスとわたしは銀行に向かって急ぎ、メリウェザーはわたしたちより少しだけのんびりとやってきた。

「第一段階は突破だ、エリー嬢ちゃん」わたしが近づくと、おじが言った。

予期していたとおり、ドアを引き開けてすぐに警報が鳴り出した。けれど、ほとんどすぐに遠くで爆発が起こって窓がガタガタと揺れた。これ以上完璧なタイミングはなかった。

「いまの爆発でこっちは時間が稼げる」少佐が言った。「だが、急ぐ必要がある」

そのとき、メリウェザーがまだ入り口まで来ていないのに少佐は気づいた。

メリウェザーを待つ少佐はいらだちで体をこわばらせていた。

「時間がきわめて重要だと理解しているのだろうか、ヘイスティングス」やっとメリウェザーが来ると、少佐は噛みつくように言った。

「おれの鞄《かばん》に入ってるニトログリセリンが衝撃を受けたら、予定が遅れるかどうかなんて二度と心配しなくてもよくなるな」メリウェザーの口調は楽しそうだった。

なかなか的を射た意見だった。

全員がなかに入ると、少佐がドアを閉めた。顔だけふり返ると、外で影が動くのが見えた。わたしたちが銀行内にいるあいだ、キンブルか彼の部下が周辺の見張りをしてくれるのだろう。警備員はいたのだろうか、もしいたならキンブルは彼をどうすることにしたのだろうか、と気になった。でも、いまはそんなことを訊いている場合ではなかった。

「レイシー、このままロビーにいてくれ。キンブルから危険の報せがあったら、教えてくれ」少佐が言った。

「了解」わたしたちが地下の金庫室に侵入するあいだ、自分はロビーに残されることをどう思ったにせよ、フェリックスは逆らわなかった。

彼がわたしと目を合わせ、ことばに出さずに問いかけてきた。準備はできているか？　わたしは小さく微笑んでうなずき、少佐、ミックおじ、メリウェザーについて銀行の深部へ向かった。

設計図に印をつけたとおりに進み、エレベーターではなく階段を使って暗がりに降りる。ラムゼイ少佐が懐中電灯をつけてくれ、エレベーター・ホールから金庫室に続く通路への侵入を防いでいる鋼鉄のドアの前まで来た。ミックおじが道具を手に仕事にかかった。

頭上では、爆撃機のうなりと遠くの爆発音が続いていた。

集中しなさい、エリー。自分に言い聞かせる。

「よし」急にミックおじの声がした。錠が降参したのだ。取っ手を引くと鋼鉄のドアがなめらかに開いた。金庫室への通路に入る。ここまで十分もかかっていなかった。

「あんたの番だ、メリウェザー」ミックおじがにやりと笑う。

「準備はいいか、ヘイスティングス？」少佐が言った。

「準備万端です、サー！」答えるメリウェザーはうれしそうだ。

「ここで待ちますか？」少佐がミックおじとわたしに訊いた。彼がそうたずねた理由ならわかっていた。ニトログリセリンでまずいことが起きたら、鋼鉄のドアの背後にいたほうが生存率が高くなるからだ。

「けっこう」おじとわたしは異口同音に言った。わたしたちは運命共同体だ。それに、おじもわたしもメリウェザー・ヘイスティングスが仕事をするところを見たかった。

わたしたちは小さな金庫室を前にした。ほんの二日前に少佐と一緒にウィリアム・モンデールと話した場所だ。

ここでは爆撃音が小さく、ほかよりも静かだった。

メリウェザーは金庫室のドアの前で止まった。手に持ったままだったボールを落とすと、少しだけ転がった。それから、肩にかけていたずだ袋を慎重に下ろした。なかから液体の入ったガラス瓶ふたつ、雷管のついた小さな缶、バッテリー、セロハン片らしきものを取り出す。

金庫を爆破する手順なら当然知っていたけれど、実際に目にした経験はなかった。ミックおじは開けられない金庫に出合ったことがなかったので、爆薬で吹き飛ばす必要がなかったのだ。それに、わたしたちは衆目を集めるタイプの犯罪者ではなかった。勘づかれずに侵入して退出する。それがわたしたちのやり方だ。

でも、力業が必要となるときもあり、メリウェザーは爆薬のプロだった。

わたしたちが見ているなか、メリウェザーがセロハン片を手に取り、縦にV字に折って樋《とい》のようなものを作った。それを金庫室のドアとドア枠の隙間に挿しこんだ。

次いで床からボールを拾い上げた。それがなにか、わたしは気づいた。石けんだ。温めて好きな形にできるようにこねていたのだ。石けんを使ってニトログリセリンが金庫の外に漏れないようにするのだ。

メリウェザーは石けんで漏斗《ろうと》を作ってセロハン片の端を包むようにした。上着のポケットからピンセットを取り出して漏斗のなかに入れ、セロハン片を少し引き出し、ニトログリセリンの通り道を作った。

メリウェザーはダンサーの優雅さで動き、研究室で作業している科学者の集中力を発揮した。すべての動きが自信にあふれ、計算されたものだった。

そのあと彼は雷管を手にし、漏斗上部の杯の部分に慎重に置いた。それから鋼鉄ドアのドア枠の向こうまでワイヤーを伸ばしていった。バッテリーをそばに置く。

次に通路に戻り、ニトログリセリンの瓶を手に取った。

「真の芸術は」瓶の蓋《ふた》をはずしながら、メリウェザーがわたしたちに向かって話した。「注ぎこむ正確な量を知ることだ。少なければドアは開かない。多すぎれば……まあ、想像はつくと思う」

石けんで作った杯の上にたしかな手つきで瓶を掲げ、とろりとした液体を慎重に注ぎはじめた。液体が流れこむさまを見つめる。必要な量をきっちり注いだと満足したらしく、ついにニトログリセリンの瓶に蓋をして脇に置いた。

「よし。みんな、下がって」

ラムゼイ少佐はすでにわたしの肘《ひじ》を取り、鋼鉄のドアの向こうへと引っ張りはじめていた。ミックおじはそのすぐ後ろにいた。メリウェザーもくわわり、鋼鉄のドアを途中まで閉め、意気揚々とワイヤーを拾い上げてバッテリーにつないだ。

閃光が走って大きな爆発音がし、空気が急にカラメルを焦がしたみたいな煙たさで満たされた。

メリウェザーが急いで通路に戻り、わたしたちも彼に続いた。煙が消えていくと、金庫室のドアがちょうどいい具合に吹き飛ばされていた。片側がぶら下がって開いていて、なかが見えた。

「みごとだ、ヘイスティングス」少佐が言って前に進んだ。

「私のやり方よりもうんと劇的だな」ミックおじがメリウェザーの肩を軽く叩く。「ショーを楽しんだと言わざるをえない」

「役に立ててうれしいよ」メリウェザーがにやりとする。

ミックおじ、少佐、そしてわたしは金庫室のなかへ入り、仕事を完了したメリウェザーは道具を片づけはじめた。金庫室は狭かったので、メリウェザーまでがなかに入ってぎゅう詰めになる必要はなかった。

少佐は金庫室をざっと懐中電灯で照らした。貸金庫自体はすべて無傷だった。状況が異なっていれば、おじとわたしは死んで天国へ行ったと感じるかもしれない、とふと思った。貸金庫を目の前にしていて、その中身を取り放題なのだから。貸金庫にはなにが入っているのだろう？　現金。貴金属。おそらく、金。心そそる可能性がいくらでもあった。

集中しなくてはだめだ、と自分に言い聞かせる。床近くの下部にはいちばん大きな貸金庫が十二箱あった。ウィリアム・モンデールがどの貸金庫を使ったかがわからなかったので、運に恵まれるよう願いつつ箱を開けていくしかなさそうだった。

「それぞれ両端から開けていこう」ミックおじが言った。

わたしはうなずいた。最初の貸金庫の前にひざをつき、錠前破りのキットをポケットから出して仕事にかかった。

錠は質のよいものだったけれど、開けるのに手こずりはしなかった。解錠に複雑な数字の組み合わせが必要なわけではなかったから。ちょっと圧力をかけ、正しい方向にひねったりまわしたりすれば、簡単に解錠できた。

最初の箱は空だった。もともと使われていなかったか、わたしたちがいま経験しているような事態のせいで中身を取り出したのか。つまり、ドイツの爆撃機にロンドンを破壊されそうになって。

「ここに入っているのは書類の束だけだ」ミックおじが言った。

大きい貸金庫では、それがふつうのようだった。続く数箱も書類の束が入っていた。わたしが開けた貸金庫のひとつには、証書、遺言書、それに金融関係の書類らしきものが入っていた。

「ここはアルバムでいっぱいだ」ミックおじが言った。貸金庫にアルバムを入れるなんて変な感じがしたけれど、いちばんたいせつなものを守りたい気持ちは理解できた。

開けた箱は丁寧に閉めるように努めた。わたしたちの目的がなんであれ、ここに入れられているのは持ち主にとってとてもたいせつなものだからだ。わたしたちがフィルムを探したせいで、彼らの書類やアルバムを紛失したくはなかった。

わたしが三つめに開けた箱には、書類よりも興味深いものが入っていた。薄紙に包まれたどっしりしたものがいくつか。好奇心に駆られて薄紙をめくってみると、象牙、翡翠《ひすい》、オニキスで動物を彫ったものだった。もとに戻しながら、どういういわれのものだろうと思ったけれど、そんなことを考えている時間はなかった。

これまで貸金庫を自由にできた経験などなく、人がどんなものをここに保管しているのかが気になった。

四つめの箱には宝石箱がいっぱい入っていた。いちばん上にあった宝石箱を手に取って開けてみた。摂政時代のゴールドのネックレスで、薄暗がりでもきらめいている大きなルビーがついていた。宝石に指で触れた。

「われわれが探しているのはフィルムだ」少佐の声が背後から聞こえた。

彼に向かって肩越しに渋面《じゅうめん》を作り、宝石箱を貸金庫の箱に戻して蓋を閉める。

ミックおじは作業が早かったうえに、わたしは箱の中身を検《あらた》めたりしていたので、こちらが四つ開けるあいだにおじは六つ開けていた。最後のふたつにほぼ同時に取り組みはじめた。おじの箱の錠が最初に降参し、蓋が開けられた。わたしたちは箱のなかを覗きこんだ。布で包まれたものが入っていた。

ミックおじがそれを取り出し、布をめくった。レンブラントの小さな絵だった。包みなおして、そっと箱に戻した。

残るはわたしの担当する箱だけになった。落ち着かない気分になってきた。この最後の箱に探しているものが入っている確率はどれくらいだろう？

でも、ここにあるはず。そうでしょう？

「もうすぐ開くわ」そう言っている端から、錠が降参するのを感じた。

顔を上げて少佐を見る。なぜだかわからないけれど、自分で開けたくなかった。脇にずれ、貸金庫の箱を少佐に譲る。彼が蓋を開けた。

全員がなかを覗いた。

フィルムはなく、くしゃくしゃになった紙片が底にあるだけだった。少佐がそれを取って広げる。なにが書かれているかと、わたしは少佐の手もとを覗きこんだ。

〈この場所は危険になった。荷物はパディントンに移した。夜明けにそこへ行くように〉

26

　少佐が激しく悪態をつき、貸金庫の蓋を力任せに閉めた。癇癪《かんしゃく》が熱い爆発を起こしたのだ。そのあと、燻《くすぶ》る怒りといった程度までなんとか落ち着きを取り戻した。

　怒りをあらわにした少佐を非難する気はまったくなかった。銀行強盗をしたのがむだだったのだから。

「どうして貸金庫に隠しているのがバレたとわかったのかしら？」わたしは訊いた。

「私たちが警戒心を呼び起こしたのかもしれない」少佐が答える。「ウィリアム・モンデールは私たちの目的に気づいて、フィルムを移したんだろう。キンブルの部下の目の前を通って」

「でも、書きつけはだれのためのもの？」

「ドイツ側のスパイも貸金庫の鍵を持っているにちがいない。モンデールがフィルムを貸金庫の箱に入れ、銀行の顧客のふりをしたスパイがそれを回収する計画だったのだろう。そのやり方なら、一緒にいるところを見られる危険はないからな」

「わたしたち、パディントン駅へ行ってフィルムを探すのよね？　ウォータールー駅のときと同じように、きっと手荷物保管所に預けられているはず」

少佐は狭い金庫室をうろついた。彼の発散する憤怒《ふんぬ》が感じられた。少佐はたいていきっちり抑えこんでいるけれど、癇癪持ちなのは知っていた。そうとわかるのは、わたし自身が常に癇癪を抑えこむ努力をしているからだ。

「書きつけはまだここにあるわ。ということは、ドイツのスパイはまだ来ていないのよね？それなら、だれかに回収される前に奪い返す時間はあるんじゃないかしら」

「いや。書きつけは読まれたあと、握り潰されてなかに投げこまれたのが明らかだ。スパイはすでにここに来ていて、指示に従うはずだ。そいつを捕まえられるのは、夜が明けるまでだ」少佐の表情が暗くなる。「あの書きつけにあるのが、昨日の夜明けだったならもう手遅れだが」

少佐はくるりと向きを変えて金庫室を出ていった。わたしはおじと顔を見合わせ、それから彼に続いた。

「完了かな？」金庫室から出てきたわたしたちを見て、メリウェザーが言った。雲雀《ひばり》みたいに元気だった。きっと、なにかを吹き飛ばすよう頼まれたのが久しぶりだったのだろう。

「完了ってわけじゃないけど、ここでの仕事は終わったわ」

「それなら、残りのニトログリセリンを持ち帰ったほうがいいな」

「それがいいと思う」

顔だけふり返り、金庫室の見おさめをした。貴重品があんなにあるのに、手つかずのままにするしかないなんて。何カ月か前のエリーなら、そういったものを置いて立ち去るなんて夢にも思わなかっただろう。

でも、なぜか今日のエリーのほうがちょっぴり好きだった。

鋼鉄のドアをふたたびくぐると、ミックおじがそれを閉めた。すべてをもとどおりにするのが習慣になっているのだ。金庫室のドアが吹き飛ばされているのを見たら、なにかまずいことが起きたのは火を見るよりも明らかとはいえ。

階段を上がってロビーに入る。地上階に戻ったので、爆撃の音が大きく聞こえ、広いロビーがその音を増幅しているようだった。安全な金庫室に戻りたいと思いそうになったけれど、できるだけ早く銀行から立ち去る必要があるのはわかっていた。

フェリックスが暗がりを出てわたしのそばに来て、少佐をちらりと見てもの問いたげに両の眉《まゆ》をつり上げた。少佐が怒り狂っていることに気づいたのは明らかだ。

「フィルムはなくなっていたの」わたしは声を落としてフェリックスに言った。「そのせいで、少佐はいらだっているのよ」

そう言ってから少佐に目をやると、入り口近くでだれかとしゃべっていた。その相手はキンブルにしては大柄すぎた。少佐かキンブルの粗暴な部下かと思ったけれど、見おぼえがあることに気づいた。コルムだったのだ。

彼に駆け寄ると、きつくハグされた。「無事でほんとうによかった」

「ここに来るのにめちゃくちゃ時間がかかったよ。おれはお楽しみを逃してしまったみたいだな、エリー？」

「コルム。よかった」ミックおじが元気よく彼の肩を叩いた。

「やあ、父さん。フェリックスも」フェリックスの差し出した手をぎゅっと握る。「またエリーに引きずりこまれたのか？」

「そうしてくれて喜んでるんだ」

「おっと、メリウェザーも一緒か」コルムが言った。「じゃあ、最高のメンバーが集まったわけだ」

「やあ、コルム」メリウェザーだ。「会えてうれしいが、爆発はもう終わっちまったぞ」

コルムは苦い顔になった。「ここへ来る前に何度か吹き飛ばされそうになったよ。なんとか無事に家まで行ったら、ネイシーに町のこっちまで送り返されたってわけだ」

「再会の集いはあとにしてくれ」少佐が割りこむ。「ここから退散しなくては」

少佐の言うとおりだった。警報は注意を引かないかもしれない。でも、だれかが確認に来る必要を感じるかもしれない。

全員で銀行から夜の帳《とばり》のなかにこっそり出た。退散時には別々のルートを通り、半マイルほど先の広場で落ち合う計画を前もって立ててあった。

フェリックスはわたしと一緒にひとけのない通りを早足で歩いた。ドイツ軍の爆撃機はそう遠くもない場所でいまもうなりを上げており、爆発音がするたびにわたしはたじろいだ。英国空軍《RAF》の戦闘機が頭上を飛んでいったので、パイロットに祈りを捧げた。

ようやく合流場所の広場に着いた。空襲のさなかで落ち合う場所としては安心とはいえなかったけれど、ここに長居するわけではなかった。少佐から次の指示をもらうあいだだけだ。どうやら少佐はここまでの道すがらで考える時間を持てたらしく、すでに計画を練り上げていて、全員が揃《そろ》ったとたんに大声で命令を発しはじめた。

「彼らはフィルムの回収場所をパディントン駅に変更した」少佐が言った。

「危険を伴うんじゃないんですか?」コルムが言う。「空襲で爆撃を受けやすい駅に保管するよりは、銀行の金庫室のほうが安全なのに」

「フィルムを移動させたのがだれにしろ、今夜ドイツ軍が戻ってくるのを知る立場ではないようだな」少佐が答える。「回収は夜明けの予定だ」

「じきに夜明けだ」ミックおじが言った。

不意におじの言うとおりだと気づく。暗闇がほんの少しだけ薄れはじめていた。

爆撃の音がやみ、飛行機の音もありがたくも遠ざかりつつあった。ドイツ空軍のパイロットはフランスの飛行場に戻っていくところなのだ。

「あまり時間がない」少佐が言う。「ドイツ側スパイから力尽くでフィルムを奪い返すしかなくなるかもしれない。マクドネルのふたりとキンブルは、私と一緒に来てくれ」

この仕事には、たくましいいとこと、どことなく邪悪な雰囲気のあるキンブルのほうが、わたしよりも向いているのはわかっていた。それでも、わたしにだってなにかできることがあるはずだ。最悪でも、見張り役はできる。

「わたしはなにをすればいいかしら？」

「なにも」少佐の口調はぶっきらぼうだった。「家に帰りたまえ、ミス・マクドネル。ここから先は安全ではない」

「はじめから安全なんかじゃなかったけど」わたしは反論した。

「少佐が正しいよ、エリー」これはコルムだ。「おれたちはみんな、おまえを守りたいんだ。おまえは現場にいないほうがいい。足を引っ張るだけだ」

自分の耳が信じられなかった。「コルム、よくもそんな……」

「口論している時間はない」少佐が割りこみ、わたしの横を通り過ぎた。「家に帰るんだ」

「少佐……」

「レイシー、彼女を送っていってくれ」立ち去りながらフェリックスに声をかける。

「あなたもフェリックスも、わたしに指図する権利はありません」かっとなって言った。

ラムゼイ少佐がふり向いてわたしと向かい合った。その声は落ち着いていて、冷ややかだった。「私の指示に従わないのであれば、力尽くで家に帰し、私たちが戻るまで軟禁する。

わかったか?」

わたしは口をあんぐりと開けて少佐を見た。ひどすぎる……。

「そんなこと……」

「できるし、するつもりだ」彼の目が鋼色《はがねいろ》になる。その口調にふさわしく。腹立たしい。

わたしはおじをふり向いた。

「それが最善なんだよ、ラブ」おじが言う。

「きみが安全だとわかっていれば、ぼくたちみんな安心できるんだ、エリー」フェリックスはそう言ったけれど、子守役を押しつけられたのをあまり喜んでいないみたいだった。

わたしは彼らがなにをしているかに気づいた。大柄で屈強な男たちが無力な女性を守っているのだ。おあいにくさま、わたしは無力なんかじゃありません。ほんの三週間ほど前には凶悪なスパイとビーチで格闘したわたしを、塔に閉じこめておかなければならない麗《うるわ》しの乙女扱いしようとしているなんて。頭にくる。

とはいえ、自分には勝てる見こみのない闘いであるのはわかった。みんなについていこうとしたら、少佐が先ほどの脅《おど》しを実行に移すのはまちがいない。キンブルか、腕っ節の強い彼の部下にわたしを担いで運ばせ、どこかに軟禁するだろう。

「わかりました」食いしばった歯のあいだから言った。

ラムゼイ少佐はそっけなくうなずき、背を向けて離れていった。

「彼はよかれと思ってるんだよ」ミックおじが言う。

「あんまり深刻にとらえるなよ、エリー」コルムはそう言って少佐に続いた。

みんなに腹を立てたかったけれど、できなかった。彼らは危険な状況に向かうのだから。

わたしはミックおじの手をつかんだ。「気をつけるって約束して」

おじはわたしの手をきつく握り返した。「いつだって気をつけているさ、ラブ」

それは嘘だったけれど、ふたりとも嘘なんかじゃないふりをした。

おじはわたしの頰にさっとキスをしてから、やはり急ぎ足で少佐を追いかけた。フェリックスとわたしは暗がりのなかに取り残された。

ばかみたいだけれど、泣きそうになった。この任務の一部でいようと必死でがんばってきたのに、追い払われてしまった。こんなのはフェアじゃない。

「行こう、エリー」フェリックスの口調はやさしかった。

わたしはうなずいた。「そうね」

わたしたちは家に向かって歩き出した。日の出のおぼろな光で地平線のあたりが明るくなりはじめ、薔薇色《ばらいろ》の光が町をおおう煙を染め、すべてをピンクに輝かせていて、美しいと同時におそろしげだった。

また空襲を受け、死者はどれだけ増えただろう？　すべてが終わるまでに、あとどれだけの死者が出るだろう？

瓦礫《がれき》や、人々の生活の残骸《ざんがい》が散らばる通りを歩いた。通り過ぎたなかには、完全にぺちゃんこに潰れた自動車もあった。想像を絶する被害だった。

フェリックスの腕を取る。自分のためでもあったけれど、彼のためでもあった。瓦礫のせいで、義足の彼は歩きにくいとわかっていた。それだけでなく、彼が文句を言わないことも、助けを求めないこともわかっていた。

おしゃべりはあまりしなかった。ふたりとも、それぞれの考えに耽《ふけ》っていた。

もう少しで目的を果たせるところまで来たのに、またもや裏をかかれたのが信じられなかった。銀行の金庫室に侵入までしたのに、フィルムは列車の駅の手荷物保管所だとか、炉棚に置かれた時計のなかだとかの、どうということのない場所に隠されていたのだ。近づくのが簡単で、とても重要なものがそばにあるなんて知りもしない人々に囲まれた場所に。

唐突に記憶に殴られたようになった。〝出入りが激しくてね。マイラはいつも、ここをパディントン駅って呼んでたわね〟

まさか？　そんなことってある？

でも、わたしには確信があった。書きつけに書かれていたのは列車の駅ではなかったのだと。ミセス・ペインの下宿屋のことだったのだ。

27

「フェリックス」わたしは足を止めた。「フィルムがどこにあるかわかったわ。パディントン駅じゃない」

彼がわたしをふり向いた。「なにを言ってるんだ?」

「ミセス・ペインが言ってたんだけど、下宿人のマイラ・フィールズは、人の出入りが激しい下宿の談話室をいつもパディントン駅になぞらえていたって。そういう暗号名だったのよ」

「エリー……」

「聞いて、フェリックス。彼らは炉棚時計をフィルムの集荷場所にして、充分たまったらウィリアム・モンデールに届けていた。モンデールは受け取ったフィルムを貸金庫に入れ、ドイツ側のスパイが回収する。でも、モンデールはどういうわけかそれがバレたのを察知して、フィルムを移した。〝パディントン駅〟へね。それが下宿屋の談話室なのよ、フェリックス」

彼はわたしを見つめ、いまわたしが話した内容をつなぎ合わせ、この突拍子もない話を信じるべきか否かを決めようとしていた。わたしは真剣に受け止めてくれるよう念じながら、フェリックスを見つめ返した。

永遠の時間がかかったように感じたけれど、ついにフェリックスがうなずいた。「わかった。じゃあ、どうする？　駅へ行ってラムゼイに伝える？」

わたしは空を見上げた。ピンク混じりの灰色が、ほとんど白かと思うほど薄い青色に変わっていた。曙光《しょこう》だ。

「だめ。そんな時間はない。わたしたちが下宿屋へ行くしかなさそう」

「ちょっと待って、エリー。ドイツ側のスパイのいるところに突入するわけにはいかないよ。前回どうなったかおぼえているだろう」

よくおぼえていた。危うく喉を掻き切られそうになったのだ。国のために自分の命を一度危険にさらした。また同じことをする心の準備はできていた。

「やるしかないわ。そして、それができるのはわたしたちしかいない」

「武器がないよ。敵が何人かすらわからないんだよ」

「ドイツ側にあのフィルムを渡すわけにはいかないのよ、フェリックス」

フェリックスは長々とわたしを凝視《ぎょうし》した。そのあと、小さく悪態をついた。「わかった。行こう。向かいながら作戦を練ろう」

わたしたちは急いでクラパムの方向へ向かった。

被害の程度をたしかめようと、人々が家から出てきはじめていた。またもや瓦礫をきれいにする一日。またもや今夜はどうなるのだろうと不安をおぼえる一日。

通りを行くわたしたちは、ほとんど注意を引かなかった。

空がゆっくりと明るくなってきた。間に合うように下宿屋に着けるよう願う。運がよければ、空襲のせいで敵のスパイも思うように進めずにいるかもしれない。爆撃を受けるイングランドで活動をしなくてはならない身になったことを、ドイツ側のスパイはどう感じているのだろう、という思いがふとよぎる。イングランドに送りこまれ、自国空軍の爆撃を受けるはめになるのは、ドイツ側のスパイにとってはあまりいい任務とはいえないだろう。

「で、どんな計画なのかな？」急いで歩きながら、フェリックスが訊いてきた。彼はほんの少し足を引きずっていたけれど、しっかりついてきていた。一度、彼のために歩みを遅くしようとしたら、もっと速く歩けと言われてしまった。

わたしは考えた。「ミセス・ペインの下宿屋には、マイラのいとこのふりをして前に少佐と行っているの。だから、またそのふりでなかに入るから、あなたは外で待っていて」

「だめだ」

少佐と同じように、フェリックスもわたしがひとりで下宿屋に入る案を即座に却下した。でも、少佐とちがうのは、フェリックスなら理を説けるとわかっている点だった。

「フェリックス、聞いて。それしかうまくいく方法はないのよ。このあいだとは別の男性と一緒に下宿屋に行くわけにはいかないから。怪しまれてしまうでしょ」

「ぜったいにだめだ。ぼくもいとこだって設定にすればいい」

「無理。あなたには外でスパイが来るのを見張っててもらわないと。うまくスパイの気をそらしてもらいたいの。なにかに手を貸してほしいと頼むとか」

「でも、最終的にどうするつもりなんだい、エリー？　スーツケースを引ったくって逃げるとか？」

そう言われてはっとした。スパイたちと同じ部屋に入ったあと、どうするつもりだったのだろう？　ウィリアム・モンデールとドイツ人スパイの両方を力で負かせはしないのに。それに、思い出したくはないけれど、敵は任務を遂行するためなら人殺しもためらわない人間たちだ。

少しだけ歩みを遅くして、計画を練ろうとする。「こうしましょう。なかには入らない。スパイが来るのを外から見張るの。来たら、尾行する」

フェリックスは懐疑的な目をしたけれど、反論はしなかった。場当たり的に立てている計画に、果敢にもついてきてくれている。そんな彼が大好きだった。

「スパイの行き先がわかったら、どちらかが尾行を続け、どちらかが少佐に知らせにいくの」

「少佐に知らせにいくのはきみだな」フェリックスが言った。

「あなたたちが考えているほど、わたしは無力な子どもじゃないわ」

「わかってるさ、ダーリン。きみは無力な子どもなんかじゃない。でも、たいせつなものを守りたいという気持ちは責めたりしないでくれるよね？」

わたしは、誠実な表情を浮かべているフェリックスに感銘を受けた。手を伸ばして彼の顔に触れる。「あなたってほんとうにいい人ね、フェリックス」

彼はわたしの手をつかんで手首にキスをした。「これを生き延びられたら、ぼくがどれだけいい人かゆっくり語ってもらうよ」

わたしはうなずいた。「わかった。子どものころ、鳥の鳴きまねを練習したのをおぼえている？」

フェリックスが驚くほど本物そっくりのかわいらしいさえずりを口笛で吹いた。

「そう、それよ。スパイを見つけたら、いまの口笛を吹いて。わたしも同じようにする。そうしたら合流して、スパイを尾行する」

フェリックスは不満そうにうめいて、頭をふった。「すごくまずいアイデアだけど、それよりもましな案が浮かばない」

ミセス・ペインの下宿屋から通りをはさんで向かい側にある、ミセス・タリーの宿に近い薔薇の茂みに隠れるころには、空はかなり明るくなっていた。フェリックスには裏口を見張ってもらうことにした。スパイはそちらから来る確率が高いと彼が考えているみたいだったからだ。男性が、たいせつに思っている女性をどこまで守るべきかについては、それ以上言い争っている時間はなかった。

それに関しては改めて話をすればいい。

長々と待つつもりだったのだけど、スパイは空襲を受けている町でも効率を重んじるドイツ人らしい特性を捨てていなかったようだ。十五分ほど待ったところで、フェリックスの口笛の音がはっきりと聞こえてきた。

通りを進み、二軒分の裏庭を横切って下宿屋まで向かった。ランベスも空襲を逃れていなかった。崩壊した家々があり、隣人を助けようと人々がうろうろしていたけれど、ミセス・ペインの下宿屋とその周辺の家は以前のまま建っていた。

低木をまわって下宿屋の少し手前で立ち止まり、フェリックスを探した。口笛を吹こうとしたちょうどそのとき、なにかの動きに注意を引かれた。庭の奥で下宿屋に向かっている人物がいたのだ。ひとりじゃなく、ふたりだ。

ふたりが視野に入ってきて、わたしはなにが起きているのかに気づいて血の気が引いた。男がフェリックスに銃を突きつけて、下宿屋のなかに入れようとしていた。

28

「嘘、嘘、嘘、嘘」小さな声が出ていた。これはまずい。非常にまずい。恐怖のせいで感覚が麻痺《まひ》したけれど、必死で自分を取り戻した。恐怖に圧倒されている場合ではない。行動を起こさなくては。

でも、どうすればいいの？

「考えるのよ、エリー。考えなさい」

目を閉じて、大きく息を吸いこんだ。厄介な事態はこれまでだって経験がある。わたしはプレッシャーに強い。でも、これは、真夜中に他人の家に忍びこんで金庫を空にするのとはちがう。フェリックスの命が懸かっているのだ。

取りうる道を比較しなさい。ミックおじならそう言うだろう。選択肢を検討し、ひとつを選び、取りかかる。

わたしの取れる選択肢はなに？　あまり多くはなかった。少佐とコルムを捜しにいくこともできる。でも、それには時間がかかりすぎ、フェリックスはおそらく殺されてしまうだろうと、心の奥底で感じていた。

わたしのせいでフェリックスを死なせるわけにはいかない。そんなことにはさせない。そうなると、残る道はただひとつ。わたしが下宿屋に入るしかなかった。

隠れていた場所から立ち上がり、通りへと戻り、下宿屋の正面にまわった。エリザベス・ドナルドソンが戻ってきたふりをしてノックをすれば、彼らは少しのあいだだけでも行儀よくするしかないだろう。

わたしが下宿屋にいるときに、フェリックスを撃つことはできないはず。

当然ながら、彼らはわたしとフェリックスの両方を撃ってさっさと片をつけることもできるのだけど、いまはその可能性についてはあまり考えたくなかった。

ふたたび大きく息を吸い、顔にかかった髪を払いのけ、上がり段を上ってドアをノックした。

応対に出てきたのは、わたしの知らない若い女性だった。髪はくしゃくしゃで、目が赤い。空襲のせいで散々な夜だったのだろう。冷血なスパイには見えなかった。

「ごきげんよう」その先はなにを言えばいいのかわからなかった。

でも、女性はわたしがだれだかすらたずねなかった。ただドアを大きく開けてわたしを招じ入れただけだ。別の女性が階段のところに座り、青白い顔で爪を噛んでいた。

だれもが空襲を受けてつらい思いをしているようだ。

でも、フェリックスはどこ？　だれにも知られずに彼をなかに引っ張りこんだの？　ここにいるだれが信用できて、だれが信用できないのだろう？

言うまでもなく、それに対する答えはなかったので、ただ突き進むしかなかった。談話室に行くと、シンディ・プリンスがお茶を前に編み物をしていた。「あら！」彼女が顔を上げる。「あなただったのね、ミス・ドナルドソン。こんな早い時刻にどうしたんですか？」

シンディはおそらくこの一件にからんでいるだろう。マイラ・フィールズやジェイン・ケリーととても親しかったのだから。一緒にスパイ活動をしていた可能性もある。彼女はフェリックスがここにいるのを知っているのだろうか？　だからわたしがいきなり現われたのだと思っているだろうか？

そういった考えが一瞬で頭をよぎったけれど、表情には出さずにいられたと思う。いとことのポーカーで鍛えられたおかげだ。

シンディはわたしを見て驚いたけれど、まだ不審に思いはじめてはいなかった。あるいは、彼女もポーカーがうまいのかもしれない。このまま進んで看破するしかなかった。

「ま……まだロンドンに滞在しているんです。ゆうべ空襲があったから、ケント州に帰る前にマイラの形見をもらっておいたほうがいいんじゃないかと思ったの」

こんなに朝早い時刻に来る口実としては、ひどいものだった。夜間に空襲を受けたあと、夜明けに人を訪問するなどありえなかった。

「わかるわ」シンディは編み物を置いた。「あなたがマイラの部屋に入っても、ミセス・Pは気にしないと思いますよ。ジョンはまだ顔を見せていないけれど……」

「シンディ、かまわなければミス・ドナルドソンとふたりだけで話がしたいのだけど」

戸口から声がしたので、そちらをふり向いた。壁のそばに立つように気をつけていたのに、大家さんが近づいてくるのに気づかなかった。

「外で新鮮な空気を吸ってくるよう、サリーとメイに言ってくれないかしら」おそらく玄関ホールで見かけたふたりの若い女性のことだろう。

「ええ、もちろんです、ミセス・P」シンディは立ち上がり、曖昧《あいまい》に微笑《ほほえ》んで談話室を出ていった。

わたしはミセス・ペインを凝視した。この下宿屋に突進する前に気づくべきだったことに、遅まきながら気づいてしまったのだ。彼女がスパイ組織の親玉なのだと。

ミセス・ペインがにっこり笑った。「あなたはお利口さんね、エリザベス。エリザベスは本名かしら?」

「エリーです」彼女が逮捕されるか、わたしが死ぬかで今日という日が終わりそうなのに、嘘をつき続ける理由がなかった。

「座りましょうか、エリー?」ミセス・ペインがソファを身ぶりで示した。

彼女の手に武器はなかった。ドアを目がけて走ろうかと思ったけれど、そうするとフェリックスを見殺しにすることになり、それだけはぜったいにできなかった。

わたしはソファのところへ行き、腰を下ろした。ミセス・ペインは向かい側の椅子に座った。そのそばのテーブルには木製の箱が載っていて、ミセス・ペインはそこから煙草《たばこ》を二本出した。

「いかが？」彼女が訊いた。

とっさに断りかけたけれど、銃殺隊を目の前にした人間なら、最後の一服を所望するだろう。だったら、わたしも一服しよう。「ありがとうございます」

ミセス・ペインはポケットから出したライターでまずわたしの煙草に火をつけ、それから椅子にもたれて自分の分に火をつけた。

「さて、どこまで知っているの？」

「なにをですか？」わたしは訊き返した。

「おたがい芝居はやめましょう。あなたは頭がいいわ。会ったとたんにそれがわかった。知的な女性は知的な相手に気づくものよ。男たちよりもよっぽど早く。そう思わない？」

そのとおりだった。女だからというだけで、何度まともに相手にされなかったか。戦争になって選択肢がなくなったせいで、ものごとに少し変化は出てきているけれど。女が男の仕事をせざるをえなくなっている。でもそれは、女があっさり見下されなくなったということではない。

いずれにしろ、ミセス・ペインが親玉の可能性などみじんも考えなかった。人を見る目に長《た》けているわたしが、髪の根もとが白くなった歳上の女性だというだけで、彼女の役割が大きいなんて考えなかった。高くつく過《あやま》ちになった。

煙草を大きく吸い、煙を吐き出した。

「あなたがスパイ網を動かしてきたのは知っているわ」そう言った。「ドイツ側に協力していて、お金ではなく宝石で支払いを受けているのよね。女の子たちにカメラを持たせて仕事場へ行かせ、フィルムがたまったらスパイが回収するんでしょ。フィルムは昨日のある時点まで銀行の貸金庫に保管されていたけれど、ウィリアム・モンデールはそれがバレたことに気づいてここに移したほうがいいと判断した」

「頭がいいわね」ミセス・ペインが笑顔で言った。

「わからないのは、マイラを殺した理由だわ。彼女、あなたを裏切ろうとしたの？」

「ひとつには、あの子が不注意になってきたから。彼女への指示は仕事中に写真を撮るというもので、毛皮を着て波止場を気取って歩きまわって注目を集めることじゃなかったのに。ほかの理由は、彼女のボーイフレンドがあれこれ質問しはじめたからだわ。マイラが彼に打ち明けてしまうのも時間の問題だった」

「だから波止場で会おうと誘ったのね。それとも、だれかほかの人に彼女を殺させたの？ウィリアム・モンデールとかに？」

ミセス・ペインが首を横にふる。「ものごとをきっちりやりたかったら、自分でするのよ。彼女に会おうと言った。でも、マイラはわたしが思っていたよりも頭がよかった。直前になってわたしがなにをしようとしているかに気づいたのよ。彼女は逃げようとした」

わたしはストッキングのひざが伝線していたのを思い出した。「でも、彼女は転んだ」

ミセス・ペインがうなずいた。「そう。マイラはつまずき、わたしは追いついた。手早く注射をして完了」

「ジェイン・ケリーは？」ほんの何日か前にこの談話室で会った辛辣《しんらつ》で強引な彼女が、マイラ・フィールズと同じ冷酷な運命をたどったのを思った。

「ジェインは思い上がるようになってきてた。ちょっと野心家すぎたのね。ここに飛びこんできて、あなたと少佐に突っかかった彼女を見て、お荷物になるとわかった。ビル・モンデール宛の伝言を庭園に届けさせたあとは、用ずみになった」

「毒はどこで手に入れたの？」

「ドイツ側がくれたのよ」

「今朝フィルムを回収しにきたドイツ人スパイと同一人物ね。わたしのお友だちと一緒に裏口から入るところを見たわ」

「あら、あのすてきな男性もあなたのお友だちなの？　ハンサムな男性をたくさん知ってるのね、エリー」

「フェリックスはどこ?」

「わたしの友人のドイツ人スパイが、地下室で彼に質問しているところよ」

そのことばに背筋が寒くなった。ドイツの尋問のやり方なら知っていたから。

「彼をここへ連れてきて」わたしは言った。

「まだだめ」ミセス・ペインはそばのテーブルに置かれたガラスの灰皿に煙草の灰を落とした。「いまうちの地下室にいる若い男性があなたのお友だちならば、このあいだここに一緒に来たハンサムな少佐とはどういう関係なの?」

「婚約者です」自分の命が危険にさらされているからといって、少佐を売るのはだめだ。

「怪しいものだわ」ミセス・ペインだ。「ふつうの恋人同士みたいに触れ合ってなかったでしょ。彼がわたしの婚約者だったなら、そりゃもうべたべた触りまくるわね。ということで、彼は情報部で働いていて、あなたの指令役みたいな役割を果たしてるってところでしょうね。ちがう? 彼は必要なときにあなたを利用しているのよね」

完全に正しいわけではなかったけれど、なぜだかいやになるほど真実に近く感じられた。

「あなたの気持ちはわかるわ、エリー。生まれてからずっと、わたしも男たちに利用されてきたから」

「いまだって男たちに利用されているんじゃないんですか?」わたしは言った。

ミセス・ペインのまなざしが少しだけ硬くなった。「これは自分のためにやってるの。ずっと一所懸命働いてきたけど、それでどうなった？　安っぽい下宿屋、下宿人は次々とボーイフレンドを連れこむばかな女の子ばかり」彼女が笑う。「第一次世界大戦のときに似たような割のいい仕事をした経験があったから、ドイツ側から近づいてきたのよ。もう一度やってくれないかと言われたから、いいんじゃないって思ったわけ」

よくない理由ならいくらでもあったけれど、ミセス・ペインはそんなものに関心はないだろうと思った。

「あなたみたいな女性が欲しいわ」ミセス・ペインは続けた。「下宿人の女の子たちには脳みそってものがほとんどなくってね。分別なんてありゃしない。でも、あなたはちがう」

自分の耳が正しく聞き取っているかどうか自信がなかった。

「わたしを誘っているんですか？」

「興味ある？」

「とんでもない」即座に返した。

子どもを相手にするように彼女が微笑む。「国に忠実なのね、当然ながら。わたしたち、そういう風に育てられたしね。でも、その国はあなたになにをしてくれた？」

わたしはしばし考えこんだ。

「お金持ちになれるのよ、エリー」ミセス・ペインがたたみかける。「ずっと欲しかったのに手に入れられなかったものすべてを手に入れられる」催眠術をかけようとしているみたいに、なだめ口調で話しかけてきた。

泥棒をしていたときだって、金持ちになるという考えにはそそられなかった。だから、この時点で心が揺らぐはずもなかった。なぜなら、ぜったいにないがしろにできない要因があったからだ。家族だ。どんなことでドイツに手を貸しても、家族の命を危険にさらすことになる。それだけは、ぜったいにするつもりがない。

「フェリックスはどうなるの？」

ミセス・ペインがしばし考える。「彼は口が堅い？」

わたしはうなずいた。フェリックスは、わたしの頼みならなんでも聞いてくれるだろう。それについては確信があった。それに、無傷でこの場所を逃げ出せるなら、ミセス・ペインにはなんだって言うつもりだ。

彼女はまた長々と煙草を吸った。「いろいろ考えたら、あなたのお友だちをここから帰らせるわけにはいかないと思う」

「でも……」

「こんなことは聞きたくないだろうけど、戦争中はだれもが犠牲を払わなければならないの。何度も何度もそう言い聞かせられてきたんじゃない？」

心臓の鼓動が速くなる。ミセス・ペインは、フェリックスにはここを生きて出ていかせはしない、と言ったも同然だった。そうなると、どちらかが生き延びるためには、わたしは思いきった手段を取らなければならなくなる。

「その顔を見れば、彼を犠牲にしたくないと思っているのがわかるわ」

「当然でしょう」わたしは冷ややかに言った。「あなたとはちがって、人の命はたいせつだとわたしは思っているもの。フェリックスはだれにもなにも言わないわ」

「リスクは冒せない。でも、あなたの命は救ってあげられるかもしれない」

「悪いけど、返事はノーよ」

ミセス・ペインが小さく微笑んだ。「そう言うと思ったわ。言わずもがなだけど、あなたをここから出すわけにはいかないのよね」国家の重大事で対決しているのではなく、ナイトクラブの化粧室にいるみたいなさりげない口調だった。

わたしはドアを見た。おそらくあそこまで走っていけるだろうけど、そうしたらフェリックスはどうなってしまうだろう？

戸口にシンディが姿を見せた。「じゃましてごめんなさい、ミセス・P。でも……その……地下室の配管工が話があるそうで」

「気をつかわなくてもいいのよ、シンディ」ミセス・ペインが言った。「こちらのエリーはわたしたちのちょっとした活動を知っているから」

「そうなんですか」シンディはさっとわたしを見たあと、ふたたび大家に目を向けた。「それならストレートに言いますけど、彼、裏庭で見つけた人をどうすればいいか知りたがってます」

「すぐに指示を出すわ、シンディ。その前に、ちょっとこっちへ来てくれるかしら」

シンディが談話室に入ってきた。

「サリーとメイは外に行かせた？」

シンディはうなずいた。「散歩してきなさいって言いました」

「いいわね。エリーが動かないようにしてくれるかしら、シンディ」ミセス・ペインはそう言いながら、また煙草入れに手を伸ばした。でも、その箱から出したのは煙草ではなかった。ミセス・ペインの手にあるのが注射器だと気づき、気分が悪くなった。

29

シンディは言われたとおりに近づいてきた。わたしは急いで立ち上がったけれど、思ったよりすばやい彼女に捕まって、腕を後ろにまわされてしまった。シンディは見た目よりも力があった。

力で彼女に勝てるかどうか、検討した。自分より大きな男の人を倒した経験があった。いとこにやり方を教わったのだ。でも、そうするには不意を突く必要があった。そして、シンディはとてもきつくわたしを抑えこんでいた。

シンディだけでなく、注射針も避けなくてはならない。ブスリとやられたら、永遠のお別れだ。

ミセス・ペインが注射器を手に前に進み出た。

「待って」いままさに猛毒を首に注射されようとしているところにしては、落ち着いた声が出て、われながら驚いた。「わたしを殺そうとしているミセス・ペインに手を貸す前に、彼女がマイラとジェインになにをしたかよく考えたほうがいいわよ」

「なんのこと?」シンディが言った。

「ミセス・ペインは足手まといになったふたりを殺したの。あなたも同じような目に遭うと思わない？」

「この人はなにを言ってるんですか、ミセス・P？」シンディがミセス・ペインにたずねる。

「あなたは……」

「黙りなさい、シンディ」ミセス・ペインがぴしゃりと言ったあと、冷酷な目でわたしをふたたび見た。「悪いけど、質問の時間は終わり」注射器を手にした彼女が、わたしに近づいてきた。

エリー・マクドネルがけっしてしないことがあるとすれば、それは戦わずして死ぬことだ。幸い、ミセス・ペインもシンディも、わたしが火のついた煙草をまだ持っているのを忘れていた。ミセス・ペインが近づいてくると、わたしはシンディの腕に煙草を押しつけた。シンディは悲鳴をあげて手を離した。わたしは頭を後ろにのけぞらせ、シンディの顔に思いきりぶつけた。鼻が潰れる音がして、シンディはくずおれた。今度はミセス・ペインに飛びかかった。

わたしのほうが若くて力もあったけれど、ミセス・ペインのほうが背が高くて体重があった。近所の男の子たちとラグビーをしたときのように、脚の低い位置を狙った。言わせてもらうなら、きれいに決まったタックルだった。コルムとトビーも誇らしく思ってくれるだろう。

ミセス・ペインはあおむけに激しく倒れ、注射器が手から離れて床を転がった。

「注射器を取って」ミセス・ペインがシンディに叫んだけれど、さっとふり返ると、彼女はまだ両手に顔を埋《うず》めたままだった。指のあいだから血がぽたぽたと垂れていたので、鼻が折れたのかもしれない。シンディはすぐに動きそうになかった。

シンディに気を取られていたわたしの横顔に、ミセス・ペインが強烈な一発をくれた。彼女の拳がかすめた目が涙に濡れ、バランスを崩した。彼女はわたしを突き飛ばし、注射器目指して転がった。

ミセス・ペインは強い意志の持ち主だ。それだけは言える。

彼女が注射器を突き刺してこようとしたけれど、わたしはその腕をつかみ、針が刺さらないように必死で防いだ。

ミセス・ペインが不明瞭な怒りの叫びをあげて、わたしの首に針の先を向けようとした。

地下室で銃声が轟《とどろ》いた。

フェリックス。

ダムが決壊したかのように、恐怖と怒りがわたしのなかを駆けめぐった。もしあいつらがフェリックスを殺したなら、この下宿屋を焼き尽くしてやる。

怒りが力となり、ミセス・ペインの腕をつかんで床に思いっきり叩きつけた。ミセス・ペインはあと少しで注射器を落としそうになったけれど、ごろりと転がって優位に立とうとした。

　わたしが再度飛びかかると、ミセス・ペインが唐突に悲鳴をあげて倒れ、立ち上がろうとしなかった。なぜだかわかった。彼女の腹部に注射器が突き刺さっていた。彼女は注射器の上に倒れこんだのだ。

　息をあえがせ、顔をゆがめてわたしを見上げたあと、最後に震える息をして、ミセス・ペインは動かなくなった。

　つかの間、わたしは荒い息で立ち尽くした。そして、まだ安全ではないと思い出した。よろよろと立ち上がり、ミセス・ペインを見下ろす。

　背後でシンディが大きくすすり泣きはじめた。

　廊下をこちらに近づいてくる足音が聞こえ、武器を探して周囲を見まわした。最低でも、炉棚時計でスパイを殴ってやるつもりだった。めぐりめぐってふりだしに戻るなんておもしろいから。

　でも、戸口に現われたのはフェリックスだった。顔は血まみれで、顎《あご》と頬骨にはあざができはじめていた。片手に銃を、もう一方の手にグラッドストン・バッグを持っている。

「フェリックス！」わたしは叫び、彼の腕のなかに飛びこんだ。

　彼は両手がふさがっている状態で、精一杯抱きしめてくれた。「エリー、大丈夫かい？」

「ええ。あなたは？」彼の顔にそっと触れた。

「ぼくは大丈夫だ、ラブ。でも、ここを出ないと。敵がもっといるかもしれない……」フェリックスは抱擁《ほうよう》を解いて、床にへたりこんで鼻血を止めようとしているシンディに近づいた。ちょっとやりすぎたかもしれず、シンディには悪かったと思いそうになった。ならなかったけれど。

「仲間はほかに何人いる?」フェリックスが彼女にたずねた。「下宿人の何人がミセス・ペインのもとで活動していた?」

シンディは泣きながらなにか言い、両手に顔を埋めた。

フェリックスがグラッドストン・バッグをわたしに渡してきた。

「立つんだ」彼はシンディの腕をつかんで立ち上がらせた。

「お……大家さんが人殺しをするなんて知らなかったの」シンディがすすり上げる。「ほんとうよ」

彼女がまた声をあげて泣き出すと、フェリックスはいらいらした表情でポケットから出したハンカチを渡した。

「この下宿に仲間は何人いる?」

「ご……ご……五人です」シンディが息づかいも荒く言う。「で……でも……マイラとジェインが……死んじゃったから……いまでは三人になりました」

「あとのふたりはどこだ?」

しゃくり上げながらもしっかりと返答が来た。「ふたりは……外へ……写真を撮りにいってます」

「サリーとメイのこと?」わたしはたずねた。

シンディがうなずく。

ミセス・ペインは、サリーとメイに写真を撮りにいかせた――わたしを殺害するところを目撃させないためもあったのだろう。ふたりの手伝いがなくても、シンディとふたりでわたしを押さえこめると踏んで。見くびられたものだ。

「ほかには?」フェリックスが食い下がる。

「わかりません。別のグループがいくつかあるにはあるけど、だれがそこにいるか知らないんです。ほんとうです」

シンディはフェリックスのハンカチを持ったまま、ヒステリックに泣き出して床にくずおれた。いまこれ以上彼女から情報を引き出すのは無理だとわかった。

グラッドストン・バッグを開けてみると、今度はフィルムで満杯だった。百本以上は入っていそうだ。ドイツ側のスパイに渡す情報としては大量だ。

それで思い出した。

「フェリックス、スパイはどこ?」

「地下室だよ。悲鳴が聞こえたから、スパイから銃を奪おうと揉《も》み合ったんだ」

「スパイを縛り上げた？　ちゃんと……」

「いや」フェリックスがさえぎり、わたしの目を見つめてきた。「縛り上げはしなかった」

そのとき、銃声を聞いたことを思い出し、理解した。

それに返事をする暇はなかった。ちょうどそのとき、下宿屋のドアが勢いよく開けられ、玄関ホールで足音がしたからだ。

「ミス・マクドネル！」声が呼ばわった。

ラムゼイ少佐の声だった。

「ここです」大きな声で応じる。こちらから少佐のもとへ行くべきだったのかもしれないけれど、急に脚に根が生えたようになったのだ。

すぐに少佐が戸口に現われた。さっとその場の状況を見て取る。あざができてよれよれになったフェリックスとわたし。床にへたりこみ、血まみれで泣きじゃくっているシンディ。腹部に注射器が突き刺さった形で死んでいるミセス・ペイン。

視線をわたしに戻した少佐は陰鬱《いんうつ》な顔だったけれど、その目はやわらかで驚いた。「大丈夫か？」

わたしはうなずいた。たったいま起きた事態の重みに不意に押し潰されそうになり、喉が詰まったのだ。

「この談話室をパディントン駅だと言っていた彼女のことばを思い出したんだ」少佐が言っ

た。

「わたしもなの。駅まであなたを呼びにいく時間があるかどうかわからなかったから、フェリックスと一緒にスパイたちを止めようと思ったの」

少佐が頭をふる。「どうしてきみは……」そのあと、ため息をついた。「ロンドン一頑固な女性だからに決まってるな」フェリックスに矛先《ほこさき》を変える。「無責任にもほどがあるぞ、レイシー……」

「少佐、やめて」そばへ行って少佐の腕を取る。「フェリックスのおかげで窮地を脱せたのよ」

「エリー……」フェリックスが口をはさもうとする。

わたしはそれを無視した。「フェリックスがフィルムを回収してくれた。彼は……ドイツ人スパイも殺した。スパイは地下室よ。それに、フェリックスが一緒に来てくれなくても、わたしひとりで来ていたわ」

これにはさすがの少佐も反論できないだろう。

少佐は顔を背《そむ》けた。「キンブル、レイシーと一緒に地下室へ行ってくれ。死んだスパイから情報を得られないかやってみてくれ」

「モンデールも地下室にいる」フェリックスが言った。「死んで」

わたしは息を呑んだ。モンデールがどうなったか、たったいままで考えもしていなかった。

彼がここにフィルムを運んできたにちがいない。そして、ミセス・ペインが彼も足手まといと見なしたのだろう。

ミセス・ペインがまた人を殺したと知ってショックを受けるべきなのだろうけれど、そうなっていない自分がいた。彼女は数々の残虐な行ないのできる人だったようだ。

「死体がひとり分だろうとふたり分だろうと、ちがいはない」キンブルが言う。

「後始末を頼む」少佐が指示する。

キンブルがうなずいた。フェリックスは少佐とわたしをちらっと見たあと、キンブルを連れて談話室を出た。

「おじとコルムはどこ?」わたしは訊いた。

「もうじき来るだろう。なにが起きたのか気づいたときは、すでにふた手に分かれたあとだった。ふたりには部下を差し向け、私はまっすぐこっちに向かった」

「わたしを救わないといけないと思ったのね?」

「きみならひとりでうまくやれると、わかっているべきだったな」

「そうじゃない。これは最初から最後までチームの成果だわ」

少佐がそばに来て、わたしの顎に手を当てて顔を上げさせた。「目のまわりがあざになるな」

痛みが走ったけれど、微笑んだ。「これが最初でもないし」

少佐が微笑み返す。「そう聞いても驚かないよ、ミス・マクドネル」

そういうわけで、すべてがつながった。テムズ川に浮かんだ女性の死体、毛皮のコートに隠された宝石の入った袋、動かない時計、そして銀行の貸金庫が途方もない一連の手がかりとなり、それを追いかけた結果、ナチスの計画をふたたび妨害できた。

ミセス・ペインとドイツ側の連絡員が死んだいま、スパイ組織は崩壊するだろう、と少佐は確信しているようだった。

少佐は、文書を探し、詳細を確認し、まだ泣いていたシンディや、あっさり逮捕されたサリーとメイを尋問するために、部下とともに下宿屋に留まった。

ミックおじ、コルム、フェリックス、そしてわたしは、家に帰った。長い夜を過ごしたせいで疲れ果てていたけれど、神経が昂《たか》ぶりすぎて休めなかった。

自分の技能を使ってイングランドを守れたのは、気分がすこぶるよかった。すでに、またやりたいと血が騒ぐのを感じていた。一件落着した直後にふたたび達成感を追い求めたくなるなんて、中毒みたいだった。

かならずしも高潔で愛国的でないのに気づく。冒険を、不利な状況をひっくり返す感覚を求めているのだ。仕事につきものの危険を楽しめなければ、泥棒として成功できない。このスパイ活動でもそれは同じだ。やや利己的ではあるけれど、ドイツ側の計画を妨害する機会はこれが最後ではないことを願った。とはいえ、次は猛毒はなしでお願いしたいけれど。

ネイシーがお茶と食べ物を用意してくれ、わたしたちはテーブルについて起きたことすべてを話し合った。

「エリーの身が危険かもしれないと気づいたときの、少佐の顔を見てみたかったな」ミックおじが目をきらきらさせてネイシーに言った。「コルムと私に知らせにきた男の話だと、少佐は悪態をまくし立てて、エリーを助けるために電光石火のごとく飛び出したそうだ」

「うちのエリーは助けてもらう必要などありませんよ」ネイシーはそう言ってから、きらめく目でわたしを見た。「わたしなら、少佐みたいな男性に救い出されるのを拒絶しませんけどね」

「メリウェザーはあなたのためなら喜んでそうするだろうね」コルムが言い、ネイシーはむっとしたふりをし、みんなで笑った。

「そろそろ帰るとします」フェリックスがひげの生えかけた顎を手でこすった。「もうへとへとだ」

「そこまで送るわ」みんなの目のないところでお別れを言いたかったのだ。

フェリックスがみんなに別れの挨拶をし、わたしたちは母屋を出て玄関ポーチのところで足を止めた。外気はいまも煙のにおいが残っていたけれど、青空が覗いていて、鳥のさえずりも聞こえた。人生は続くのだ。

「ミックとネイシーは少佐と親族になりたくてたまらないみたいだね」フェリックスが苦笑気味に言った。

「わたしがいらいらするってわかってて、からかっているだけよ」

フェリックスはにっこりしたけれど、信じていない色がかすかにあった。「だったら、来週またぼくが町を留守にしているあいだに、少佐と駆け落ちなんてしないと約束してくれる？」

驚いて彼を見上げた。「また仕事？」

「うん。訊かれる前に言うけど、それについては話せないんだ」

フェリックスがスコットランドから帰ってきたときと同じ、いやな感じがした。彼はかかわるべきではないことにかかわっている、という感覚が。わたしに隠しごとをするなんて、フェリックスらしくなかった。単なる贋造《がんぞう》仕事ではないみたいだ。

「フェリックス……」

「長くは留守にしないよ。戻ってきたら、リンカンシャーに行ってクラリス・メイナードについて調べてみよう」

彼はわたしの注意をそらそうとしているけれど、そんな手には乗らなかった。たしかに、クラリス・メイナードと連絡を取って母について知っていることを聞きたくてたまらなかった。でも、そのミステリはここまでの長きにわたって解決されずにきた。フェリックスが危険に身を投じようとしている可能性のほうが、差し迫った心配ごとだ。

フェリックスが急にくつくつと笑った。「そんなしかめ面をしないで、エリー」「どうしようもないのよ。あなたが心配なの」

「気を揉む必要はないよ、スウィート」温もりのある声だった。「今朝のできごとを経験したんだから、ぼくが簡単にはへこたれない人間だってわかったんじゃないのかな」

顔を上げると、そのことばを証明するものが文字どおり彼の顔にあった。わたしはあざのできた顔にそっと触れた。「ひどい目に遭ったわね」

「いつまでも残る傷は受けてないよ」軽い口調で彼が言う。

あの地下室でなにがあったのか、考えたくなかった。フェリックスは戦争ですでにひどい傷を負っている。それでも、一も二もなくふたたび戦いに身を投じてくれた。わたしのために。

「助けてくれてありがとう、フェリックス」小さな声で言った。

彼の黒っぽい目がわたしの目を見つめる。「きみは最高だよ、エリー」

「あなたもかなり最高だと思うわよ」

長いあいだ見つめ合ったあと、フェリックスが身を寄せてきてやさしくキスをした。

わたしは寄りかかり、彼のキスを堪能した。そのとき、舗道を歩く足音が聞こえ、顔を上げるとラムゼイ少佐がこちらに向かっているところだった。少佐は無表情でわたしとフェリックスを交互に見た。

「失礼。じゃまするつもりはなかった」

「謝る必要はないよ、少佐」とフェリックス。「ぼくは帰るところだから」

フェリックスはわたしの手をぎゅっと握ると、玄関ポーチを下りていった。

「今日のきみの働きに礼を言いたい、レイシー」少佐が言う。「あのドイツ人スパイがフィルムを手に入れて立ち去っていたら、かなりの損害が出ていただろう」

「指揮官の命令に従っただけだ」フェリックスがわたしにウインクをした。「まあ、いつだって自分の務めを果たせるのはいいもんだ」

ラムゼイ少佐がうなずいた。

「またな、エリー」フェリックスが言った。

「またね、フェリックス」

彼が行ってしまうと、ラムゼイ少佐をふり向いた。「入ります、少佐?」

「悪いが時間がない。やらなければならない仕事が山積みのうえ、電話回線が故障していてね。下宿屋で書類の束を発見したときみに知らせたかったんだ。かなり有益な情報になるだろう。私たちが相手にしたこのスパイ組織を心配する必要は、もうなくなった」

「よかった」

「それに、シンディやほかのふたりから、もっといろいろ聞き出せると考えている」

「シンディは死なずにすんで運がよかったのよ。ミセス・ペインは、彼女も排除する理由をじきに見つけ出していたと思うもの。それを理解して、あなたに協力してくれるよう願っているわ」

少佐がうなずいた。「シンディはすでにたっぷりしゃべってくれている。キンブルを使ってこわがらせてもいないのに」

わたしは顔をゆがめた。キンブルの手にかかったら、シンディはなんの抵抗もせずに知っているすべてを洗いざらい吐くだろう。死ぬほどこわい思いをさせられるだろうから。シンディに対して、またもやちょっぴり同情心が湧いた。それでも、シンディは生きてこのすべてに向き合えるのだ。マイラ・フィールズ、ジェイン・ケリー、それにウィリアム・モンデールは彼女ほど運に恵まれなかった。

「ミセス・ペインの犠牲者のなかでは、マイラ・フィールズをかわいそうに思ってしまうわ。もちろん彼女は悪いことをしたのだけれど、あんな死に方をするなんてひどすぎるもの。マイラは、よくわからないものに巻きこまれてしまったのだと思うの。手には入らないものを欲しがって、まちがったやり方を選んでしまった、軽率なだけの女の子だったのだと思う」

「だれだって、自分の人生で持てないものを欲しがるものだ」ラムゼイ少佐が言った。「だから、自制心が鍵になる」

ふたりの目が合う。少佐のことばには、額面以上のものがあるのに気づいた。

でも、少佐がなにを感じているにしろ、それを話しにきたのではなかった。

「きみはすばらしい働きをした、ミス・マクドネル」その口調は、自分の指揮下にある兵士をほめるようなものだった。

「わたしたちみんなが、一緒にすばらしい働きをしたのよ」

少佐がうなずいた。その表情は、ほんの少しだけやわらかになっていた。「われわれの協力関係は、当初考えていた以上にうまくいったようだ。あんなに時間のないなかで、私だったら金庫室を吹き飛ばせる人間をどうやって見つけたらいいかわからなかっただろう」

「そう言ってもらえてうれしいわ」わたしは微笑んだ。「わたしたちの勝利がまたひとつ増えましたね」

「この戦いには勝てたが、戦争はまだまだ続くだろう」

両の眉《まゆ》がくいっと上がった。敵愾心《てきがいしん》が頭をもたげたのだ。「戦ってやろうじゃないの」

少佐の唇《くちびる》の口角が和《やわ》らいで、もう少しで笑みになりそうだった。「そうだな」

彼が手を伸ばしてきたので、わたしは応じた。少佐は、握手以上愛撫以下といった感じの握り方をした。

そのあと、手を離して下がった。「またすぐに会うことになるだろう、ミス・マクドネル」

「そうね、少佐。そうなりそう」

わたしは、立ち去る少佐の姿が視界から消えるまで見送った。そのあと視線を地平線へと向けた。昨夜の空襲による被害から立ち上る煙へと。とんでもない嵐をふた晩切り抜けたけれど、この先はもっと暗い日々になるという予感がしていた。でも、もともと人生は不安定なもの。そうでしょ？

将来がどうなるかわからなかったけれど、ひとつだけたしかなことがあった。わたしたちマクドネル一家は団結してそれに立ち向かう。

くるりと向きを変え、家族のいる母屋へ戻った。

謝辞

出版への旅路で、わたしを――そして、この本を――助けてくださった多くの人々にまたもやたいへんお世話になりました。次の方々に心からの感謝を送ります。

わたしを導き、友だちでいてくれた、最高のエージェントのアン・コレット。

物語をよりよくし、プロットをより強固にするやり方を常にわかっている、すばらしい編集者のキャサリン・リチャーズ。

なにものにも代えがたい努力をしてくれた、ネッティ・フィンとミノタウロス・ブックスのすばらしい方々。

常にサポートしてくれて、いつもおばかなことをしてくれる、ハッピーナッパーズ（子ども用寝袋）仲間のアンジェラ・ラーソンとキャリン・ラグロ。

停滞するプロットにタイミングよく解決策を提示してくれるジョリー・ドゥブリエル。そして、日々さまざまな形で支えてくれる家族と友だちに。

みなさんへの感謝の気持ちは、ことばではとても言い表わせません！

解説

大矢博子

ああ、何から書こう。

このシリーズはとにかく「ここに注目して！」「ここを味わって！」と伝えたい要素が多すぎるのだ。サプライズに満ちたミステリであり、手に汗握るサスペンスであり、読みながらもだもだしてしまうロマンス小説であり、戦時下のロンドンを描いた歴史小説であり、複雑な絆で結ばれた人々の家族小説であり、クスっと笑ってしまう会話に満ちたコメディでもあり、そしてひとりの女性が過去に向き合い現実と闘い未来へ進む物語であり……。

挙げていくときりがない。うん、シリーズ二作目でもあるし、まずは前作『金庫破りときどきスパイ』のおさらいから入ろう。

なお、本書では前作のネタバラシはないので、読む順番が前後してもミステリを楽しむ分には問題ない。ただミステリと同程度に本書の大きな魅力となっているのが登場人物の関係性の変化だ。それを味わいたいなら刊行順に読まれることをお勧めする。邦訳はまだ二冊しかないので順に読むなら今のうちだぞ。

さて、前作の舞台は一九四〇年の夏、第二次世界大戦下のロンドンである。表の顔は錠前師、その実態は凄腕の金庫破りであるエリーことエレクトラ・ニール・マクドネルは、戦時中の灯火管制の闇に乗じて、師匠でもあるおじのミックとある屋敷に忍び込んだ。熟練の技で金庫から見事お宝をゲットして退散しようとしたその時、ふたりは数人の男たちに囲まれてあれよあれよという間に身柄を押さえられてしまう。

ところが連れていかれたのは警察ではなく、謎の邸宅。そこでエリーとミックは、陸軍少佐ラムゼイから、その腕を見込んである機密文書を盗み出せと命じられた。イギリスの情報をドイツに売ろうとしている人物がいるのだという。

少佐に従えば、祖国に奉仕できる。従兄弟《いとこ》や友人が出征して戦っている中、何もできないのを歯痒《はがゆ》く思っていたエリーは、その命令に従うことにした。

ところが文書が保管されているはずの家に侵入したエリーとラムゼイが見つけたのは、スパイと目《もく》された人物の他殺死体とからっぽの金庫だった——。

というのが前作の導入部である。その人物を殺して文書を奪ったのは誰なのか。ここからエリーとミックは再びラムゼイに協力して、ドイツと通じているスパイを追うことになる。

さあ、そして本書だ。前作の事件から「何週間か」過ぎた八月末日。エリーのもとをふたたびラムゼイ少佐が訪ねてくる。テムズ川に浮かんだ女性の死体の手首に錠のかかったブレスレット状の装置がついているのをはずしてほしいというのだ。

のちにこの死体が他殺体であることと、ブレスレットがスパイの使うカメラであることが判明。彼女の正体は何者なのか。なぜ殺されたのか。そしてラムゼイとエリーは、彼女やその仲間が撮った写真がドイツの手に渡るのを防ぐことができるのか——。

今回も二転三転する展開、意外なところから出てくる手がかり、まさかそれがヒントだったとは唸《うな》らせる巧緻《こうち》な伏線などなど、ミステリとしての読み応えは抜群だ。しかも今回はチームにさらなる新顔も加わりアベンジャーズ感も五割増し。度々訪れるピンチをすんでのところでかわしていくエリーたちには、心拍数が上がりっぱなしである。

だがやはり気になるのはロマンスの行方なんだよなあ。

庶民で泥棒のじゃじゃ馬エリーと、貴族階級に連なる高スペックで四角四面のイケメン少佐、しかも初対面の印象は最悪……とくれば、これはもうロマンス小説の鉄板ではないか！

到底気が合うとは言えないふたりが、たとえば恋人のふりをしてパーティに潜入するというお約束の展開が前作にはあったように、今回も恋人のふり、夫婦のふりで読者をにやつかせてくれる。さらにヒロインの幼馴染でこれまたイケメンのフェリックスはラムゼイとは正反対に、エリーに対する愛と優しさをストレートに示してくる青年だ。幼馴染という属性も、戦争で片脚を失ったという背景も、実は凄腕の筆跡贋造師だという意外性も、ロマンス小説的には実にポイントが高い。

正直に言おう。前回も今回も、途中まで事件がどうなるのかより、エリーはラムゼイとフェリックスのどっちとくっつくのかに脳の九割が持っていかれていた。もう機密文書とかスパイとかどうでもよくない？　スリルのラムゼイ、やすらぎのフェリックス。秘密めいたラムゼイ、すべてをわかってくれるフェリックス。エリーはどっちを選ぶの？　恋はスリリングな方が面白いけど結婚するならやすらぎは大事だよエリー、と文字通りの老婆心で彼女にアドバイスしたくなる。でもなあ、本書を読むとフェリックスもただの好青年ではなく、なんか腹に一物《いちもつ》ありそうにも見えてくるんだよなあ……。

と、わくわくニヤニヤしてしまうのだが、読んでいるうちに、いつしかそれを忘れてしまうのである。忘れることに驚く。そんなロマンス小説の王道設定でありながら、事件の意外な展開と戦時下という背景が、本書を〈ロマンスだけ〉にしておかないのだ。

特に今回は、物語の後半で〈ザ・ブリッツ〉と呼ばれるロンドン大空襲が描かれる。Blitzはドイツ語で稲妻、電光を意味する単語である。

一九四〇年九月七日から実に半年以上にわたって、ナチスドイツがロンドンやその周辺都市を空爆した。街は破壊され、多くの市民が命を落とした。アガサ・クリスティが戦争中に書いた『NかMか』にも「あの電撃作戦とやら」という表現で、この空襲が語られる場面がある。

エリーは、戦争に行けないのなら、自分のできることを果たそうと考えている。戦地に送る兵士のソックスを編むのもそうだし、少佐に協力してスパイを追うのも自分が祖国の役に立てるという思いがあるからだ。しかし空襲を受けて地下室にこもっているとき、エリーは初めて戦争をリアルなものとして感じるのである。

従兄弟を戦地に送り出したときも、戦地からの連絡が途絶えたときも、戦争の現実や恐怖を感じてきたエリー。しかし空襲にさらされたときに彼女は「戦争は、遠くの戦場で起きているものではなかった。ここで起きているものだった」と初めて自覚する。なんというリアリティだろう。当事者になって感じる新たな恐怖と不安。現在も世界の複数の箇所で紛争や戦争が起きている。しかし自分がいざその場にいなければ、なかなか〈わがこと〉として捉えられないのが人間だ。

だが、この後がいい。破壊された街並みにエリーが呆然としていたとき、人生の先輩であるミックと家政婦のネイシーが何と言ったか。彼らがまず何をしようとしたか。ここに引用するのは控える。ぜひその場面を本編で味わってほしい。

今年（二〇二四年）の元日に能登《のと》を襲った震災を思い出した。あるいは東日本大震災も、阪神・淡路大震災も同じだ。恐怖と絶望の中から立ち上がる人たちがいる。自分にできることを考え、他者のために駆け回る人がいる。負けない心と希望を失わない人たちがいる。ネイシーは「あたしたちは逆境に強いんですから」と言う。エリーは「わたしたちはそう簡単に破壊されはしない」と考える。頭で想像するのと当事者になるのとでは天と地ほども違うが、当事者になったときに、彼女たちのように動ける自分でありたいと心から思った。

だが。だが！　そんな感動の中にいたというのに！

アシュリー・ウィーヴァーという作家の頭の中はどうなっているのか。彼女はこのロンドン大空襲ですらミステリの展開に利用するのである。なんだか一周回って笑ってしまった。なるほどそう来るか。そしてこの展開こそ、「あたしたちは逆境に強いんですから」「わたしたちはそう簡単に破壊されはしない」の象徴なのだと気づいたとき、著者がシリーズを通して描こうとしているテーマに触れたような気がしたのである。

——ああほら、冒頭であれだけ伝えたい要素があると書いたのに、ロマンス小説の部分と戦時下小説の部分だけで紙幅の大部分を使ってしまったではないか。

まだまだ語りたいことが渋滞を起こしているのだが、これだけは書いておかなくては。本シリーズには一巻ごとの事件とその解決が描かれるが、並行してシリーズを通しての謎がひとつ用意されている。それがエリーの母親の話だ。

彼女の母は夫を（つまりエリーの父を）殺したとして逮捕され、死刑判決を受けた。そして刑務所でエリーを産んだ後、スペイン風邪にかかって死刑執行の前に命を落としたのだ。エリーは父の兄であるミックに引き取られ、従兄弟たちとともに、ネイシーの世話のもとに成長した。そして今になって、母の無実について情報を得られるかもしれないという話が出てくるのである。

スパイを追うくだりはサスペンスフルでありつつも笑える場面が多々あり（むしろそっちの方が多い）、とても楽しく読める。翻《ひるがえ》ってこちらの謎については、ぐっとシリアスだ。なぜか。それはこのシリーズが失われたものと向き合う物語であるからに他ならない。

戦争前の平穏な日々はもう戻ってこない。亡くなった人も、大怪我をした人も、行方がわからないままの人もいる。そしてもちろん、既《すで》に死んでしまったエリーの母親が戻ってくることはない。

そんな〈取り戻せない過去〉に人がどう向き合うかをこの物語は描いている。どう足掻《あが》いても取り戻せないものがある一方で、それでも破壊された街の中から立ち上がる人々を、自分の仕事に邁進《まいしん》するラムゼイを、母の真実に臨《のぞ》む決意をしたエリーを、困難の中でも常に希望を口にするミックを、体の一部を失っても笑っているフェリックスを、どんなときも紅茶と美味しいごはんを用意してくれるネイシーを通して、〈取り戻せなくとも、その中で前を向く〉姿を描いているのだ。

ユーモラスでロマンティックなミステリであることは間違いない。だがそれだけだと思っていると背負い投げを喰らう。平和がどれだけ貴重なことか、どんな状況でも希望を失わず前を向いて生きるということがどれだけ大切なことか――著者のそんな強いメッセージが、笑いとロマンスの中にたっぷり詰まっているのだから。

訳者紹介　翻訳家。大阪外国語大学英語科卒。リード『間違いと妥協からはじまる公爵との結婚』、ハチソン『蝶のいた庭』、コシマノ『サスペンス作家が殺人を邪魔するには』、ウィーヴァー『金庫破りときどきスパイ』など訳書多数。

検印
廃止

金庫破りとスパイの鍵

2024年4月19日　初版

著　者　アシュリー・ウィーヴァー

訳　者　辻《つじ》　早《さ》苗《なえ》

発行所　(株)東京創元社
代表者　渋谷健太郎

162-0814/東京都新宿区新小川町1-5
電　話　03・3268・8231-営業部
　　　　03・3268・8204-編集部
URL　http://www.tsogen.co.jp
DTP　工友会印刷
暁印刷・本間製本

乱丁・落丁本は、ご面倒ですが小社までご送付ください。送料小社負担にてお取替えいたします。

ISBN978-4-488-22209-3　C0197

創元推理文庫

ぴったりの結婚相手と、真犯人をお探しします！

THE RIGHT SORT OF MAN◆Allison Montclair

ロンドン謎解き結婚相談所

アリスン・モントクレア 山田久美子 訳

◆

舞台は戦後ロンドン。戦時中にスパイ活動のスキルを得たアイリスと、人の内面を見抜く優れた目を持つ上流階級出身のグウェン。対照的な二人が営む結婚相談所で、若い美女に誠実な会計士の青年を紹介した矢先、その女性が殺され、青年は逮捕されてしまった！　彼が犯人とは思えない二人は、真犯人さがしに乗りだし……。魅力たっぷりの女性コンビの謎解きを描く爽快なミステリ！

〈イモージェン

THE WYNDHA

ウィンダム図書館の奇妙な事件

ジル・ペイトン・ウォルシュ 猪俣美江子 訳

◆

1992年２月の朝。ケンブリッジ大学の貧乏学寮セント・アガサ・カレッジの学寮付き保健師《カレッジ・ナース》イモージェン・クワイのもとに、学寮長が駆け込んできた。おかしな規約で知られる〈ウィンダム図書館〉で、テーブルの角に頭をぶつけた学生の死体が発見されたという……。巨匠セイヤーズのピーター・ウィムジイ卿シリーズを書き継ぐことを託された実力派作家による、英国ミステリの逸品！